为爱独行

姜丹迪 著

中国出版集团公司
華文出版社

图书在版编目（CIP）数据

为爱独行 / 姜丹迪著. -- 北京 : 华文出版社, 2018.4

ISBN 978-7-5075-4927-0

Ⅰ. ①为… Ⅱ. ①姜… Ⅲ. ①长篇小说－中国－当代 Ⅳ. ①I247.5

中国版本图书馆CIP数据核字(2018)第087788号

为爱独行

作　　者：姜丹迪
责任编辑：张超琪
出版发行：华文出版社
社　　址：北京市西城区广外大街305号8区2号楼
邮编编码：100055
网　　址：http://www.hwcbs.com.cn
电　　话：总 编 室 010-58336239　发行部 010-58336212 58336238
　　　　　责任编辑 010-58336196
经　　销：新华书店
印　　刷：三河市宏盛印务有限公司
开　　本：880×1230　1/32
印　　张：11.75
字　　数：230千字
版　　次：2018年4月第1版
印　　次：2018年4月第1次印刷
标准书号：ISBN 978-7-5075-4927-0
定　　价：48.00元

目 录 ___contents

引　子

幽暗的灯光伴着当下排行榜单前十的欧美音乐，这家名叫“迷失”的咖啡屋已经在北京开了四年。四年看似不长，但能在北京屹立不倒也着实有点能耐，毕竟街对面的Z大学旁就有一家全球连锁的“绿姑娘”。

“绿姑娘”是Z大学生对星巴克的爱称。尽管星巴克的咖啡也不便宜，但相比“迷失Café”，绿姑娘的价位已很亲民。

可能很多人会好奇，为什么这样一家开在学校旁边的昂贵咖啡厅不但没有倒闭反而越发有生气？按照大部分人的思维来想大学生本来就不富裕，与其在学校旁边开这种高档咖啡屋还不如开个快餐店或小卖部。

不过你们可别忘了，“迷失Café”的老板可不是一般人。记得上周某食品杂志的编辑采访他时，他就自信地说：“开店的时候我就对自己说：一年，我只需要一年。一年以后，大四的学生就会毕业。我相信‘迷失’就是他们第一个愿意想起的聚会地点。一杯咖啡两百块贵吗？不贵，一点儿都不贵。我在这儿开了四年，每年都会涨几十块钱。但不论我怎么涨，一波又一波的毕业生都只认我这儿。他们中有的人扬眉吐气地将咖啡一饮而尽，有的却静静看着满杯咖啡独自哭泣。我的这间咖啡屋承载了太多太多的故事，但那些故事都发生在咖啡厅之外。他们在上学时从没来过我这儿，一是没钱另外也没故事。但随着他们渐渐长大，我的回头客就没断过。很多人问我秘籍是什么？其实很简单,就八个字——‘一经毕业，注定迷失’。”

“服务员，来杯拿铁。”一个肩背 Chanel 2.55、脚踩黑色经典 Manolo Blahnik 方扣水钻高跟鞋的长发美女走进迷失 Café 找了个靠窗的四人桌坐下，她的一举一动都散发着比同龄女生更高贵的优雅。如果没猜错，她涂的口红应该是前段时间 po 在朋友圈的 Christian Louboutin 萝卜丁，至于指甲油应该是前几天刚到美甲店做的。哦，对了，还有她脖子上的梵克雅宝项链和 Cartier 戒指。总之，懂行的人看出贵，不懂的人看出美。

她，名叫郑若溪。先前在美国待了一年。和咖啡店老板预测的一样，这是她第一次走进迷失 Café，只因她曾就读于街对面的 Z 大学。

郑若溪是第一个到的，她为了今天的见面特地打扮了一番。从头到脚、从洗澡到上妆，她整整用了三小时。看得出她很重视这次见面。今天是她回国后第一次和曾经的两个室友相见，她很好奇她们毕业后都在做些什么，她更希望她的两个室友好奇自己都做了些什么。

“您好女士，您刚才点的拿铁现在四百元一杯，请问可以接受吗？”服务生闻声赶来，向郑若溪介绍了今年的价格。

“当然接受，直接上吧。”

“好的，您稍等。”

郑若溪环顾四周，欣赏着“迷失 Café”的美。咖啡屋室内的整体色调呈灰色系，不论桌椅板凳还是地板墙壁，所有的一切都看似中性。不知这家店的老板在装修店面时有着怎样的设计初衷，但在郑若溪看来所有的一切都美得恰到好处。灰色是个安全色。它比不上黑色的暗淡、邪恶，也不必像白色那样不容一丝瑕疵地强装圣洁。它可以随着光线的任意调配，时而深灰时而变浅。这和郑若溪的人生观不谋而合，她就是这样一个识时务的女生，会应大环境的不同调整自己的位置与追求。

咖啡调制得很快，服务生很快就将咖啡摆在郑若溪面前。当那一身灰色工作服在灰色背景下渐渐走远，郑若溪终于觉得自己拥有了整个世界。她没有去碰那杯咖啡，而是满意地看着窗外对面的街。外面依旧人来人往，只不过身旁遮光的落地玻璃凭一己之力阻挡了一切喧闹。郑若溪看着 Z 大门口那些普通到不能再普通的大学生，竟有些看得愣神了。

“嘿！想什么呢？”第二个进来的是任小凡。她留着一头不失性感的齐肩短发，穿着纯棉白 T 恤、紧身牛仔裤外加一双 Yeezy Boost 350。至于包，则是选了个黄色经典款的小号 MCM 双肩背。

被任小凡猛地叫住，郑若溪险些惊叫出声：“吓死我了你！”

“哈哈，你来多久了？路上堵车，要不我肯定第一个到。刚才想什么呢？”

“没想什么，就随便看看外面。你点点儿什么？我刚要了杯拿铁。”

“我来杯黑咖啡吧。”

服务生再次走近，告知了任小凡黑咖啡的价格也是四百元。任小凡和郑若溪的反应一样，也是爽快地答应了。

“一年多没见，变化挺大啊。”点完咖啡后，任小凡率先开口。

“还行吧,我看你变化也不小啊。其实一直想找机会见的，但一忙也就总凑不到一起了。”郑若溪捋了捋头发，欣赏着任小凡的妆容。“文了个眉？嗯……这个眉形确实挺适合你的。”

“哈哈，是。别的地方不敢动，所以就弄了弄眉毛。主要每天早起上班化妆太麻烦，眉毛老化不对称，所以就干脆文了一个半永久。”任小凡下意识地摸了摸眉毛。“你还别说，确实像你说的那样。虽然咱们都在北京，但咱俩一个住东边一个住西边，算上堵车的话这一天也就全搭进去了。其实我和其他同学见的次数也不多，都各忙各的了。哦，对了。你在国外过得怎么样啊？以后是决定在那边发展，还是这次回来就不走了？”

“不走了。我之前申请的不是一年的交换生项目吗，去年毕业之后就直接回来了。”

任小凡刚想开口问为什么郑若溪不在那边先实习几年再回来，就被最后一个登场的窦雯雯打断了。

“抱歉抱歉，我刚才坐过站了。你们都等好久了吧？”窦雯雯擦着额头上的汗珠，一脸歉意地说。

窦雯雯梳着马尾，身材和其他两个女生差不多，都属于瘦高型。只不过相比较其他两个女孩，她今天的形象更像是从街对面Z大学走出来的大学生。她没有化妆、没有名牌包和名牌鞋，就连穿的衣服都是普普通通的网购款。如果非得在她们三个当中选出一个变化最小的人，那肯定非窦雯雯莫属。

“没事儿，没事儿。我也刚到。”任小凡不想让窦雯雯为难，赶忙接了话茬。

“就是就是，你看咖啡还没顾上喝呢。”郑若溪也赶紧帮腔道。

“唉，昨天太晚才睡，今早起来就一直晕晕乎乎的。”窦雯雯依旧有些不好意思。

说话间，服务生将任小凡点的黑咖啡端了上来，并询问窦雯雯想要喝点什么。

在得知咖啡的价格后，窦雯雯向服务生要了一杯免费的柠檬水。

“好的女士，请稍等。”

服务生走后，窦雯雯看了看桌上的两杯咖啡。不知为何，她心里竟有些不是滋味。

其实当郑若溪前几天建议大家来这家咖啡屋见面时，她就有些抗拒。虽然她不清楚现在咖啡的价格涨到多少钱一杯，但她清楚自己无论如何也不该把钱花在一杯咖啡里，更何况她还不爱喝咖啡。但她最终还是没有拒绝，或许这就是人们所说的性格使然吧。

任小凡看穿了窦雯雯的心思，为了不让她觉得尴尬，任小凡开口说道："其实我也不爱喝咖啡，一会儿我也来一杯水算了。"

然而她怎么也不会想到，这句原本是想替窦雯雯打圆场的话，却被窦雯雯理解成了另一种味道。在窦雯雯听起来，这句话更像是在说："钱多就是没办法，就算不爱喝也可以随便点，然后就安静地放在那儿选择喝凉白开。"

很快，服务生将柠檬水递给窦雯雯，便去招呼其他客人了。

"真快呀，一晃咱们都毕业一年了。"任小凡率先感慨道。

"是呀，以前在学校的时候总盼着毕业。可真一毕业了，还真是有点儿吃不开了。"郑若溪也表示赞同地回应着。

"谁说不是呢。不过看你朋友圈发的各种高大上，小日子肯定过得比我们滋润多了。"任小凡羡慕道。

"嗐，也就那么回事儿吧。"郑若溪客套地回应着。

"对了，今天正好有个好消息要向你们宣布！"任小凡调整了坐姿，郑重又不失激动地看着面前曾经的两位室友。

“什么事儿呀？你快说。”两人都很好奇。

“啦啦啦，我要结婚啦！”

“哇！真的假的！太快了你！恭喜恭喜啊！”一听到这个消息，郑若溪真诚地送上祝福。

“恭喜你啊，希望你们一直幸福下去。”尽管窦雯雯是真心祝福任小凡，但心里多少也有些妒忌。试想一下，如果自己能像任小凡一样有一个坚强的后盾或是坚固的港湾，说不准自己也早就脱离单身了。

“哈哈，谢谢谢谢！到时候请你们喝喜酒啊！不过现在酒席不好订，好一点的基本上都排到明年了。我是打算早点儿把婚礼办了，回头我要是订好日子你俩可一定要来啊。”

“没问题，一定来。酒店的事儿你别担心，我好多朋友家里都是开酒店还有会所的，回头我也帮你问问。”郑若溪说。

“你什么时候结交了这么多有钱的朋友啊？以前咱们在学校接触的人都差不多，怎么一两年没见你现在已经什么层次的人都认识了？”听郑若溪说完，窦雯雯下意识地感叹了一句。

“嗐，其实也没什么。等有机会也介绍给你们认识认识。”郑若溪轻描淡写地说。

“那就拜托你的那些朋友帮忙上上心了。”听郑若溪说完，任小凡除了羡慕自己的老同学越来越有交际手腕外，也确实将希望寄托在了郑若溪身上。

“不错啊，看来咱们三个当中你肯定第一个当妈妈了。”

郑若溪打趣道。“对了，那你呢？交男朋友了吗？”郑若溪转头问身旁的窦雯雯。

“我现在还不想考虑这些事儿呢。最近刚换了个工作，打算还是先以工作为主了。”

“女强人啊！你现在在哪儿上班呢？你们都不知道我那个公司天天啥事儿没有，光在办公室看电影了。”任小凡感叹了一下上班的无聊。

“我也没干什么，就最近刚找了个银行的工作，还在适应当中。”

“银行多好啊，有前途！唉，自从我回国后都不知道该干点什么。虽说遍地是商机，但也遍地竞争力。我是不想再找工作了，如果要真说在这边随随便便打个工，那换算过来还没我在美国赚得多呢。所以我是考虑到时候自己创业，不过现在做什么都不容易，我还真得好好研究研究。”尽管郑若溪表面上一笔带过地展现了一下自己的经济实力，但内心却很欣赏窦雯雯的脚踏实地。

“那你回国这一年都干什么了？不会什么都没做吧？”任小凡一脸震惊。

“找项目呗，我也不想那么快就把钱投进去，那还不打水漂了？”

“没事儿，你担心什么呀。你有那么多有钱的朋友，回头随便找他们合伙做点儿什么就行了。”

“呵呵，你说的也挺有道理。”

待三人聊明白曾经同一个屋檐下的其他两个室友的现状后，三个女生便开始了常规闲聊。比如感叹一下谁谁谁变化真大，或一起大骂谁谁谁还和上学那会儿一样不招人待见。总之在接下来的谈话内容里，没再涉及她们三人自己的故事，而是一直剧透着别人的人生。

随着时间的推移，走进迷失 Café 的人越来越多。她们仿佛隐约看到了曾经的师哥师姐，又或许是隔壁班某个出名或不起眼的同届同学。但由于大多数人变化都很大，所以她们三人也都没上前打招呼。但即便如此，这间灰色系的咖啡屋依旧充满欢笑。如果此时此刻的你正身处这家咖啡屋，相信你一定会感受到此起彼伏的笑声。有的豪迈，有的隐晦，有的真实，有的虚伪。

1. 面临选择

大学毕业后，每个人都面临着毕业后的选择。郑若溪从海外求学归来，准备一展“海归”风采。任小凡终于熬过漫长的毕业论文季，打算在家好好休养数月。而窦雯雯则依旧像个没成年的孩子一般，被母亲督促着四处投简历。她们此刻的选择不仅与自身性格有关，更与生长环境息息相关。对于身为当事人的她们来讲，谁又说得清此刻的选择将会给未来的自己带来哪些不一样的人生经历呢？

一年前

初夏的北京还不算太热，至少一阵微风吹过还夹杂些许春的生机。道路两旁的景色很美，红花绿树柳叶杨絮，所有的一切都看着分外和谐。然而尽管如此，只要人一多，再美的城市也会显得拥挤。就比如现在正坐在机场大巴专线上的郑若溪，满满一车子人已经让她快要窒息。

北京的交通一直很堵，尤其是这个时段的机场高速。这是她在大四那年去美国当交换生后的第一次回国，原先国内的手机卡已经停机了。没办法，既然上不了网她就只好翻翻手机里的相册，回味一下在纽约的留学时光。

照片里的自己很稚嫩。如果按照时间排序，初到美国时郑若溪的头发还只到肩头，但此刻的她却早已长发及腰了。她确实接了发，也做了造型。看得出出国前的她连眼线都化不利落，但现在她却可以娴熟地随意挑战任何一款妆容。她在留学期间学的并不是造型设计，但她明白自己的人生逃不开精心设计。

正午的阳光洒进屋里，这栋二十年前建的住宅楼已经在一栋栋拔地而起的高档小区中显得格外另类和衰败。它就像一个不修边幅、上了年纪的老人，在这个生机勃勃的大都市里不为融入、只为生存。

生存，是多么励志的词语，但在五光十色的璀璨人生里却又显得如此费力。为了活着而活着，而不是为了理想、自由或是初心、挚爱。这样的人生何其悲哀，却又令人司空见惯。

一个五十岁左右的中年妇女，拎着两个装着西红柿和西瓜的塑料袋心满意足地走进这栋和周围建筑格格不入的红墙板楼，看得出她刚才一定又成功地在菜市场杀了几块钱的菜价。

其实每天这个时候去菜市场买菜，已经成为她多年延续下来的习惯。她在一家单位的复印室做复印员，工作不累只是帮着各个部门打印些文件。相应的工资自然也不高，也就将将够在北京糊口。

这个不修边幅、极度节省的女人名叫张秀荷，正是窦雯雯的母亲。

“快起来吧你，还在这儿睡呢！”一进家门，张秀荷就把刚买好的瓜果蔬菜放进厨房，而后直奔女儿房间拉开窗帘。

“妈你干吗呀，大周末的好不容易能多睡一会儿。”

“睡什么睡！你看看隔壁家的小夏，人家还没毕业就被保险公司提前录取了。你再看看你，整天在那么个破公司里没日没夜地瞎忙活。他们到底什么时候给你转正啊？不过就那种私人小公司就算给你转正了你也别答应。我劝你赶紧去银行打听打听，问问他们到底还要不要你。”

“那是她大姨帮她找的关系，不然你觉得就凭她能进那么好的单位吗？”

“找关系怎么了？找关系也得凭本事。我和你爸没关系给你找，所以你更得自己加把劲。你赶紧起来吧，别睡了。你平时实习没时间想这些事，趁着周末你就抓紧跑跑别的单位投投简历。一天到晚稀里糊涂的，难道你真打算在你现在这个单位做一辈子啊？！”

“你以为现在找工作这么容易啊？再说了我现在和这家公司都签了合同的，我要是提前走了还得罚违约金。当初征求你们意见的时候，你和我爸说你们不懂叫我自己决定。我现在和人家签完了，你又嫌这家公司没前景。你们要是早点跟我说这家公司不好我也就不和他们签了啊。”

“你还好意思说我和你爸，你自己长这么大了哪家公司好哪家公司不好你自己不知道啊？你看看别人家的孩子一个个都猴精猴精的，你再看看你天天不知道脑袋里都装了些什么。你要是工作的事弄不明白给我找个像样的女婿也行啊，这么大的人了连个男朋友都没有！你知道就我们打印室那个小王，她女儿还比你小两岁呢。人家大学都没毕业就钓着一个金龟婿！你知道她男朋友是干吗的吗？搞房地产的！你知道他一个月能挣多少提成吗？说出来吓死你！好几万一个月！所以你快别睡了，赶紧起来找工作去！”张秀荷一把将女儿从床上拎起来，无视窦雯雯的反抗。

张秀荷走进厨房，娴熟地将西红柿洗净切好。她随后从冰箱里拿了一个鸡蛋，做了个西红柿鸡蛋汤。在汤快要出锅前，她又将昨晚没吃完的两盘菜和半锅饭热了热，于是就又指使起刚洗漱完的窦雯雯进来盛饭了。

“抓紧吃，一会儿我还得去趟单位。今天小王有事来不了，我还得替她顶半天儿。”

“嗯，知道了。”

“对了，我刚才在厨房还想呢。之前跟你一个宿舍那女孩儿叫什么来着？就是她们家好像在政府部门工作那个。”

“任小凡。”

“对对对，任小凡。她现在在哪儿上班呢？”

“不知道，应该还在找吧。”

一听女儿一问三不知，张秀荷瞬间又急了。她将盛着满满一碗汤的饭碗使劲往桌上一放，无视被溅出的汤汤水水。“你长点儿脑子行不行啊？虽然毕业了，但你们在一起待了四年啊。她们家有这么好的关系你没事儿也多和她联系联系啊。你天天在家待着，大门不出二门不迈的还真把自己当大小姐了？你得出去多跟别人接触，万一她们家有门路呢，没准就顺便把你也给安排了。”

“她们家有没有门路和我有什么关系？她爸妈又不认识我，人家凭什么替我安排工作？”

“你不试试怎么知道？你没听人家常说‘机会需要争取’！也就是我年轻的时候没有你这么好的条件。要是我小的时候全家人都只围着我一个人转，我早就考上大学了！要真是那样，我现在还至于被一帮小年轻使唤吗？！”

尽管张秀荷说得激情澎湃，但窦雯雯却无法做到感同身受。

“妈，我觉得现在挺好。你和我爸身体都不错，而且我一毕业就能找到公司签约。再说了我实习期马上就到了，等转正以后工资待遇肯定也比现在好。这样不就足够了吗，我这几年又不打算买房买车，白天去上上班，晚上回家还能吃口热乎饭，这是多少人梦寐以求的生活。”

听女儿说完，张秀荷差点没被气晕过去。“你能有点儿上进心吗？我怎么就生了你这么个不开窍的！”

“难道非得挣个几百万上千万才叫开窍啊？我怎么没有上进心了？在学校里我的成绩一直都是班上前几名，现在在这家公司实习我也基本上是早上第一个到公司。难道没挣到多少钱就是没有上进心？我现在又不需要这么多钱，为什么自从我爸调到外地以后你就有事儿没事儿地净找我碴儿？”

“什么叫我找碴儿？你要是在这方面稍微用点儿心我至于天天追着你说吗？你赶紧吃，吃完了就给那个什么小凡打个电话。你问问她最近都干什么呢？找个时间你俩一起出来见见面，摸摸她的底。你爸是指望不上了，那么大老远的也帮不上忙。”张秀荷说到最后，还不忘埋怨一下远在外地的丈夫。

任小凡，这个自从窦雯雯大学毕业后就再也没有见过面的女生，此时正优哉游哉地陷在沙发里看着时下最热门的言情剧。荧幕上男主角的帅气与痴情让正值青春的任小凡激情四溢。

“还看呢？也不休息休息眼睛。”见女儿在电视机前坐了一上午，小凡妈赶忙提醒女儿注意保护眼睛。

“没事儿，我眼睛好着呢。你赶紧做饭去吧，饿死了。”

“马上就好了。”

“嗯，那等一会儿饭好了我再过来。”见妈妈依旧站在旁边没有离开的意思，任小凡连忙摆摆手开始撵人，“行了行了，你别酝酿台词儿了赶紧去厨房吧，正演到关键的地方呢。”

“这丫头，只认电视不认妈。”小凡妈虽嘴上嘟囔了一句，但心里依旧放任闺女。

妈妈刚走进厨房，任小凡的手机就响了。她低头一看，是窦雯雯打来的。

“喂，雯雯。”任小凡接起电话。

“小凡，是我。你在干吗呢？方便打电话吗？”

“方便方便，我看电视呢。你说吧，怎么了？”

“哦，其实也没什么事儿。就是想着都毕业一个多月了，咱们也一直没出来见过，不知道你最近都在忙些什么，然后就想着打个电话问问你。”

“嗐，我能干吗呀。终于解放了我当然是在家各种睡懒觉和看电视了。你可不知道，当时那个毕业论文可给我累惨了。我现在必须把那些没睡够的觉都给补回来。”

“你没去找工作吗？”

“没找。你呢？你找了？”

“嗯，我现在正在一家公司实习呢。不过也不是什么大公司，反正也想再找找有没有其他更好的。”

“不错呀你，这么快就找到了！我现在不打算找呢，好不容易毕业了我打算先旅旅游什么的，找工作的事儿过段时间再说吧。”

“哦，这样啊。嗯，出去玩玩也挺好的。”

“你要不要一起去啊？到时候可以叫上赵诚一起，你俩一对儿，我和吴洺一对儿。正好现在旅行社有活动，如果四个人一起去可以优惠呢！”

“你可别闹了，我们俩只是普通同学，再说一毕业我们就没再联系了。”一听任小凡提起赵诚，窦雯雯赶紧撇清关系，“那什么……我就不去玩儿了，如果这家公司觉得我这段时间表现得还不错，可能我下个月就可以成为他们的正式员工了。到时候应该就没时间出去玩儿了，估计也就只能等到放年假的时候了。”

“嗯，那好吧。虽然有点儿遗憾，不过以后有的是机会。哦，对了。你家住哪儿啊？要不要出来喝点儿东西？”

“我家离你家应该挺远的。我现在周一到周五要去公司，然后周末计划着去找一些更好的单位再投投简历，要不等过段时间咱们再见吧。”

“也行，反正我天天都有空，那就看你什么时候有空吧。”

“嗯，那行。那先这样，咱们改天再聊。”

“好，拜拜。”

“拜拜。”

挂断电话，任小凡继续对着电视屏幕里的男神犯着花痴。而窦雯雯则被妈妈一通教育。

“刚才跟你说的话你全当听不见是吧？！打之前怎么说的？让你公放让你公放，你自己在那儿举着个手机偷偷摸摸的干吗呢！”

“公放什么呀！本来我就想微信问两句就行了，你非得让我打电话。”

“打电话怎么了？有什么不好意思的！她都说什么了？她被哪个单位录取了？”

“没说什么，她说她现在还不想找工作，想先去旅旅游什么的。”

“啊？不想找工作？她现在不找，想等到明年跟新毕业的大学生一起竞争着找啊？真不知道现在的年轻人都是怎么想的！她爸她妈不说她啊？！”

“她爸妈天天把她当公主宠着还来不及呢，怎么舍得说她。”窦雯雯嘀咕了一句。

一听女儿这么说，张秀荷便忍不住想要批评任小凡了：“就你们这代孩子，一个个娇生惯养的。为了供你们上学，我们做父母的容易吗？你瞧瞧我们小时候，一家生好几个，家长根本顾不过来。可是我们什么时候让家长操过心？再看看你们，一天到晚又给你们出钱上学，又给你们出钱上辅导班，然后每天还得早饭、晚饭各种伺候。现在好不容易盼到你们毕业了有能力赚钱了，你们可倒好自己却一点都不上心。我看就那个什么小凡要一直是这样的态度，那以后肯定也没多大出息！这样的孩子你以后也不要理她了。仗着家里有点臭钱就不学无术、不务正业。哼，我都替她难堪！”

“小凡没你说的那么差劲，只是她生活得比较随意。行了你快走吧，你就别管别人家的事儿了。”

经女儿一提醒，张秀荷猛地抬头看了眼墙上的挂钟。当看到指针指向的数字后，她顾不上再继续教育女儿，直接擦了把嘴就朝门外跑。出门前张秀荷还不忘嘱咐女儿记得把碗洗了，之后再去其他单位碰碰运气、投投简历。

不过大门刚被撞上，又被她敲响了。

“开门开门，忘拿东西了。”张秀荷在屋外喊。

窦雯雯赶快将门从里面打开。

“你把你的公交卡给我一下，我那个落单位了。”张秀荷伸出右手示意窦雯雯快去拿。

“我一会儿去银行还得用呢。”

“你不是有零钱罐吗，我包里没零钱一会儿司机找不开。你快点吧，别磨叽了。一会儿你自己投币就行了。”

窦雯雯没再坚持，转身回屋将公交卡递给妈妈。

“行了我走了，记得把碗洗了。”

见妈妈这回是真走了，窦雯雯总算是舒了口气。她把碗筷收拾干净后又将餐桌擦了一遍。当一切恢复如初，她才回屋拿起装有个人简历的书包朝门外走去。

楼层不高，没装电梯。尽管爬上爬下有些累人，但窦雯雯权当是在锻炼身体。她轻盈地跑下楼，朝公交车站的方向走去。

虽说坐地铁会快一些，但毕竟地铁站离得有点远。经过窦雯雯这一个多月的试验，她总结出如果在周末中午出门，坐楼底下的公交车反而更快捷。

今天的温度确实有点高，窦雯雯已经开始后悔为什么刚才没从家里带上一瓶白开水了。她有些口渴，尤其当她经过出售各种饮品的蓝白色的报刊亭时这种口渴的感觉就变得更加强烈。但即便各式饮品被报亭老板摆在了最显眼的位置，窦雯雯还是头也不回地选择大步流星地继续前行。虽说一瓶饮料只要三四块钱，但窦雯雯却觉得与其把钱花在这上还不如用作往返车票来得直接。按照窦雯雯的思维方式，她觉得这是一种变相的自我警示。正是由于刚才自己忘记从家带水出来，所以才会导致现在的口渴。只要记住这种口渴的感觉，下次再出门时自然就不会忘记带水了。另外兜里的零钱原本就是为坐公交车准备的，如果将它们用在买饮料上则违背了最初的出发点。所以这瓶水坚决不能买，就算渴死也不能打破自己为自己制定的人生哲学。

经过这个说大不大说小不小的心理斗争后，窦雯雯总算来到指定的站牌下面。一辆接一辆的公交车在她面前闪过，却始终没有一辆是她需要的。她就站在那等啊等啊，突然一辆大巴车在她眼前缓慢驶过。

“咦？那不是郑若溪吗？”由于前方正好刚变为红灯，大巴车的车速并不是太快，窦雯雯透过车窗仿佛看到去年出国后就一直杳无音信的大学室友。

“是她吗？不会是我看花眼了吧？难道她回国了？”窦雯雯在心里自言自语。

其实上大学那会儿她和郑若溪的关系还算不错，毕竟都在一个宿舍也都是北京的。但是自从得知郑若溪要出国交流一年，窦雯雯就下意识地有些疏远郑若溪了。其实她也说不上自己为什么会这样，可能是她觉得自己这辈子都没机会出国吧，再或许就是那个既倔强又要强的自尊心又出来作怪了？不过自打郑若溪出国后，她也从未主动与自己联系过。所以在窦雯雯心里，也没有觉得郑若溪的离开令自己分外伤感或觉得失去什么。总之，窦雯雯一向是个很被动的人。如果别人联系她，她便随声附和。如果别人不主动找自己，自己也没必要主动贴上去。因为她和母亲的观念非常不同，她从来不想让那些家庭条件比自己优越的人误以为自己是在有意攀附关系。

又等了五六分钟，属于窦雯雯的大公共终于进站了。窦雯雯随着推搡的人群挤上车，付完车钱便找了个相对空旷点的位置站着。她没闲工夫再去确认刚才大巴车里的女生是不是郑若溪，她只期望等下可以见到银行主管、可以再争取到一个展现自己的机遇。

又开了十来分钟，郑若溪终于拎着行李下车了。其实她现在的下车地点离她们家还有一段距离，只不过她得先在这片繁华的商业街吃点东西。

北京依旧人来人往，大大小小的商铺一个挨一个地不停接客。仿佛只要到了北京，就有赚不完的钱和做不完的生意。为什么这么说？因为这里人多呀。在这座包容的大都市里，有太多消费群体。甭管厨师手艺如何，只要餐厅开张就会有人进来消费。

郑若溪就是其中一个走进这家快餐店的食客。她找了个空位坐下，用背包里的纸巾把餐桌上的食物残渣擦拭干净。她的一举一动都透露着无尽的优雅和良好的家教。只不过明眼人都看得出，她精致的妆容、不菲的服饰与这间不到 20 平方米的小店形成了鲜明对比。

自打她一走进这家店铺，所有正在吃和准备吃的顾客都情不自禁地多看了她几眼。有吃惊，有不解，但更多的却是一种欣赏和爱慕。这个世界就是这样，不论你是谁不论你来自哪里，只要是美的事物大家都会下意识地锁定视线。因为大多数人都将日子过得太不精致，所以当一个像郑若溪这样接近完美的女神走进这家简陋的小店后，所有人都觉得自己撞大运了。其实人类是很容易满足的，当生活中突然出现了某个平时不经常见到的人或事，自己的心情也就一下子舒畅了。人们把这种情绪称为“幸运”，但相比较而言郑若溪就显得没那么幸运了。

钱，她身上的钱已经不多了。不然她怎么可能不直接打车回家，而是选择乘坐机场大巴？但无论如何饭还是要吃的，所以她只能选择走进这家不起眼的小店，随意吃个盖饭挨过今夜。

她刚才在大巴车上清点了一下钱包里所剩不多的人民币。保守估计吃完这顿饭还可以买一张最便宜的手机卡，之后用剩下的钱还能勉强打个车回家。

盖饭很快就端上来了。摆盘很难看，但味道还不错。郑若溪在飞机上没怎么吃东西，所以很快就将盖饭消灭了一大半。随后她去旁边的营业厅办理了一张全新的手机卡，便走回街对面打车回了家。

郑若溪的家在北京不算太大，差不多有一百平方米。但由于她们家所属的小区地段非常好，不仅交通便利而且周围不论是商圈还是学校的好评率都是数一数二的，所以自然而然小区的房价也就跟着直线飙升了。保守估计，现在每平方米也已经十万出头了。

不过即便如此，郑若溪的妈妈还是没有将这套房子卖掉变现。原因很简单，第一她目前手头上的钱还够花。第二如果把这套房卖了，在小区周边肯定买不到性价比和这套一样高的房子。第三如果纯是为了赚钱那就只能跑到五环开外居住了，要真是那样的话不仅周围环境不如现在的地段好，另外累积了几十年的关系网也会被迫打乱。所以尽管北京的房价始终居高不下，但对于这些在北京只有一套房的家庭来讲卖房变现还是很不现实的。毕竟他们不想为了得到一些钱而降低原先的生活品质，毕竟想要再买一处地段又好房价又实惠的新房纯属痴人说梦。所以尽管看似北京人个个住着几百上千万的大房子，但其实真正攥在手里的钱也就是每月那点儿死工资。

郑若溪从包里掏出钥匙打开防盗门，拖着行李走进家里。一年了，整整一年没有回来过了。她凭记忆打开木质鞋柜，找出属于自己的那双白色史努比，随后又将背包从肩上退去，张开双臂好似想要拥抱整个房屋般地一头栽进沙发里。

哇！终于回家了！欧式的白色复古沙发，欧式的水晶大吊灯，光亮的大理石花纹地面和经典的小碎花墙纸。所有的一切都显得如此养眼。郑若溪满意地欣赏着几年前刚买房时自己据理力争来的设计方案，不禁微微扬起嘴角。她再也不用像在纽约时那样四处租房，再也没有居无定所的不安和慌张。她终于回家了！她终于回到北京了！

在沙发上休息了一会儿，郑若溪便朝厨房走去。她不是去找吃的，而是习惯性地去看冰箱门上妈妈用带有米老鼠图案的冰箱贴所贴住的字条。

果不其然，和郑若溪预想的一样。冰箱门上确实有妈妈为自己留的字条，大致是说最近几天自己不在北京所以不能去接机，以及床单被套都给女儿换好了等一些生活上的叮嘱。

郑若溪看完妈妈的留言后走出厨房，她从包里拿出手机连上 Wi-Fi 随后走回客厅。郑若溪想都没想，直接点开一个名叫“cliff”的微博。

郑若溪虽和 cliff 没有互相关注成为好友，但她和 cliff 却一直保持着私信往来。

“我到北京了。你在哪儿？”其实郑若溪在毕业后没有留在美国实习而是直接选择回国，有一多半的原因都是来源于 cliff 的鼓励。尽管她和 cliff 交流的时间并不长只有短短数月而已，但 cliff 的谈吐、思想、经验及阅历足以引导和征服刚刚二十一岁的郑若溪。

郑若溪从不相信什么网恋，但如果非要拿身边那些没断奶的男生和 cliff 相比，她宁愿选择在精神上和 cliff 在一起。尽管郑若溪的颜值已经是女神级别，但她在择偶时却并不属于外貌协会。她不在乎对方是否长得高大帅气，她在乎的是对方是否有颗强大的内心、是否有能力指引自己。所以尽管 cliff 从未在微博上发布过自己的照片，郑若溪也从没主动向其索要过照片。但在她心里一个人的身高、长相、年龄、体形通通不重要，重要的只是对方能否帮助自己走向成功！

cliff 并没有像先前那样秒回私信，直到晚上八九点钟郑若溪才收到 cliff 的回复：“回来就好。我正在新加坡，开了一天会。”

郑若溪原本还想再说点什么，但理智告诉她不应该操之过急。于是她写道："那你早点休息，等你回国后我们再联系。"

"晚安，你也好好休息。"

和 cliff 交谈过后，郑若溪心安很多，或许这就是留学期间的"孤独后遗症"吧。

折腾了一整天，此时的郑若溪也有些犯困了。她进浴室洗了个澡，之后和妈妈打了一通相对简短的电话就睡下了。

相比郑若溪家里的冷清，此时任小凡正和爸妈计划着下个月的出国旅行。任小凡想去欧洲，尤其是浪漫的巴黎。但爸爸却提议应该去埃及，而妈妈则想去趟云南大理。尽管三人各持己见，但热闹的氛围仍旧为这间小屋增添了不少欢声笑语。

"你别光顾着金字塔和木乃伊了，我都顺利毕业一个多月了你准备奖励我点儿什么呀？"任小凡闪动着水汪汪的大眼睛，一脸撒娇地看着爸爸。

"这不准备奖励你旅游吗。"

"这哪儿叫奖励啊，你俩不也跟着去吗。我指的奖励是只奖励给我一个人的。"

"哈哈，这小丫头。那你说吧，你想要什么奖励？"小凡爸拍着自己圆鼓鼓的大肚皮，一脸宠溺地看着女儿。

"嗯……我想要钱！"任小凡直接表明心意。

"想要多少钱？"

“五万。”

“怎么要这么多啊？你打算买什么？”一听女儿张口就要五万块钱，小凡妈赶忙插嘴问。

“不买什么，你们就说给不给吧。”

“钱可以给，但你总归也得让我和你妈知道你要这钱做什么用吧？”

“你真给啊？”一听爸爸说肯定会把钱给自己，任小凡有点兴奋了，“那行，那咱俩先拉钩。别回头我告诉你了，你又反悔了。”

“这丫头，行行行，拉钩拉钩。”小凡爸虽在语气上表现出对这种小儿科的把戏略带不屑，但还是乖乖地伸出右手。

“拉钩上吊一百年不许变！”

“行了，你爸已经答应你了。你快说吧。”坐在一旁的小凡妈赶忙说道。

“嗯……其实也没什么。”任小凡突然有些支支吾吾了。

“没什么是什么啊？你倒是说啊。是不是你欠同学钱了？还是出什么事儿了？”见女儿磨磨叽叽的样子，小凡妈越发不安起来。

“不是不是，欠什么钱啊。”为了不让妈妈胡思乱想，任小凡索性把原因直说了，“就是吴洺想自己创业，然后手里缺点儿资金。他们家肯定也拿不出什么钱，所以我就想管你们要点儿钱。”

“他管你要的？”小凡爸开口问。

“他没管我要，但作为他女朋友我有义务给呀。之前他为了省钱已经好几个月没吃什么好吃的了，反正听他室友说只要我不在的时候他就哪个便宜吃哪个，我就是觉得他这样也怪可怜的。”

“他没钱让他管他爸妈拿呀，这还没结婚呢怎么就让咱们掏钱了。”小凡妈嘟囔了一句。

“妈，你怎么这么抠儿啊，人家不就是因为家里没钱吗。再说了，吴洺这样多好啊，自己创业自己赚钱。你俩反正要那么多钱也没用，还不如拿出来资助一下你们未来的女婿呢。再说了，以后他要是生意做大了，那享福的还不是你闺女我啊。”

“你瞧瞧，你瞧瞧。现在还没怎么着呢，就开始替人家说话了。你一个小姑娘家，别老动不动就女婿女婿的。我跟你爸还没同意你俩结婚呢，你稍微矜持点儿行不行啊。”

“又不是让你跟他结婚，你同不同意有什么关系。反正我同意了，我这辈子就非他不嫁了！”

“你瞧瞧你闺女说的尽是些什么话！”小凡妈被气得都接不上话了。

“行了行了，你俩也别斗嘴了。”和小凡妈相比，小凡爸好像对这事看得还挺开，“这钱呀，老爸出了。我觉得咱闺女说得没错儿，既然小伙子想创业那咱们能支持一下就支持一下呗，又不是拿这钱干什么见不得人的坏事去了。再说了，吴洺那孩子我看着还不错。老实、本分，而且也没那么多花花肠子。我看他俩挺合适的,要不你俩就早点把事儿定下来?我看北京这房价也越来越贵了，你俩要是能早点定下来，老爸也争取早点把房子给你俩买了。”

“说什么呢你！”小凡妈使劲打了老公一下，“瞧你这没正形儿的样儿！哪有女方出钱买房的啊？再说了，吴洺还什么都没有呢拿什么结婚娶媳妇儿啊？难道你忍心让小凡跟着他吃苦啊？再说了，小凡好不容易毕业了，我才不要她刚从宿舍搬出来又要搬去别人那里住。我就这么一个宝贝女儿，我还得再照顾她几年呢，我可不同意她这么草率地结婚。”

“妈，你别捣乱了。难道你想让我到了你这岁数再结婚啊？再说了，吴洺没钱怎么了？你跟我爸年轻的时候不也没钱吗？而且我还就不信了，我俩以后要是钱不够花你俩还真忍心不管呀？只要你俩肯管，那我的日子就会一直舒舒服服的。所以你不用担心这些没用的，你这纯属于庸人自扰。”

“你呀！唉！都怪平时我跟你爸太惯着你了，你现在就属于被爱情冲昏了头。成家过日子可不是光你喜欢他他也喜欢你就阿弥陀佛了。他现在一点儿经济基础都没有，你想没想过你要是真跟他好了，以后的日子可怎么过啊。”

“我不管，反正刚才老爸答应给钱了。”

“是是是，你俩别争了。好好地说旅游呢，怎么又扯上这些了？反正钱我肯定给，但是你也得问清楚他打算创什么业、打算怎么创业。另外，这笔钱我不会一次性给他的，等他把详细的规划告诉我之后我再根据实际情况分批给他。”

小凡爸冷静地说。

“行行行，我明天就让他去写规划书和策划案。”

“哎呀，你不能给。哪有他创业咱家给钱的。”小凡妈依旧据理力争着。

“行了，女儿好不容易毕业了。就当是奖励她了。”小凡爸不急不慢地说。

“就是！好了，我要去睡了。晚安啦。”任小凡见爸爸顺利答应了自己的请求，立马蹦蹦跳跳地回屋了。

见女儿把卧室门关上后，小凡爸拍了拍妻子的肩：“放心，我心里有数。”

相比较郑若溪的自由和任小凡的备受宠爱，窦雯雯就明显没有那么幸运了。当她呼哧带喘地走进银行大厅，却被告知经理周末休息。于是她只能又原路返回，过了一个过街天桥又走了小一站地，最终终于坐上那辆开往家楼下的公交车。等她好不容易到了家也依旧得不到安宁，她继续习惯性地充当一个聋哑听众听妈妈斥责爸爸的无能和自己的不求上进。

到底什么才是成功的人生？窦雯雯不清楚究竟什么时候自己才能真正开启完全属于自己的、可独立支配的人生。她觉得现在的日子和从前没有任何分别。上学的时候妈妈每天对自己说谁家谁家的孩子成绩多么多么优秀，现在总算步入社会，妈妈又对自己说谁家谁家的孩子进的单位多么多么有前景。仿佛从她记事起，自己从妈妈口中听到的描述自己的话语全都是不如同龄人的词语。她不知道自己是真的如此不堪，还是命该如此。可能这就是一种奴性吧，当从小被骂惯了也就无所谓日后还有什么事能让她产生些许不平静。就比如今天，当得知银行经理不在时，窦雯雯没有任何想要留个口信或询问对方经理一般什么时间段会在银行的意识。她只是在被“拒之门外”后，顺理成章地转身离去。没有任何情绪，没有任何不甘心。

她确实太被动了，也正如同妈妈总说的那样一点都不机灵。她就是这样人家说什么她就做什么，好似一个没有思想的机器。但这能怪她吗？应该怪不得她吧。毕竟她是一个乖乖女，是一个在学校默默无闻的、听从老师安排、从不调皮捣蛋也从不违法乱纪的不被老师同学注意的“半隐形女”。回到家后她又开始听从妈妈的指挥，尽管有时她并不认可妈妈的观念，但她清楚再不济妈妈也不可能害自己。所以她就像大部分刚走出校园的女学生一样——缺乏主见、毫无野心，却仍旧意识不到继续这样下去所面临的潜在危机。

2. 靠山

离开相对单纯的校园生活，不同人有不同的打算。郑若溪通过以往积累下来的人脉，四处认哥哥、认姐姐，到处攀关系。任小凡则在父母强大的臂弯下无所畏惧地追求一生挚爱。然而对于像窦雯雯这种既没有人脉又得不到家人支持的大学毕业生来讲，她唯一能够投靠的也就只剩自己了。在这个花儿一般的年纪，由于三人的思想和出身有着诸多差异，导致她们今后的人生轨迹注定相离。

清晨的朝阳透过布满蕾丝边的奶白色窗帘照进屋里，给原本冷清的房间增添了些许夏天独有的暖意。伴着床头柜上悦耳的手机铃声，郑若溪微睁双眼按掉闹铃。她慢慢起身斜靠床头，待一一回复完各类邮件和微信留言后便按照先前在纽约保留下的习惯起身去了淋浴间。对于郑若溪而言，每天早起的淋浴不单单是因为爱干净，更重要的是可以借此退去睡意。她将水温调至三十八摄氏度，冷暖适中的水柱跳离花洒轻抚郑若溪的背脊。

“我应该见她吗？”郑若溪在心里想。“嗯，还是尽早见一面吧。”待一切计划周全，郑若溪关掉淋浴。

她推开透明的浴室门朝镜子走去，满意地欣赏着自己近乎完美的胴体。湿漉漉的秀发滴落的水珠，犹如一颗颗晶莹剔透的水晶。郑若溪插上吹风机电源，将头发一层层地吹干。当指尖撩过秀发时，更为她增添了几分出水芙蓉般的清纯。

几分钟后，头发几乎全部吹干。郑若溪裹着浴巾走进卧室，从行李箱里拿出那件当初在全美最大的奥特莱斯购买的杜嘉班纳大花连衣裙。尽管这条裙子折后的价格依旧不便宜，但她还是咬咬牙付了款。郑若溪明白把钱投资在自己身上，迟早都会见到收益。

郑若溪将裙子穿好，又从行李箱里翻出鼓鼓囊囊的化妆包。她再次走进卫生间，对着镜子为自己设计出一款与裙子完全匹配的靓丽妆容。

当她反复确认好自己三百六十度无死角后，便拿起自己最爱的 j'adore 从上至下地朝着空气喷了喷，随后优雅地从还未消散的香气中穿过。

待一切准备完毕，郑若溪放下香水瓶走回卧室。她顺手拿起躺在床上的手机，在为数不多的微信联络人里选中了一个名叫“Julie”的微信联络人。

其实郑若溪在出国前手机里的联络人并不少，差不多能有三四百人。其中大部分是她从小学一直到大学的同学，当然也有一些看着自己长大的叔叔阿姨和朋友亲戚。不过在她到了纽约的第三个月，也就是她第一次在第五大道遇见 Julie 后，便一口气将微信名单里的好友直接删掉了三分之二。按照她当时的心境理解，之所以决定删除这些人完全不存在任何不理智。因为她明白今后自己的人生将和从前大不相同，那些沉寂在好友名单中、不能带给自己任何帮助，甚至还不如自己过得滋润的同龄人必定要在自己的世界消失。说她势利也好，不懂得“风水轮流转”的道理也罢，总之她义无反顾地想要和曾经的生活撇清关系。

相比较其他人而言，当她看到手机屏幕上出现的“任小凡”和“窦雯雯”两个好友名单时，郑若溪打算按下删除键的手指稍微有些犹豫。是啊，不管怎么说毕竟大家也在一起做了三年室友。郑若溪思索几秒，给二人留了一线生机。

不过，即便当初没删她俩，郑若溪却再也没有主动联系过她们。因为自从来到美国或者说是自从认识 Julie 后，她的人生观仿佛一下子就升华了。在这个遥远的国度，她见识到了太多太多她曾经想都不敢想的生活模式。那些令她梦寐以求的阔绰，是她自打从娘胎里出来就拼命向往的。也正因如此她遇到了人生中第一个令自己崇拜的女生，那个即便只是喝杯咖啡都要开宾利出门、那个随便打一通电话就有兰博基尼前来接送、那个为了继承家族生意还没毕业就潇洒回国、那个在郑若溪心中充满了太多传奇色彩和神秘感的女生，正是她准备一会儿前去见面的 Julie。

“Hello，姐姐。我到北京啦！你在干吗呢？要不要我过来找你玩儿呀？”郑若溪一改往日的高冷，捧着手机用撒娇的语气对着话筒发了一条语音。

“哟！你回来了？我正给朋友安排酒店呢，你一会儿直接过来吧，我把地址发给你。”一听说郑若溪回来了，这个豪放的北京大妞 Julie 二话不说直接招呼上了。

“好的姐姐，等到了大厅我再联系你。”

“好嘞，没问题。”

在确认 Julie 回国后依旧保持着在美国时的一贯作风，郑若溪满意地露出微笑。

她需要 Julie。在她初来乍到刚到纽约时需要，回国以后她更加需要。尽管她和 Julie 认识的时间并不长，但当她得知 Julie 提前回国是为了接手家族企业后，郑若溪便下定决心不论是在网络上还是在现实世界里，自己都要对这个拥有无限良好资源和人脉的 Julie 保持极度高涨的热情。兴许是郑若溪在人前人后都比较会来事儿，Julie 对这个认识时间并不长的女生倒也十分爱惜。

很快，Julie 就将酒店地址发给了郑若溪。在得知酒店地址后，郑若溪迅速下楼拦了一辆出租车。

上车后她一路侧头看着窗外风景，想象着回国后即将开启的属于自己的好日子。

没过多久，司机就开到了目的地。郑若溪付完钱下了车，朝这家五星级的大酒店走去。

尽管郑若溪的父母都不是土生土长的北京人，但郑若溪从小在北京生北京长，再加上到国外留学了一年，所以多多少少也见了不少世面。可是当她来到 Julie 和朋友约见的这家酒店时，还是忍不住在心里暗叹了一声“好美”。

哇！美到极致的不规则大理石花纹！一眼望不到头的螺旋式楼梯！从三楼落下的瀑布奇景！彩色琉璃装饰的五彩灯具！郑若溪下意识地摘掉墨镜想要锁定住眼前最直观的视觉冲击。

“你好女士，请问有什么可以帮到您？”不等郑若溪进一步欣赏眼前美轮美奂的装修设计，门口的接待员便礼貌地询问她是否需要帮助。

“不用了。”郑若溪朝接待员摆了摆手，直接从包里掏出手机。

她给 Julie 发了一条微信，告知自己已经来到酒店大厅。

Julie 回复道：“你直接来一楼茶室吧，我们正聊天呢。”

收起手机，郑若溪走到刚才和自己对话的接待员身边询问了茶室的具体方位，便步幅优雅地向前走去。

茶室不大，却装潢得格外典雅。放眼望去，整个茶室的配套桌椅全部用了清一色的明代工艺。相比清朝的繁杂，郑若溪更偏爱明代家具的简约大气。

看得出 Julie 和朋友聊得正欢，她好像并没有注意到站在门口的郑若溪。反倒是郑若溪一眼就认出了几个月没见的 Julie。她捋了捋长发，大步朝 Julie 走去。

“姐姐我来了。”郑若溪露出了洁白整齐的牙齿。

直到听见郑若溪的声音，Julie 才从刚才的高谈阔论中收回自己的声音。“来来来，我介绍一下啊。”Julie 见郑若溪已经站在自己身旁，便朝坐在自己对面的男人说，“这是我妹，若溪。在纽约认识的，也是北京孩子。”之后 Julie 又向郑若溪介绍了自己的朋友，“这是我哥们儿，杨瑞。”

“你好啊！美女。”杨瑞有些嬉皮笑脸。

面对杨瑞起身伸来的右手，郑若溪只是蜻蜓点水般的一笔带过。

杨瑞相貌平平，身材和大部分南方人相似属于短小精干型。尽管杨瑞刚刚只对郑若溪说了几个字，但她却明显听出了他的南方口音。再加上杨瑞穿着普通又没有一点架子，于是郑若溪大致分析出面前这个三十多岁的男人应该没有什么社会背景。

“行了,差不多也到饭点儿了。怎么着?想吃什么?”Julie看了一眼手机，示意午饭时间到了。

“我都可以，美女想吃什么?”杨瑞把选择的机会让给了郑若溪。

Julie看向郑若溪，郑若溪忙摇头说自己选不出，吃什么都可以。于是Julie爽快地直接拍板了:“走!吃烤鸭去。”

临走时，郑若溪见杨瑞在账单背面写了几个数字，并交代服务生直接把账记到房间里。

三人一前一后地离开一楼茶室，走出酒店大堂上了Julie的车。

在车上郑若溪没怎么插嘴，多半是听Julie和杨瑞在前面聊闲天。不过郑若溪也不是全程充当哑巴，她时而风趣时而内敛，恰到好处地展现自己既冰雪聪明又很识大体。总之她在比自己年龄大出不少的Julie和杨瑞面前表现得还算游刃有余。

很快便来到餐厅，Julie一口气点了不少菜。除了来北京必吃的北京烤鸭外，还点了松鼠鳜鱼、毛氏红烧肉、蟹粉狮子头、醉鸡、水煮鱼、西芹百合和一些老北京特有的宫廷小吃。总之在北京，人们可以品尝到四海八方的美味佳肴。不论国内国外可以说是应有尽有。在这座繁华的大都市里，只有你想不到的美味没有餐厅老板实现不了的菜品。

尽管昨天下飞机后,郑若溪只在那家小馆吃了一份盖饭。但为了保持完美身材，即便此时餐桌上的菜都是她爱吃的，但她还是很节制地以喝水为主吃菜为辅。

餐桌上，杨瑞的话明显比在茶室多。只见他和Julie边吃边聊，完全不顾一点就餐礼仪。相比较而言，一旁的郑若溪则显得淑女很多。

“怎么样？味道还行吧？你别看这家店装得不怎么地，但味道绝对没的说。”Julie自豪地夸赞自己挑选的餐厅。

“嗯，除了水煮鱼差点意思，其他都不错。”杨瑞也不知道和Julie客气客气，直接点名就说水煮鱼味道不行。

“不爱吃就甭吃了，一会儿让服务员拿菜单再点点儿别的。”面对杨瑞的否定Julie显得并不在意。

“不用点了，能吃完这些就不错了。”杨瑞吧唧了一下嘴抬头问Julie，“你说你俩都是北京的，怎么长相差距这么大？你看人家小姑娘那么秀气，再看你简直比我还彪悍。”

“又开始嘴欠了。”Julie虽嘴上笑骂了一句，但看得出两人关系非常好，“人家有一半血统是南方的，江南小美女。和我这个纯种北方人当然长得不一样了。”

“你老家哪里的？”杨瑞好奇地询问郑若溪。

“我老家是江苏那边的。”郑若溪并没有具体说明是江苏哪里。

“难怪长得这么水灵。”杨瑞毫不吝啬地夸赞郑若溪。

“你这次打算在北京待多久？要是时间长就别住酒店了，我正好在朝阳那边儿空了套房，你要愿意可以随时过去住。”Julie开口问杨瑞。

“行啊，那你直接给我钥匙吧。”杨瑞丝毫不客气。

“你待多久？”Julie边说边从包里递出房门钥匙。

“看心情吧，反正我也得在北京多考察一段时间。”

“哈哈，行。回头有好项目记得带我一个啊。”

“没问题！”

酒足饭饱后，杨瑞声称自己还约了其他朋友就先行离开了。见杨瑞走后Julie便叫服务员过来把账结了。

“你觉得我哥们儿怎么样？”Julie开口问郑若溪。

郑若溪虽心里没怎么看上杨瑞，但嘴上还是回了句：“还可以。”

“你别看他说话不着调，穿衣服也没品，但人品没的说，特仗义。最主要的是，他现在还单身！”Julie拿起桌上的茶杯喝了口茶，继续说，“你这次回国有什么打算？还准备回美国读研吗？”

“应该先不读了。我是打算回来创业，想看看有什么事可以做。”

“对！趁年轻就应该自己闯一闯，给别人打工多没劲啊。那你现在找着项目了吗？如果靠谱儿也算我一个，正好最近手里有点儿闲钱。”

“我还没想好呢。不过你走之后纽约那边又开了一家台湾甜品店，和常规的甜品不一样，他们家做得非常有特色。我在想要不要在北京也开一家类似的，或者干脆和他们谈代理。”郑若溪把自己的想法告诉Julie。

“在北京开甜品店？”Julie表示不太可行的。“北方人本来就不爱吃甜的，而且也没工夫在那儿弄这种小浪漫和少女心。你这个如果在南方开还靠谱儿点，虽然那边儿竞争大但需求也大啊。你看北京，大家要是有那闲工夫喝奶茶还不如在街边儿撸串儿呢。”Julie站在消费者的角度分析给郑若溪听。

“嗯，好像也是这么个道理。”

“没事儿，你多琢磨琢磨吧反正也不着急。其实这方面你倒真可以和杨瑞交流交流，他在他们那片儿已经开了小二十家连锁店了。估计他可以给你一些不错的建议。”

听Julie这么一说，郑若溪还真是有点小震惊。她在心里暗想，“看来人还真是不可貌相啊。”

Julie还想继续说些什么，却被手机铃声打断了。她嗯嗯啊啊地对着电话那头附和了几句，便挂断了电话。

“一会儿有安排吗？”Julie将手机放回包里，开口问郑若溪。

郑若溪明白，自己融入Julie在北京建立的小圈子的时机终于到了。于是赶忙说道：“没安排，我这几天都有空儿。”

“行，那就跟我走吧。”

话音刚落，Julie便起身朝门口走去。郑若溪也赶忙拎着自己的背包一路小跑地跟了上去。

“一会儿带你认识几个姑娘，年龄跟你差不多有的也是从国外回来的。”

“好的姐姐。”

“她们几个家庭条件也都不错，而且也都想自己干点儿事。回头你们可以私下多接触接触，没准儿也能拓展拓展思路。”

“反正这次回北京，有不懂的肯定也得多请教你呢。”

“跟我你就甭客气了，有什么需要随时说。”Julie 回答得很是爽快。

碰巧这个时段路上不是很堵，没一会儿的工夫就到达了指定地点。郑若溪从车上下来，眼前赫然写着几个大字——某某烧烤屋。

“怎么样，我就说开甜品店没前途吧。”Julie 有点小得意地朝郑若溪眨了眨眼。

这家店面不算很大，但装修得相对有质感。一推开大门，除了香飘四溢的烤肉香味外，给人最直观的印象就是听觉和视觉的双重冲击。简单来讲，室内灯光暗淡、音乐劲爆十足。

“Julie 姐！”一个尖锐的女声从右前方的方位传来。

循着声音方向望去，郑若溪看到了三个靓丽的女生正一个劲地朝 Julie 挥手示意。

郑若溪紧跟 Julie，很快便绕到了那三个女生的座位前。

“好久不见啊 Julie 姐，这是你朋友吗？”说话的依旧是那个声音尖锐的女生。

“来，我介绍一下啊。这是我妹，郑若溪。”Julie 向三人介绍了郑若溪，随后又对郑若溪说，“这三个也是我妹妹。分别是，小敏、小玲和菲菲。”

通过 Julie 的介绍，郑若溪了解到那个尖锐的女声正是从菲菲嗓子里发出来的。

菲菲三人没怎么搭理郑若溪，而是一个劲地和 Julie 套近乎。看得出，她们三人今天肯定是有求于 Julie。郑若溪很识趣地坐到了一边。尽管屋内灯光依旧很暗，但她却看出这三个女生应该家底也不错。

兴许是对各大品牌的各大款式都摸得比较透。郑若溪只是简单扫了一眼，就看出三人今天的装扮都价值不菲。

相比较而言，尽管今天自己穿得也并不逊色，但郑若溪突然意识到从某种程度上来讲，自己和菲菲三人已经彻底败给 Julie 了。

真正有真材实料的人早已不需要通过这些外在的“价签”来提升自己的地位，就好比 Julie 今天只穿了一件不到 100 块钱的小吊带，却已经有足够的能力让那些身穿昂贵奢侈品的女生前来巴结。从这一点上看，外在的物质条件还真是代表不了一切。不过话又说回来，如果一个人想要在这个物欲横流的社会里霸气十足地穿着吊带背心，必定要在这之前经历过一次又一次的大放血。因为只有血放足了，别人才会欣然追随。就好比 Julie 曾经在纽约第五大道上展现出的阔绰和优越。

郑若溪忽然觉得自己今天又上了一课。她突然有种想要脱掉自己身上这条杜嘉班纳的冲动。当时为了攒钱买这条裙子她特意吃了一个多月的沙拉，还不得不对外宣称自己只是单纯地为了减肥才一天只吃一顿饭。看着此时在自己面前从容不迫的 Julie，郑若溪更加坚定了自己必须早日赚到大钱的决心。有朝一日，她希望自己也可以像 Julie 一样镇定自若地活出自己。不必再买打折货，不必再有所顾虑地从正品店的门前闪过。

过了一会儿 Julie 和菲菲出去抽烟了，于是剩下的两个女生才顾得上和郑若溪交谈。通过聊天郑若溪得知她们几个也刚认识不久，其中小敏和小玲还没大学毕业只是放假了所以回了趟国，而菲菲也是个名副其实的“富二代”。闲聊片刻后，三个女生习惯性地添加了彼此的微信。

等 Julie 和菲菲回来后，大家又一起吃了点东西，之后便各回各家了。临走时，郑若溪看到三个女生都分别给 Julie 带了礼物。虽然猜不出她们到底送的是什么，但那三个火遍全球的奢侈品纸袋却寓意着里面物品的价值等同于 Julie 替她们办事的效率。

看到此等场景，郑若溪不禁有些发愁。

“看来日后又得一天一顿沙拉了。”郑若溪在心里暗暗叫苦。

“瞧你最近瘦的，快吃快吃。”和郑若溪不同，任小凡从没想过要将自己的时间和精力用在扩张人脉上。此时此刻，她正一脸幸福地给坐在自己对面的吴洺疯狂夹菜呢。

吴洺和任小凡是上大学以后才认识的。吴洺不是北京本地人，他属于从外省通过高出任小凡不少分数才考进北京的。当初是任小凡先追求的吴洺，都说女追男隔层纸看来还真是这么回事。其实任小凡之所以被吴洺吸引，纯粹是因为看上了他那股子既执拗又单纯的傻劲。这种“傻”对于任小凡来讲很新鲜，因为她从未在周围的北京男孩儿身上碰到过这种“傻”。

对于任小凡来说，相对比大部分北京男生“无所谓”和“慵懒”的特性，吴洺身上有一股想要抓住一切机会不断提升自我或是使自己持续进步的冲劲。这种感觉是最令任小凡着迷的，因为身为北京女孩的自己就少了这股不达目的誓不罢休的精神。

尽管吴洺算不上是一个大帅哥，但在任小凡心里他却是最特别、最有前途，也最自律的一个。吴洺从不出去鬼混，他不抽烟不喝酒不泡吧，甚至生物钟一直保持在晚上十一点钟就已经进入正常睡眠的状态。总之，在这个繁杂的世界中吴洺绝对算得上是新时代的一股清流。

“好了，好了，装不下了，你也赶紧吃两口吧。”吴洺手中的饭碗已经被任小凡夹来的菜品填得快要溢出来了。

“哈哈，我不饿。你吃饱了，我也就吃饱了。”任小凡一脸花痴地看着吴洺。

“多少吃一点吧，不然点这么多该浪费了。”

任小凡没有理会吴洺的节省，直接换了一个话题：“我有两个好消息要告诉你，你打算先听哪个？”

“哪方面的？”

“一个和咱俩有关，另一个和你自己有关。”

“和咱俩有关的吧。”

“和咱俩有关的就是旅游的事儿昨天已经跟我爸妈定下来了，到时候他俩也一起去。你打算去哪儿玩？反正不管你选哪儿我都听你的。”

“真去啊？”吴洺有些迟疑。

“当然真去啊。咱们好不容易毕业了，必须好好庆祝庆祝。”

“可是我现在……”吴洺突然有些为难。

“怎么了？你不会是不想去了吧？我可都跟我爸妈说好了。”见吴洺吞吞吐吐的样子，任小凡有些着急了。

“不是不去，我也想好好陪陪你。可你也知道，为了创业的事我现在手里真的没有钱再出去玩了。要不你再等等？等我到时候赚到钱了，咱们再一起去旅游？”

“嗐，我还以为什么事儿呢。”任小凡一听是因为钱的事，立马释怀了，“钱的事儿你不用管。我爸妈和咱俩一起去，当然是他们出钱了。咱俩刚毕业又没上班，肯定不能让咱俩出啊。”

“那多不好啊。”吴洺依旧很为难。

“哎呀，有什么不好的。你别老整天钱钱钱地挂在嘴边儿了。咱俩要做的就是尽情享受生活，其他那些交给我爸妈想就行了。”任小凡喝了一口饮料，继续说，“现在有三个选项，法国、埃及还有云南。这三个地方你想去哪儿？”

吴洺没有马上回答任小凡，而是一个人静静地思考着什么。

“好啦，你快别琢磨了。再说了，我爸为了能陪我出去玩儿特意腾出空儿的。你就当是陪未来的岳父岳母出去旅游了。”聪明伶俐的任小凡变着法儿地劝说吴洺。

“那好吧。”半晌，吴洺终于给出回应。

“这仨地儿你选哪个？”

“要不咱们去泰国吧？”

“啊？泰国？去泰国干吗呀？刚才那三个你都不喜欢啊？”任小凡一脸疑惑。

“反正也没去过，你觉得呢？”

“嗯……行吧，泰国就泰国吧。反正我都听老公的！”任小凡笑嘻嘻地应下了。

“那另一个好消息呢？”吴洺问。

“哦哦，对，还有一个呢。你要不说，我都差点儿忘了。”任小凡正了正身子，郑重其事地说，“我准备入股啦。”

“入什么股？”吴洺听得一头雾水。

“就是你创业的那个股啊。我都想了，我出钱你出力。然后我占百分之二十的股份，你占百分之八十的股份。怎么样？我这个合伙人还挺靠谱吧？”任小凡一脸得意地看着吴洺。

“这样也好，最近正好我也需要一笔钱进行周转，省得我还要管室友借。但二八分不行，至少也要五五分。”吴洺认真地说。

“哈哈，怎么分都无所谓。你怎么高兴怎么来。”

“那你现在手上有多少钱？”

“这个数。”任小凡比了一个数字“5”。

“五千？”

“哈哈，五万！”

“这么多！你哪来这么多钱？”一听任小凡有五万，吴洺差点没从椅子上蹦起来。

“这你就甭管了，反正这钱来得正大光明。我就是不想看到你整天为了这点儿钱省吃俭用的，以后你要是钱不够了就跟我说。到时候我管我爸妈要，他们肯定会给的。其实我不求别的，只要能天天见到你，只要你能一直爱我我就满足了。你挣多少钱真的无所谓，反正我爸妈是不可能看着咱俩饿死的。”任小凡将心里话一股脑地说了出来。

“小凡，唉。”吴洺轻轻叹了口气，没再多说什么。

“好啦，怎么又愁眉苦脸了？你快吃吧，等一会儿吃完了还得陪我去逛街呢。”

吴洺缓缓拿起碗筷，继续埋头吃着碗里的饭菜。

酒足饭饱后，吴洺陪任小凡在王府井逛了逛。任小凡走在前面，而吴洺则一边跟在任小凡身后一边不停低头回着微信。起初任小凡还表现出极度不满，但一听吴洺是在聊生意也就没再纠缠。

逛的战绩还算不错，最终她以成功俘获两条牛仔裤的战果成功结束了今天的扫荡。

走出商场，吴洺护送任小凡上了一辆出租车。随后，他自己朝街对面的地铁站走去了。

到家之后，任小凡向爸妈表明了自己想去泰国的意愿。尽管夫妻俩想不通为什么女儿最终会选择去泰国玩，但还是同意了女儿的提议。毕竟这趟旅行就是为了庆祝女儿顺利毕业准备的，所以不论是泰国还是其他国家，只要女儿开心就够了。

见爸妈同意后，任小凡赶忙给吴洺发了一条微信。刚从地铁口出来的吴洺在看到微信后，也满意地给任小凡回了一个充满奖励意味的表情符号——“亲亲”。

然而同样是刚回到家的窦雯雯却经历着与任小凡天壤之别的境遇。

窦雯雯上午去了趟银行，工作人员告知她经理下午会来，于是窦雯雯又乖乖地原路返回。回到家里，她没有躺在床上再补一觉，而是替妈妈收拾了一下客厅。

为了避免再次错过与经理碰面的时机，窦雯雯吃过午饭后就又顶着大太阳从家赶到银行大厅。尽管是周末，但前来银行办理业务的人依旧一个接一个。窦雯雯本想再去柜台问问工作人员经理大概几点钟会到，可她却始终没有勇气打断正在柜台办理业务的员工和顾客。于是她找了个座位，幻想着可以在此守株待兔。然而直到最后一个顾客离开，她都没有等到银行经理。窦雯雯终于决定说些什么，却在保安一脸疲惫的面容下止住了口。于是乎，她就又和上次一样，灰头土脸地走向公交车站了。

回到家之后窦雯雯没心情吃晚饭，确切地说是妈妈没给自己准备晚饭。窦雯雯轻手轻脚地钻回自己房间，用一扇看起来并不厚重的房门自欺欺人地阻隔着与屋外相连的世界。

“王八蛋！有本事你别被调走啊！你看看谁家丈夫五十多岁了还被调来调去的！所有像你这个岁数的不是当领导了就是自己出来单干了！我真是瞎了眼当初嫁给了你！”不知今天在单位又受到了什么刺激，张秀荷一到家就拿起家里电话冲着远在外地工作的丈夫一通咆哮。

尽管听不清爸爸在电话那头说了什么，但窦雯雯依旧可以猜到自己那个从不与人发生口角、又不懂得拉关系的老实父亲一定又在全力开导妈妈。从小到大，不论爸爸做对或做错，只要妈妈有一点不顺心就会把所有怨气都撒在爸爸身上。当然了，如果赶上妈妈气不顺但爸爸又正好不在家，那唯一能让妈妈消气的方式就是自己身上凭空出现的几道红手印了。

小时候，窦雯雯觉得爸爸实在太过软弱。但随着年龄渐渐增长，她才慢慢理解其实并不是爸爸软弱，而是他想通过自己的隐忍为年少的女儿保留一个完整的家。其实妈妈也不是一直这样像个没文化的疯婆子，当她顺心时或当她得意时，她的脾气还是不错的。只不过，她顺心和得意的时候毕竟占少数。就比如现在，她又全面爆发了。

“都怪你没用！你要是当初知道给你们那个老领导送送礼，他退下去的时候能把位子给姓陈那个不要脸的东西吗！所有人都知道你最有希望接他的班！可是你呢，蔫了吧唧的半天憋不出个屁！现在好了吧，姓陈的给你挤走了！我也跟着受牵连！如果当初你能当上头儿，我现在至于还待在这个破打印室里看别人脸色吗！你一拍屁股走了，北京的事不管不顾的。你知道人家在背后都怎么说我吗？说我找了一个窝囊废！我告诉你，就那个不要脸的陈又发！他把他老婆调进单位了！而且还是财务科！就她还没我文化水平高呢，就给安排到财务科了。你知道每年有多少人往财务科送礼吗！光收礼就收到手软了！”

想必爸爸在电话里正在说着什么，张秀荷的声音渐渐变小了。但好景不长，没过几秒摔东西的声音便响起了。自从窦雯雯十岁那年不小心踩到被妈妈摔碎的碎瓷碗片流了一脚血后，张秀荷就不摔容易碎的东西改扔筷子、书、锅铲、扫把等硬件了。

“你想吓唬我？我告诉你，我没那么容易被吓倒！我凭什么收敛，我凭什么给他俩面子！他俩不配！我还告诉你，他整不垮我的！我就偏不给他俩好脸色！我就是要让大家都知道这个位子原本是给你的，就因为那个小人溜须拍马所以才抢了你的位子！现在他居然还敢把他老婆安排进单位，真是贼心豹子胆！”

“我凭什么不说！我就要说！既然他们让我不舒坦了，我也不可能让他们过得舒坦！”

“闭嘴吧你！我挑什么事了！我还不是在替你出头啊！你自己没胆量对付他，灰溜溜地去外地了。既然我现在还在单位，我就不可能给他们好果子吃！”

“砰！”电话听筒重重地扣在电话机上，窦雯雯知道暴风雨过去一半了。

“零零零……”熟悉的手机铃声响起了。窦雯雯拿起手机一看，是赵诚打来的。窦雯雯刚准备接听，房门就被妈妈敲响了。

“你躲在屋里干吗呢？你赶紧给我出来！别以为我不知道，你刚才都在里面听见了吧。你出来，你给我评评理！你说我和你爸这种窝囊废待在一起有什么意思！你出来！”

伴随着母亲的谩骂，窦雯雯慢慢放下手机。尽管手机铃声依旧雀跃地唱个不停，但窦雯雯是无论如何也不能接起这通电话了。难道要让赵诚听到妈妈的谩骂声吗？难道自己可以无视刚才的硝烟自顾自地躲在房间聊着闲天吗？其实不是窦雯雯不善交际不会来事儿，而是从小到大家里有这样一位喜怒无常的妈，她又怎么能够像同龄孩子那般随便领小朋友到家里玩？

她确实没什么朋友，因为她从妈妈身上就没学到应该如何结交朋友。

窦雯雯实在太过胆小，长此以往的封闭式生活让她不知道应该怎样与人搞好关系。于是也就造成了当她碰上能替自己争取利益的时刻却不懂得如何把握住良好时机。她腼腆、她话不多、她心思重。每当遇到一些自己认为无法把控的事情时，她便过于谨慎。只不过这样的谨慎并不是体现在做事情很细致，而是源自于她害怕说错话、办错事。她就像只刺猬一样整天全副武装地游荡在学校、家庭和如今的实习单位里。不论是现状还是自己，她从未想过突破什么。一方面是害怕出错，一方面是不敢争取。再或许当机会摆在她面前时，她已然条件反射般麻木到分辨不清。

3. 初入职场

初入职场的方式各式各样。窦雯雯通过四处投简历，终于排除万难得到一个“实习生”的名分。任小凡则因拥有一双神通广大的父母，轻而易举地得到令同龄人羡慕的工作。然而在郑若溪眼中，只有实现自主创业才能给自己带来安全感。人们常说：“一个人所在的圈子将决定此人未来的眼界和命运。”那么对于她们三人来讲，究竟是拥有一份稳定的工作更稳妥，还是开办一个成功与风险并存的公司更值得？

新的一周开始了。周一清晨的北京，堪称早高峰中的战斗机。各种汽车、电瓶车、自行车在街道中央和马路两侧任意穿行。绿灯一亮，车也走人也走。红灯一亮，总有那么几辆不自觉的还想往前挤。尤其到了道路出口，基本上不是堵着不动就是各种鸣笛。

窦雯雯自然不会傻到在这个时候选择挤公交车了。她和平常一样，睡觉前提前定好闹钟。等早起梳洗完毕后，再不慌不忙地到楼下早餐铺吃早点。差不多一碗豆腐脑或一屉小笼包下肚后，她才朝地铁站的方向走去。

其实她原本是计划骑车去的，不过貌似今天楼底下的扫码自行车全被别人骑走了。但即便如此，窦雯雯依旧打出了足够的富余。如果不出意外，按照走路去地铁站的时间计算她也能提前十多分钟到公司。所以不论哪种方案，她始终是到公司最早的头几个。

窦雯雯差不多走了小二十分钟才走到地铁 B 站口。她像往常一样乘坐扶手电梯下去，之后穿过很长一条弯曲隧道，然后又在两三个工作人员的注视下将背包过一遍安检，再拧开自带的水杯喝一小口水以证明瓶内液体不是易燃易爆物。待一切程序结束后，她才娴熟地刷卡进入。

早高峰的人可真多啊！站在车厢内完全不用握紧扶手。一是没有空隙去找扶手，二是所有人都前胸贴后背地一个个紧贴着彼此根本没必要再去握什么扶手。尽管车厢内掺杂着各种韭菜鸡蛋、猪肉大葱的包子味，但好在这个时间段不会有那些举着拐棍、抱着小孩或边唱歌边放录音机的“职业骗子”轮番出没。

尽管窦雯雯每天上班都要经历一次与陌生人独有的“亲密接触”,但每当她听到公司有人抱怨“今天又堵车了”和“停车费又涨了”，她便很庆幸自己没有车。

露天停车场外，魏经理刚将车停好。不过算上等电梯和堵车等一系列因素，在他踏进公司大门时已经超过上班时间十分钟了。当他经过窦雯雯身边时，轻轻敲了两下窦雯雯的办公桌，并叫她过十分钟去趟经理室。

窦雯雯有些忐忑，她不知道经理此番叫自己过去有何用意。一个月的试用期就快到了,难道魏经理打算公布结果了?

十分钟看似不长，但对窦雯雯来讲却备感煎熬。由于处在实习期领导没给自己派什么活儿，窦雯雯只得将自己面前的办公桌擦了又擦。估计对她来讲，这就是潜意识里的变相自我充实吧。

时间终于到了，窦雯雯敲响了经理办公室的木门。

“进！”魏经理中气十足地回应。

窦雯雯推开门，小心翼翼地走了进去。

“魏经理,您找我？”窦雯雯的声音比蚊子声大不了多少。

魏经理显然没听清窦雯雯刚刚说了句什么，不过他还是将签字笔放下本能地抬头看看是谁进屋了。

“来，小窦。别傻站着了，快去坐。”一见是窦雯雯进来了，魏经理指了指不远处靠墙的皮沙发示意她坐下说。

窦雯雯走向黑色皮质沙发，慢慢坐下。看得出她很紧张，在宽大柔软的沙发里，她仅仅象征性地坐了四分之一。只见她全身僵硬，直直地定在那里。

“你往后坐一点儿，我看着都累。你这哪儿是坐沙发啊？直接就坐了个边儿。”魏经理看出窦雯雯的紧张，示意她放松一下。

一看魏经理发话了，窦雯雯才极不协调地朝后挪了几下屁股。

“你应该也猜到了，这次叫你来就是跟你说一下能不能转正的事儿。在跟你说评估报告之前，我想听听你的想法。这段时间你对公司、公司里的同事、包括给你安排的这些工作都还满意吗？有什么想法尽管说，就当作是朋友之间的聊天了。”

“都挺满意的。”窦雯雯的说话声，依旧非常小。

“我又不会吃了你，你紧张什么？有什么你就大胆说，包括工资待遇呀，日后是不是想去别的部门试试啊？这些你都可以说。”

“我觉得都挺好的，没有什么不满意的。”

“你有兴趣做销售吗？虽然底薪不多，但提成不错。之前一个销售回家待产了，正好空出来一个位子。你如果有兴趣可以试试，毕竟你还年轻。”

“销售……主要都做些什么？”窦雯雯没想到魏经理会和自己聊其他部门的事，一时之间有些转不过弯。

“销售还能做什么，就是卖东西呗。给客户推销产品，如果有必要下班之后再请他们吃顿饭巩固一下感情。当然了，这个钱公司肯定会给你报销的。之后就是拓展业务，发掘新客户巩固老客户。如果做得好，过几年买辆车不成问题。”

“那我现在的工作就不能做了是吗？”

“如果你决定去做销售，现在的工作肯定就交给别人去做了呀。怎么样，有兴趣吗？虽然前期累一点，但是等客源稳定以后接下来就会轻松很多，而且赚的钱也是你现在的几倍。当然了，前提是你得做出业绩。”

“我……”此时窦雯雯的脑袋早已乱作一团。她从没想过要去尝试任何新的工种，就连妈妈每星期逼自己去银行投简历也是被动行使。按照窦雯雯以往的思维，她能想到的也仅限于如何不犯错误守住现有的工作而已。

“没事儿，你回去好好想想。反正下周评估报告才出来，你还能再想几天。”魏经理见窦雯雯支支吾吾的模样，便不再勉强。

“哦，好的。那我回去想想。”

“行了，你回去干活儿吧。之前也不是我面试的你，不过看你这性格……唉，没事儿。你出去吧。”看样子魏经理并不打算再和窦雯雯多说，直接示意她可以出去了。

魏经理话音刚落，窦雯雯就麻利儿地走出经理办公室回到了自己的办公桌。走出经理办公室后，窦雯雯才觉得自己的心跳终于慢慢恢复正常了。她也不知道自己究竟是在紧张什么，可能这就是从小养成的怕老师、怕长辈的后遗症吧。

窦雯雯所在的公司既不是上市公司也不是人们争先恐后挤破头都想进的国企，只是个普通私人小公司。除了窦雯雯之外，办公区里其他员工也都普遍比较年轻。

或许对于那些想要通过职场历练自己从而得以迅速提升的人来说，与一群菜鸟共事完全丧失工作意义。但好在平庸无奇的窦雯雯却觉得这样不争不斗的工作环境非常适合自己。说句心里话，她才不想当什么销售呢。整天在外面风吹雨打不说，最重要的是每天都要被迫面对那么多不认识的陌生人。与其和那些人谈着自己根本不了解的生意，还不如躲在这间相对简陋的办公室里吹着并不凉爽的冷气。至少转正以后每月工资也几千块了，和以前上学时相比自己也算小资了。

“行了，别臭美了。你爸在楼下该等着急了。”为了帮女儿找工作，小凡爸先前找过自己原先的老同学。一听说丈夫的老同学今天回北京，小凡妈便想要第一时间将女儿拽过去。

“哎呀，你着什么急。涂个口红就好了。”任小凡不以为然地说。

很快，任小凡就从自己房间出来了。她选择了一条她最爱的破洞牛仔裤、黑色骷髅背心，嘴上涂的口红颜色则是自己最爱的大骚粉。

“哎哟，我的小祖宗啊！你这是想干吗呀！”见女儿这身丐帮打扮，再加上快要赶上荧光棒的嘴唇，小凡妈赶紧从餐桌上抽出几张面巾纸。二话不说，上去就朝女儿的嘴巴一顿狂擦。

“吗呢，吗呢！哎呀，你干吗呀！”任小凡死命挣扎。

“你看看你买的都是些什么颜色，你赶紧擦擦。这孩子真是气死我了，你穿的这都是什么衣服啊。平时穿穿也就算了，今天带你去见于叔叔。人家以后可就成你领导了，你赶紧换身儿正常点的衣服。快点儿吧没时间了，别第一天就迟到了。”小凡妈也顾不得自己已经换上了外出的皮鞋，只见她直接踩着干净的地板直奔女儿房间。

“你别翻了，都翻乱了。”见妈妈一个劲地翻着自己衣柜里的衣服，任小凡有些生气了。

“你别啰唆了，赶紧脱了。就上回我给你买的那个白衬衫呢？小翻领那个，还有那条浅色的牛仔裤。你赶紧找出来，就穿那一身去。”

“你买的那件衣服丑死了，我才不穿呢。”

“再丑也比你这个骷髅脑袋好看。你快点儿吧，赶紧找。”

任小凡打死也不想穿妈妈给自己买的那件衬衫，不过她还是脱掉了身上的衣服换上了一件纯色、纯棉短袖。

“这样行了吧？”任小凡看着妈妈。

“行行行，反正比刚才那件强多了。”小凡妈赶紧催促着女儿换鞋下楼，自己也紧跟在后面拎着包一路小跑。

从电梯出来后，母女俩直接上了车。

“你俩磨叽什么呢？”小凡爸一脸疑惑。

“甭问了，赶紧走吧。”小凡妈急忙说。

小凡爸没再言语，一脚油门朝老于公司前进。

“一会儿到了要有礼貌啊。你爸跟老于是老同学了，他刚从单位调走的时候没少来咱家蹭饭。今天去面试就是走个过场，但就算是走过场你也得重视。”小凡妈怕女儿等下太随便，赶忙在车上叮嘱几句。

“知道了，我又不傻。”任小凡紧靠椅背，一脸没睡醒地打了两个哈欠。

“对了，老于跟你说小凡过去之后主要做什么了吗？”小凡妈问小凡爸。

“他们那儿的部门特别多，具体名字没记住。不过老于跟我说了，活儿不累钱还不少拿。”

“嗯，活儿不累就行。别咱闺女刚一去就里里外外都让她忙活，要真是那样我宁愿她不出去工作。”

“放心吧，老于心里有数。”

好似和自己没什么关系似的，任小凡并没有参与到爸妈的对话当中。她继续紧闭双眼，做着起床前没做完的梦。

没一会儿就开到了，看样子如果任小凡今后要真决定在这儿上班，路途这块就能比大多数人省去一多半。

“醒醒，醒醒。快别睡了，到了。”小凡爸刚将车停好，小凡妈就催促女儿赶紧下车。

任小凡迷迷瞪瞪地下了车，同爸妈一道走进面前崭新的写字楼。

“他们公司在几层啊？”写字楼很大，看得出年租金怎么也得上百万了。

“十一层。”小凡爸答。

待三人走进电梯，小凡妈按下数字十一。

电梯里三面都是镜子，爱臭美的任小凡又忍不住想从包里掏出口红往嘴上涂。小凡妈见状，赶忙一把拦下。

“行了，别抹了。现在这样刚刚好，有点儿颜色就行了。”

任小凡无奈，错过了最后一次补妆的机会。

叮咚，电梯门开了。十一层到了。

“嚯！够气派呀。”一出电梯，任小凡就看出这家公司肯定来头不小。抛开别的不谈，光是玻璃门后公共办公区的办公桌椅就有一百来个，更别提隐藏在办公区深处的各个办公室里的高层和主管了。

“老于现在做得不错呀。”小凡妈也忍不住赞叹一声。

和任小凡母女相比，小凡爸显得格外淡定：“嗯，他们公司这几年运作得确实不错。”说完，便掏出手机给老同学拨了过去。

“喂，老任。”老同学接起手机。

“喂，老于。我们到了，在你公司大门口了。”

“你直接上来就行，在十一层。”

“已经上来了。”

“哦，好好好。你等着啊，我马上出来迎你。”

挂断电话，于建军放下手上的合同，直奔电梯口。

见任小凡一家三口都来了，于建军热情地和他们打着招呼。

“你看我，怠慢了不是？等半天了吧？”

“没有，我们仨正好参观参观你的公司。你搬到这边儿之后，我一直也没顾上看。你小子现在混得可以啊，这地儿可比你之前那个气派多了。”

“瞧你说的，也就是混口饭而已。来来来，快到里边儿坐。”

几句寒暄过后，于建军将任小凡一家迎进自己的办公室。

“快坐快坐，想喝点儿什么？龙井？铁观音？还是其他什么？反正我也不太懂，但应该我这儿都有点儿。”

“不用麻烦了，主要把我们家这丫头的事给落实就行了。”

“这还落实什么呀，电话里不早就落实了。”于建军给任小凡一家吃了一颗定心丸，随后指派秘书去沏茶。

“老于呀，我们家小凡今年刚毕业，是Z大学毕业的。虽然算不上是一类大学，但能考进去也不容易了。这孩子挺机灵的，办事儿什么肯定没问题。”小凡妈有点沉不住气，直接开门见山毛遂自荐。

“是，小凡这丫头一看就聪明。”于建军也净捡好听的说。

“所以我就想问问你打算给小凡安排个什么样的职务啊？”小凡妈终于说到关键点。

“我是这么考虑的，其实那天在电话里也和老任简单聊了一下。女孩儿嘛，没必要没日没夜地瞎忙活。保证睡眠，能完成好现有的工作，还能有空闲时间谈个对象就足够了。至于赚大钱的事儿交给她老爸和未来的老公就行了。哈哈哈，所以你放心，我不会给她安排太重的活儿的。像那种加班啊熬夜啊，肯定不会让她干的。”

“那就行那就行，我也是担心不想让她刚一毕业就忙得昏天黑地的。主要女孩子早晚得成家，要是工作性质太强以后也影响家庭生活。”由于于、任两家的关系已经很熟了，所以小凡妈也就没有刻意藏着掖着。

“放心吧，亏不着她的。”于建军将视线转向任小凡，“小凡啊，你是怎么考虑的？有没有兴趣到叔叔这儿上班啊？”

“当然有了。于叔叔，你的公司那么有名儿，有多少人想往里进呢。”任小凡倒也机灵，也知道借机吹捧一下这个家大业大的于叔叔。

“哈哈哈，你这丫头小嘴儿就是甜。”于建军被任小凡逗得哈哈大笑，“那就这么定了，你下个月一号就来报到吧。为了避嫌，还是得走走实习的流程。下个月一号先实习一个月，实习期间没多少钱。不过再过一个月等你正式转正后，每月八千。另外还有一千的伙食费补助，不过那个钱取不出来只能是早、中、晚到食堂吃饭用。不过咱们公司也有个小超市，那些钱要是用不完也能去超市刷。之后年底还会有奖金，五险一金那些也都会给你上。等过两年你有经验、成老员工了，工资那些还会一起往上涨。大概就这些，你还有什么想问叔叔的就尽管问。哦，对了。早上九点钟上班，下午六点钟下班，中午休息一个半小时。”

于建军刚介绍完工资待遇和上班时间，秘书就端着装有四个茶杯的托盘走进了办公室。

她一一将茶杯轻放到每人面前，全程举止优雅令人垂怜。

“我下个月不能来上班啊。”趁着秘书分发茶杯的工夫，任小凡小声对一旁的妈妈说。

“为什么？多好的机会啊，我看待遇给得也不错了！”

“旅游啊！你忘了要去泰国了？”任小凡赶紧给妈妈使眼色，凸显去泰国的重要性。

“哦，是是是。”被女儿一提醒，小凡妈这才想起来还有旅游这档子事儿呢。不过她转念一想，旅游什么时候不能去啊，还是先把工作落实了最要紧。但她话还没说出口，就听女儿已经开口。

“于叔叔，我能不能过一个月再来报到啊？因为我下个月还打算跟我爸妈出去旅游呢。”任小凡从未有过四处投简历的经历，所以她不明白眼下什么才是主什么才是次。

“旅什么游啊？等你把工作做好再去旅游。”小凡爸没想到女儿会这么不识大体，直接否决了自己闺女。

“可是咱们都说好了呀。”任小凡见爸爸突然改口，心里很是委屈。

“小凡呀，你听叔叔说。这事儿你还真不能怪你爸，主要每天往公司递简历的人太多了。如果我一直替你留着位子不给别人机会，这样也确实说不过去。但你下个月一号来报到就不一样了，那样人家想说我给你走后门都没机会说去，因为时间上正好对得上。你这样，想旅游的话等到了年底或者十一。到时候我再特批你几天假，你看这样行不行？”

见于叔叔都这么说了，任小凡也不好再坚持下去。于是只好谢过于叔叔，算是妥协了。

再之后，小凡爸和于建军又简单寒暄几句就带着老婆、孩子告辞了。从公司出来一直到坐进车里，任小凡始终不发一语。

“行了，你就别生气了。旅游什么时候不能去呀，你看看现在有多少人削尖脑袋都想进你于叔叔的公司呢。先把位子占上，其他的事儿以后再说。”小凡妈耐心劝导不经世事的闺女。

“可是你们都答应我了，这不等于出尔反尔吗？”

“出什么尔反什么尔，你就是身在福中不知福。你不想要这份工作也行，那你就和你那帮同学一起大热天的自己去投投简历。”小凡爸忍不住说了女儿两句。

“投就投，谁怕谁呀。再说了，我又不是小孩儿了，你俩能不能别老什么事儿都给我瞎安排呀。我现在也是有人身自由的，我也是有自主权的。”

“你自什么主啊，你还人身自由？你被子会叠吗？洗衣机会开吗？如果没有你妈陪着，自己坐飞机的时候知道怎么转机吗？你别看你今年已经二十一了，你自己好好坐那儿想想，从小到大你有独立办过一件完整的事儿吗？你要真能什么事儿都弄得明白，我和你妈还落个清闲呢。可说来说去，不就是因为你自己弄不明白吗。所以你呀，也别跟我俩叫板了。这事儿就这么定了。多好的工作呀，过了这村儿可就没这店儿了。再说了，我和你妈还能害了你呀？”

“行了行了，你也少说两句吧，小凡心里肯定有数。”小凡妈护犊子心切，自己说女儿行，别人说准不行。

不过看样子，任小凡并没有善罢甘休的意思。

“昨天你俩怎么不说啊？害得我还和吴洺说你俩都同意去泰国了。你俩以后能不能有什么事儿提前跟我打声招呼啊？就今天过来见于叔叔这件事儿你俩事先也没和我说啊，直到昨天临睡前才告诉我，弄得我莫名其妙的。再说了，我现在根本就不想工作啊。”

“得得得，你赶紧打住吧。说了半天你是因为吴洺啊？”小凡爸恍然大悟，“你跟那小子说一声不就完了。他都这么大个人了，肯定明白是工作重要还是旅游重要。再说了，玩儿什么时候不能玩儿啊。你俩要真能定下来，以后能玩儿一辈子呢。”

“就算这事儿和吴洺没关系，我现在也不愿意上班啊！好不容易从学校解放了，你俩就不能让我清闲几天啊。”任小凡依旧气不过。

“这是多好的机会啊，多少人打着灯笼都找不着呢。你就别跟我吵吵了，老爸还能害你吗？再说了，你出去打听打听，直接一转正就八千块钱拿到手。你去问问你那帮同学，他们能找到这么好的待遇吗？最主要你于叔叔和你老爸我这层关系在这儿摆着呢，以后肯定也累不着你。你自己好好想想吧，别太任性了。”

“懒得跟你俩争，反正不管怎么样我年底都要和吴洺去旅游。如果到时候于叔叔他们公司不给我放假，我就辞职！”尽管任小凡依旧嘴硬，但好歹也算是同意去上班了。

到家后任小凡顾不得继续看她男神演的电视剧，而是一个箭步蹿到床上给她最亲爱的吴洺拨了过去。

“喂？”吴洺接起。

“喂，老公。我跟你说件事儿，你能不能不要生气。”任小凡开启撒娇模式。

吴洺有些迟疑，因为他了解任小凡总能时不时地做出一些不太符合常理的事情。

“你先说说看吧。”吴洺回答得很中立。

“嗯……其实也没什么。就是……唉，我怎么跟你说呢。反正就是我爸妈突然给我找了个工作，然后我下个月就得去上班了。这事儿之前他俩也没跟我说，反正也挺突然的。所以……所以可能去泰国的事儿就得往后推了。”

任小凡吧啦吧啦地说了一大串，但听筒那边的吴洺却没再给出任何回音。

“你生气啦？”任小凡小心翼翼地试探着。

“那你就按你爸妈安排的办吧。”半晌，吴洺给出回应。

“那……你没生我气吧？”为了以防万一，任小凡还是想再次确认一下。

“没。”

“哈哈！我就说嘛，我老公最理解我了！那我向你保证，年底的时候我肯定陪你去！”任小凡开心坏了。

“到时再看吧。对了，小凡。我得马上联系一下供货商，就先不和你说了。”

“等等等等，你等会儿再挂。你到底打算什么时候才告诉我你创的是什么业呀？你这样神神秘秘的我想帮忙都帮不上呢。”任小凡噘着小嘴，打情骂俏般地埋怨吴洺没有给自己这个当老板娘的股东透露半点消息。

“好了小凡，别闹了。等到时候你就知道了。”

“那好吧……”任小凡没再过多纠缠，“哦，对了。我爸说那五万块钱得下个月再给我了，他说如果我在公司表现得还不错他再给我。”

“那钱是你管你爸要的？”吴洺有些吃惊。

“对呀，不然我哪来的钱？哈哈，难道说你想让我去傍个大款吗？哈哈哈哈……”任小凡自己都被自己逗笑了。

“算了小凡，那钱你别管你爸要了。”

“为什么呀？你筹到钱了？”

“反正你别要就是了。好了，我先和他们联系了。拜拜。”

“哦，好吧。那你忙吧，拜拜。”

午休时间很快就到了，窦雯雯转动着咯咯作响的脖颈朝公司楼下的小卖部走去。她舍不得花几十块钱到街对面的餐馆点一份像样的套餐，她总是每次只花几块钱到小卖部买个鸡蛋灌饼或者那种用微波炉打一下就能吃的袋装汉堡包或三明治。

小卖部的老板已经认识窦雯雯了，因为几乎从她来这里实习起，每周一到周五她都会在午饭时间光顾这间小卖部。为了感谢这个铁杆老客户，老板特意给窦雯雯多加了一个鸡蛋。

窦雯雯付好钱，习惯性地站在摊位左边看着老板做灌饼。她忍着口水闻着逐渐飘近的油烟味，幻想着自己即将吃到的不是鸡蛋灌饼而是满汉全席。

“零零零……”就在窦雯雯自我催眠时，熟悉的手机铃声骤然响起。

窦雯雯掏出手机一看，原来是赵诚打来的。

她犹豫了一下，没有去按接听键。一旁耿直的老板边做灌饼边大声指挥道：“快接呀姑娘，没准人家找你有事呢。”

碍于面子，窦雯雯终于给了虔诚的手机一次机会。

“喂？”窦雯雯轻声说。

“喂，雯雯。我是赵诚。你最近在忙什么？是不是出什么事了？怎么电话一直没人接？”听得出赵诚不是本地人，焦急的语气中夹杂着浓重的外地口音。

“不好意思啊，昨天手机静音了。等看到你的电话时已经很晚了，所以就没给你回过去。”

“不要紧的，你没出事就好。”听得出电话那头的赵诚明显松了一口气，“你现在还在之前那个公司实习吗？”

“在，怎么了？”

“那就好那就好。我昨天收到通知，被一家公司录取了。正好我以后要去的公司就在你们公司斜对面。你说巧不巧，谁能想到毕业之后我们的工作单位还能离得这么近。”赵诚已经嘎嘎嘎地笑出了声。

“哦，是吗。那你好好上班吧。”相比赵诚的欢喜，窦雯雯却显得异常冷静。

“难道你不高兴吗？”被冷落的赵诚有些失落。

“恭喜你啊，找到工作了。”窦雯雯客套地说了一句。

“我不是说这个，我是说咱俩离得这么近难道你不高兴吗？以后上下班什么的还能有个伴，咱们可以一起去地铁站然后中午还能一起吃顿饭。”

“我们公司午休时间挺少的，应该吃不了饭了。而且我下班的时间也不固定，不确定能不能准时离开公司。”窦雯雯本能地拒绝着赵诚的好意，其实这几年来她一直如此。

“那要不早饭……”赵诚还想再说些什么，却没再说下去。他不想让窦雯雯为难，所以这些年来他早已习惯被窦雯雯为难。

“你还有事吗？没事的话我就先去忙了。”

“……没事了。那你去忙吧，拜拜。”

窦雯雯挂断电话，接过小卖部老板递来的鸡蛋灌饼，转身走进电梯。

她自然清楚赵诚对自己有意思，可是她却没有办法说服自己接受赵诚投来的好意。窦雯雯深知自己和任小凡不同。任小凡可以不在乎吴洺不是本地人、在北京既没车也没房。可她窦雯雯不可以，因为她明白即使吴洺给不了任小凡一切，但任小凡的父母还是会原封不动地提供给她所有的一切。可是自己呢？如果自己选择和赵诚在一起，那她除了陪着赵诚一起在外面租房度日，还能有什么出息？难不成自己交了个男朋友之后过得还不如自己以前舒坦？她一个人挤地铁、吃鸡蛋灌饼没有问题，但如果她在有男朋友的情况下依旧挤着地铁吃着几块钱的食品，那自己交这个男朋友还有什么意义？

虽说窦雯雯深知自己家一直没买车但好歹在北京也有套几十平方米的小户型。别的不说，像赵诚这种拿着外地户口、家庭条件也并没有多好的刚毕业的大学生，别说近几年想在北京买车买房了，就连租房估计都得租到五环开外了。更何况赵诚在北京无依无靠的，要是真有个大病小灾的难不成还得靠自己和爸妈替他跑东跑西？如果找个北京本地的男孩儿肯定就不会出现这些问题，毕竟他们的家人也在北京，如果真遇上什么事他们肯定也能摆平。

想着想着，窦雯雯又想到了自己的两个大学室友。难不成自己真要一辈子比别人低一等吗？任小凡有个好家庭，郑若溪出国深造过，如果自己再不通过婚姻使自己的生活有所改观，难道还要像妈妈那样每天都和菜市场的小贩相爱相杀一辈子？

不过想归想，如果真是为了得到这些去出卖自己的灵魂和肉体，窦雯雯肯定也干不出来，只是她现在真的没办法说服自己接受赵诚的好意。毕竟她从未谈过恋爱，所以她始终保持着一颗想要一步到位的、直接就能和白马王子相守一生的“少女心”。要怪只怪赵诚既没有白马，也不是王子，还缺少一颗想要成为王子的决心！

“就先这样吧。”窦雯雯在心里想，“其实找不找男朋友也不要紧，最要紧的是下个月就该出考核报告了。如果到时候自己能顺利得到这份工作还好说，要是连这份工作都得不到估计连赵诚都会瞧不起自己。”

办公室依旧很热，除了不争气的空调就只有两个每次一转头就吱吱作响的老旧电风扇还在极不情愿地运作着。窦雯雯拿着鸡蛋灌饼朝办公桌走去，看着前方快要脱落的墙皮，情绪越发低落。

和窦雯雯忙于生计不同，郑若溪的小日子过得还算有滋有味。正巧赶上某家大型连锁超市在家附近隆重开业，郑若溪便美滋滋地背着 Neverfull 朝超市走去了。

超市内部布置得很人性化。进口商品在左侧，农产品在右侧。郑若溪想都没想直接朝左边走去。她挑了些蔬菜和水果，又挑了几盒妈妈和自己都爱喝的奶制品，之后又买了一条已经加工处理过的海鱼半成品。

或许是出于好奇，当她再次看到“农产品”三个字的标识时竟有想要过去看一眼的冲动。

然而不看不知道，一看吓一跳。正所谓没有对比就没有伤害。两边的菜价竟然相差这么多！郑若溪默默掏出手机，登录网上银行，上面少得可怜的数字不得不让她将“进口蔬菜”全部换成“国产货”。经过这次采购，郑若溪更加意识到国内的生活成本要比在国外大得多。为了早日实现“买东西不必看价签”的愿望，郑若溪暗自发誓一定也要学着像菲菲她们那样利用卡里所剩不多的钱好好巩固自己和Julie的关系。所以为了日后的发达，现在只能尽量节俭了。

由于超市今天大促销，结账的队伍早就排成好几条长龙。尽管郑若溪在后面等了好久，但她却没有一丝不悦。看得出她今天还是挺开心的，毕竟妈妈今晚就要回来了。

结完账回到家，郑若溪直奔厨房。她麻利地将围裙围好，时刻准备操刀掌勺。

“叮咚！叮咚！”郑若溪刚将蔬菜洗好，门铃就响了。

“难道是妈妈回来了？怎么这么早？”郑若溪满心疑惑地走向大门。

“叮咚！叮咚！”门铃再次响起。

“来了，来了。”郑若溪将手上残留的水珠在围裙上蹭了蹭，随后一把将大门拉开。

大门一开，郑若溪明显愣住了。很显然，门口这人不是妈妈！

“家里有人吗？”那人开口。

“你来做什么？！”郑若溪下意识地想将房门关上。

“等等。”那人将房门抵住，又问了一遍，“家里有人吗？”

“没有，但你不该来这里的！”

那人没理会郑若溪对自己的厌恶，连鞋都没换直接朝屋内走去。

“你要干吗！你别进去！”郑若溪明显有些慌张和焦虑。

“我说完话就走，另外也有东西要给你。”那人不紧不慢地拉出前厅的椅子，一屁股坐了下去。

郑若溪没靠那人太近，只是在间隔一米远的地方瞪着对方并不言语。

“你不用这么抵触，再怎么说我也……”

“你别说了！你有什么东西要给我？给完赶紧离开！”郑若溪打断那人的话，态度很不客气。

见郑若溪态度如此强硬，那人便没再继续说下去。只见那人轻叹一口气，从兜里掏出一个东西轻放在一旁的桌子上。

郑若溪诧异地看着桌面上的东西：“你给我这个干吗？”

那人声音有些低沉，交代了几句后便起身离开了。

房门“砰”的一声被关上，就好似从未有人进来过一样。郑若溪站在原地有些缓不过神儿，直到她再次扭头看到那张被拉出来的椅子和桌面上的东西时才意识到刚才发生的一切都是真实的。

她走近防盗门将自己反锁在屋里，又透过猫眼瞧了瞧外面的动静。在确认那人真的离开后她才将桌上的东西放入口袋并再次走回厨房。不过此时的郑若溪已经不像刚才那样淡定，只见她切菜的手微微颤抖，看不清眼角是否有银光闪动。

两小时后，妈妈回来了。见女儿替自己做了一桌子饭菜，不由得好生感动。郑若溪像什么都没发生过一样，时而懂事地帮妈妈夹菜，时而撒娇般地依偎在妈妈怀里。

郑若溪的妈妈看起来很年轻，完全不像年近五十。自从若溪妈前几年喜欢上摄影后，就摇身一变成为了文艺女中年。尽管大的摄影展上不了，但她跟随自己的外国摄影老师也算多多少少蹭过几场小型摄影展。所以她喜欢将自己打扮得比较时尚外加比较有仙气，主要就是想要守住这份她理解的艺术家的气质。相对应的，对于做菜洗碗啊、收拾房间等家庭妇女们的日常工作则几乎没怎么做过。

若溪妈觉得自己就应该活出自我，活得快活。即便她做这行并没有固定收入，但每个小型摄影展结束后她多多少少也能卖出几幅作品。再加上被老师的“洗脑”，让她觉得自己就应该像外国人那样生活。反正女儿也长大了，她也就没必要大事小事全都一手包办。她会给女儿空间，同样也希望女儿给自己空间。所以她看起来很年轻，也很洒脱。如果有人说她和郑若溪是姐妹花也不为过。

“你做饭真是越来越好吃了呢。”说这句话的不是郑若溪，而是若溪妈。

“好吃就多吃点。只要您喜欢吃，以后我天天给您做。”在妈妈面前，仿佛郑若溪更像是妈妈。

“妈妈也想呀，但是妈妈过几天又要走了呢。”

“又要走？这次准备去哪儿？去多久？”

“还没想好呢。有可能去西藏，也有可能去欧洲。”

“我才刚回国您就又要走，都不想我呀。”郑若溪像哄孩子一样，温柔又宠溺。

“想呀，当然想。但是我也要和这个世界同步呀，也要和我们团队的其他年轻人一样活得充实精彩。你一直这么独立，妈妈很放心我的若溪哦。”

“那……好吧。只要您开心就行。”

“你在美国这一年怎么样？有没有给我找个金发碧眼的女婿呀？”

“妈，我都跟您说过多少遍了。我还是想先以事业为重，等我赚够了钱再去考虑那些事也不迟。再说了，我还等着将来某天用自己赚来的钱为您办一个只属于您一个人的摄影展呢。所以说，现在找男朋友的事真的不着急。”

“哈哈，还是我们家若溪懂事。等到时候我的个展举办成功后，得有多少人羡慕我呀。到时候我就找人替我出一本书，在书里我要把我的人生观、世界观以及对待艺术的追求和理解一一讲解给他们听。让他们明白，走出家庭的牢笼感受世间的博爱才是人生最高的境界！”

郑若溪看着妈妈如同少女般憧憬未来的脸庞，更加坚定了自己要守护妈妈的决心。自从爸妈离婚后，她就暗自发誓一定不能再让妈妈流一滴眼泪。尽管有时她也会感到迷茫无助，但只要看到妈妈过得开心她也就备感知足。

“那我就努力赚钱，等赚够了钱咱们就动用所有媒体帮忙宣传妈妈的个人传记和作品展，让所有人都支持您、认可您。好不好？”

“哈哈，好！为了我女儿，我决定和老师申请去西藏。我坚信在那里我可以抓拍到美丽的风景，为了让所有人都羡慕我们家若溪有个既年轻又有才华的妈妈，我更要努力感受摄影的魅力，争取早日更上一层楼！”

尽管郑若溪不愿让妈妈离开，但她却没有阻止：“好，那我以后就沾您的光了。您放心吧，我自己会照顾好自己的。家里的事您不用担心，就好好追求自己喜爱的生活吧。”

“我当然放心了，你小时候我就很放心。你呀，一直都是又独立、又听话。有你这么优秀的女儿，妈妈觉得好骄傲！哈哈，到时候我还要在自传里加一段育儿经。我就是要让别人知道，不是填鸭式的教育才是最完善的。我就是要让他们看看我女儿有多优秀！我就是要让他们知道，只有给足了孩子空间和自由，小孩才能成才！”

“嗯，是。您说的都对。”郑若溪习惯性地附和着母亲，因为这么多年来她一直都是以这样的方式和妈妈交流的。“对了妈，我这次回来打算自己创业。您有什么建议想要和我说吗？”

“创业呀？嗯……创业是好事啊。不论你是想自己创业还是想去公司应聘个职位，妈妈都支持你。”

“嗯，那您觉得什么项目比较好？”

“都很好啊，喜欢什么就去做什么呀。只要老了以后不后悔，你做什么妈妈都支持你。”

“可是现在做什么都需要资金，而且我是打算做一些投入少回报大的生意。”

“钱的事你担心什么呀，咱不有这套房吗。我都想过了，最好是在我本命年那年办个展。现在算起来，还有几个年头。如果在那之前我能筹到钱当然好，不过就算筹不到也没关系。大不了咱们把房子卖了呗。”

“啊？卖房？您之前不是说什么也不肯卖这套房的吗。”

“之前是之前，但是自从我和我们摄影老师接触时间久了，我觉得外国人的思维还真是比咱们有深度。你说人活着是为了什么？不就是为了快活吗。既然现在北京房价这么高，咱能多卖一点是一点。钱是什么？房子是什么？这些都是身外之物。享受人生才是最重要的。何必死守着一处房产呢。”

“可是……如果您真把房子卖了，您住哪儿？我住哪儿？咱们在北京不就等于没有家了吗？”

“房子是死的，人是活的。咱们不能因为一处房子困死在北京啊。到时候我们可以四处租房住呀。每个城市住两三个月，等时间久了我也就能走遍全世界了。到时候我的作品展就不仅仅限于在中国开办了，说不准这些作品也能走向世界呢！”

“妈，您也稍微实际一点吧。您要是在保留房子的前提下追求一下您想要的人生也就算了，但是如果把咱们的家底全都奉献出去那我真觉得有点不值得。”

“什么？不值得？”一听女儿这么说，若溪妈有点不高兴了，“若溪呀，你怎么现在说话的语气和你爸一样了？他就是太现实了！根本没有理想，没有追求。你以前可都是向着妈妈的，以前你的思想也是很进步的。怎么去了一趟美国，反而变得死板了？”

“妈您别生气，我就是随便说说。您别担心，我肯定会在您本命年之前赚到给您办个展的钱的。嗯……但是也希望您能答应我，如果我真的赚到了这笔钱您就保留住这个房子吧。一是北京房子现在越来越买不起，再一个这也是我和您的家呀。不管怎么说，我都不舍得失去它。”

“傻孩子，只要你心中有家，不论走到哪里都是家。”

吃完晚饭，郑若溪收拾了碗筷。母女二人在客厅看了会儿电视，便各自回屋睡觉了。

躺在床上，郑若溪又回想起今天下午发生的那一幕。想到这儿，她便翻来覆去地怎么也睡不着。为了不让妈妈担心，郑若溪决定还是先不要和妈妈说起此事。只不过她始终拗不过自己内心的挣扎，终于在几天后她将这个秘密一五一十地告知了素未谋面的网友 cliff。至少在她看来，以 cliff 的阅历会帮她排解一些思想上的压力。再加上她不愿让自己身边的人了解太多自己的事情，所以选择这个既陌生又亲切的网友是最好不过的选择。

4. 谈心人选

当新朋友和新同事还不足以走进郑若溪和任小凡的内心时，那些看似远离二人生活却从未真正走远的“老朋友”和“校园恋人”则成为她们最愿与之谈心的人选。可即便很多时候与他人谈谈心会感觉好受很多，但往往最终还是得靠自身慢慢领悟其中的真谛。

平淡的一周很快过去。在这期间郑若溪没有联络 Julie，也没有联系曾经的同学。她在家陪妈妈待了整整一周。她们一起逛街买菜、一起看电影聊天。郑若溪明白，一周形影不离的陪伴只因妈妈很快又要离开。这次采风的期限没有确定下来，如果妈妈能拍到满意的作品还好说，要是拍不到估计又得待上一年半载。

很快郑若溪又在机场和妈妈道了别，这样的分离自打她上大学起就一直频繁出现。从某种程度上来讲，在和妈妈相处时郑若溪更像是一个大人。她安慰妈妈不要伤心，承诺妈妈自己此番回国一定会做出不错的成绩。而妈妈却像一个天真的少女，为了心中的梦想一脸期待。

在回去的路上郑若溪感到一阵空虚，仿佛从小到大只要是和她关系亲近的人最终都将离她远去。郑若溪掏出手机创建了一个新的微信群。群里有三个人，分别是郑若溪自己、任小凡和窦雯雯。她觉得是时候见见曾经的两位室友了。即便她依旧认定这些人不会对自己今后迈向成功的道路起到任何关键性的作用，但毕竟她在北京也需要朋友，她也需要时不时地找人说说话。

“你俩在干吗呢？要不要出来见一面？”郑若溪在群里发了一条文字。

“你回国了？”面对郑若溪突如其来的回归，任小凡明显很吃惊。不过紧接着她又发了一条，“你要是早一天联系我就好了。我现在正在公司上班呢。唉，好无聊，今天第一天。”任小凡的实习期已经开始了。她没被安排什么有难度的工作，只是无聊地刷着朋友圈和微博。

“我也正在上班呢，现在肯定出不来。”再有两天窦雯雯就可以知道能否顺利转正了，在此之前她是万万不敢逃班的。

郑若溪看着两位室友发来的回复，不禁挤出一丝苦笑。和大部分毕业回国的海归一样，她总是和国内朋友在时间上对不上。原先是自己已经放假了可国内同学还在上学，现在是自己无所事事地筹划着未来的人生而国内同学却一个个都找到了工作。

郑若溪无奈地回了个“OK”的表情符号，便退出微信、登录微博。

“你在干吗？”尽管郑若溪和cliff曾约定过在cliff上班期间尽量不发信息，但此时的郑若溪还是忍不住给对方发了一条私信。

“工作。”没想到cliff竟然也在看手机。

“你什么时候有空？可以聊聊吗？”郑若溪没再像先前那般通情达理，而是期望cliff可以立即放下手头上的工作和自己谈谈心。毕竟她现在既没有工作又不用上课，连最亲爱的妈妈也刚刚飞离北京。

“还在想上次的事？”

郑若溪没料到cliff竟真的为了自己放下了手头上的工作。她顿了顿，回复道：“我只是突然觉得自己没有朋友了。”

“其实你真的应该在现实生活中尝试着去相信别人，尽管我也一直把你当作朋友，但我们始终只是网友。你应该活在现实世界，而不是每当遇到问题只会想起我。”

“你是不是觉得我很缠人，也很无趣？”

“你误会了，我并不是这个意思。我只是不想看到你不快乐。”过了一会儿，cliff 继续说，“自从上次和你交谈后，我就开启了微博消息提醒功能。因为我怕你会做傻事，因为我不想看到你出事。还是那句话，多和身边的人接触接触，不一定一下子就对他们敞开心扉，但至少也应该试一试。你说呢？”

在上次的谈话内容里，郑若溪对 cliff 讲了一直压抑在自己心底的秘密。这些秘密她从未对任何人说起，一是她不太相信周围人，二是她不愿意别人了解她自认为不堪的过去。她总是尽可能把自己最优秀的一面展现给大家，以至于她心底最隐秘的角落除了时不时地出现在不太美好的梦境里则再也没有和任何人提起。

通过郑若溪的描述，cliff 得知郑若溪的童年生活过得并不幸福。尽管她的父母从未让她在经济上感到窘迫，但郑若溪的精神世界却始终得不到满足。父母一直聚少离多，以至于在她十二岁那年爸妈终于正式分居了。分居的结果不是两人各睡各屋，而是爸爸搬走了。其实直到后来郑若溪才明白，那根本就不是分居，而是正式离婚了。

那段时间妈妈情绪一度失控。她曾不止一次地当着自己女儿的面用刀片划伤小臂或整日整夜用酒精麻醉自己。那段日子对年幼的郑若溪来讲，简直是前所未有的折磨。

她可能就是在那段时期迅速成长起来的吧，其实连她自己也说不清究竟是怎么熬过那段阴暗时光的。她白天要出去上学，晚上回到家写完作业就一直陪在妈妈身边。那几年她几乎没怎么吃过一顿像样的晚饭，唯一一顿能填饱肚子的饭也只是中午学校提供的那顿吃起来并不算太好吃的午餐。为了不让自己和妈妈晚上空着肚子，十二岁的郑若溪开始尝试煮饭给内心脆弱的妈妈吃，尽管她不可能去炒菜但泡泡方便面还是可以驾驭的。她记得自己在倒热水时被烧得发烫的水壶烫过一次，也被冒着白雾的水蒸气烫过不下数次。总之，那段艰难的时光使郑若溪强烈地领悟到“靠谁都不如靠自己”的道理。

在女儿精心的陪伴下，若溪妈终于在两年后彻底从悲痛中走了出来。当她再次重视这个世界时，仿佛感到了重生的美妙。也正是从那时起，她决定重活一次。不再为谁哭泣，不再为谁伤心。她决定为自己而活，至少可以没心没肺地快活！

两年的时间足以改变一个人的生活，不仅若溪妈需要重新开始，连郑若溪也变得比从前更加独立了。她不仅在生活上从不让妈妈担心，在学校也各科成绩优异。就连大四那年学校组织的交换生项目，郑若溪都是直接拿到了全额奖学金。

所以不论从哪个角度讲，郑若溪都是优秀的。只不过这样的优秀同样也伴随着孤独，毕竟当年父母的分离使年幼的郑若溪再也不敢掏心掏肺地随意与人交心。因为她在很小的时候就明白，两个与自己有血缘关系的人都不会为了自己守住这个家或替自己过多考虑，那其他人又怎会值得被信赖或值得自己过分依赖？

“好吧，我试试。”郑若溪回复道。

尽管他们相识于网络，但郑若溪在美国最空虚寂寞的那段留学时光几乎全部是由 cliff 陪她度过的。当她因为英文听力不好情绪低落、当她因为长得太漂亮而被一些绿茶婊排挤、当她发烧生病却不敢告诉妈妈，当所有这些事情发生时郑若溪只能对素未谋面的 cliff 倾诉，所以她对 cliff 的信赖度和依赖度远远强过身边任何一个人。或许这就是网聊的魅力吧？郑若溪一直觉得在现实生活中已然过得很艰难，那就干脆把自己最真实的一面交给对自己毫无威胁的网络世界进行解压吧。

“你能这么想我就放心了。那我先工作了，以后有事可以随时找我。当然了，我更希望你可以尝试找找身边其他的新、老朋友。”

郑若溪回复了一个“好”字便没再多说什么。此时看着手机屏幕的她，内心已然暖暖的。

郑若溪刚准备放下手机，熟悉的微信铃声忽然响起。她低头一看，是 Julie 发来的语音。

“若溪啊，帮姐一忙。我那哥们儿杨瑞不是想来北京找项目投资吗，他人生地不熟的你帮我带他四处转转。我这段时间得去上海谈个项目，我就准备把他托给你了。”

紧接着，Julie 就把杨瑞的微信推送给了郑若溪。

郑若溪对杨瑞的第一印象并不是很好，本能地想要拒绝。但一想到刚才 cliff 给自己提的建议，郑若溪思索片刻还是点开了 Julie 发过来的微信名片向杨瑞发起了好友申请。

另一边，刚刚回复完郑若溪微信的窦雯雯却被新来的办公室主任逮了个正着。

“窦雯雯啊窦雯雯，作为实习生你怎么比其他正式员工还懒散？上班聊微信，你觉得这样合适吗？就你这种工作态度，公司的业绩能提上来吗？”

新来的办公室主任姓常，但她却长了一张异于常人的脸。说好听点，那叫精明干练，说难听点就是尖酸刻薄。常主任年近四十，未婚，属于典型的大龄剩女。据说老板之所以高薪聘请这位常主任，主要还是看重了她业务上的能力。至于常主任之所以选择来到这家在业内毫无影响力的新成立的公司，主要还是考虑到宁当鸡头不当凤尾。不过她在向老板表态时说的却是：“我打算将我多年的职场经验，注入进这个朝气蓬勃的大家庭！”

常主任刚来公司上任半天，办公室的全体职员就明显感到曾经的好日子已然一去不复返。尽管公司大部分的员工也是女性，但普遍都在二十岁出头，相对年轻。正常情况下，办公室的年轻人一多，基本的工作术语就是："你知道吗？最近某某电影要上映了！""哇，你的鞋子真好看。是在哪里买的？""你听说了吗？咱们隔壁那家公司又给员工涨工资了！"

然而随着常主任的到来，这些平时只顾着刷网页和聊闲天的正式员工，将被迫按照常主任的新规定工作了。

常主任的第一条规定就是：工作期间，只许谈工作，不许干别的！

于是乎，也就上演了刚才窦雯雯被骂的那一幕。其实明眼人都不傻，刚才常主任那招明显就是指桑骂槐、杀鸡给猴看。她自然不会蠢到刚一上任就把所有正式员工都得罪一遍，所以她便决定拿窦雯雯这个既属于软柿子又没被上面明确下达可以将其成功转正的实习生杀一儆百了。

被常主任点名批评后，窦雯雯心里真是说不出的委屈。和周围那些成天玩手机、吃零食的正式员工相比，自己不就是回了一条微信吗，至于这样毫无颜面地在众目睽睽之下被点名教育吗？

窦雯雯刚想开口解释，就被常主任打断了："你不用解释，错了就是错了。暂且不说你现在还没转正，就算你成功转正了就你这种工作态度我一样有权向老板请示把你开除。小姑娘，出来工作不比在学校里，好自为之。"

常主任这番话刚一说完，办公室的其他员工就都心领神会地关掉了即将添加到购物车的商品网页。其实所有人都听出了常主任的话外音，然而只有窦雯雯还天真地以为常主任是在故意针对自己。

“没事的雯雯，我们挺你！”常主任一走，平常几乎没搭理过窦雯雯的那帮正式员工突然一窝蜂地拥上来关心这个默默无闻的实习生。窦雯雯见状，受宠若惊、感激涕零。

为了巩固这些来之不易的“同事情”，窦雯雯决定自告奋勇问问大家有没有什么需要帮忙的。然而令她万万没想到的是，大家好像都有不少需要赶快完成却都还没来得及开工的工作要做。于是乎，窦雯雯的“邀请”刚一发出，所有人便都将各自的工作一股脑地丢给了这个自动送上门的实习生。

或许再多在职场上锻炼个一年半载，窦雯雯便会将这些事情看得很清。但此时此刻，她却幸福地抱着同事们递来的文件夹充满感激。

任小凡熬了一上午，总算熬到饭点儿了。她将办公桌上自己的照片往后挪了挪，又将水杯放在离显示屏比较远的桌边，这才和刚认识的同事一起朝公司食堂走去。

“咱们公司食堂可大了。一会儿你跟紧我，我带你尝尝郭师傅的手艺。”坐在任小凡右侧的女同事名叫李鑫，是个很热情的人。她怕任小凡刚到公司不好意思，便主动提出和她一起结伴去食堂吃饭的提议。

“好啊好啊，太感谢了！”

一路上她们经过不少部门的办公室，每到一处李鑫都会向任小凡介绍特属于那些部门的比较经典的人和事。当然了，不排除掺杂八卦的成分。

不得不说于建军的公司真是够大的。先不说从办公楼走到食堂就得用去十来分钟，单说专属于公司的员工食堂就堪比一整层停车场。抛开个人前景和公司资质不谈，光说这琳琅满目的食物就够任小凡换着样地吃上好几个月了。

“怪不得爸妈非得让我到这里上班呢。”任小凡在心里暗自感叹。

“怎么样？挑花眼了吧？我刚进公司的时候，真是被这场面吓傻了呢。哦，不对不对。应该是激动到挪不动步了。”看得出李鑫为自己能在公司工作很是自豪。

“这也太丰盛了！我都不知道该排哪一队了。”

“跟我走吧，我带你尝尝咱们公司一致好评的郭师傅的厨艺。”

“哈哈，好。正好我也有点儿饿了呢。”

任小凡她们来得算早的，没排几个人就到她俩了。任小凡选了两个自己喜欢的菜，就端着盘子和李鑫一前一后地找桌椅了。

一路走来，任小凡她们部门的同事都会和任小凡打招呼，这样其乐融融的氛围对初到公司的任小凡来讲真是求之不得。

“鑫姐，我发现大家都好热情啊。这是不是就是人们常说的公司口号啊？不是口号，那叫什么？就是公司理念、人文关怀？反正大概就是那个意思吧。”任小凡和李鑫找了一处相对安静的位置相视而坐。

“一方面是因为大家素质都挺高的，另一方面我们也都看到于董亲自接见你了。哈哈，你懂的。”李鑫没有把话挑明，但也说得比较明显了。

“原来是这样啊……我还以为是因为我自己的人格魅力呢。”

“哈哈哈哈。”任小凡话音刚落，二人都笑出了声。

“虽说我也算走了点儿后门吧，但其实我也算是正儿八经大学毕业生，所以他们应该不会对我有太大偏见吧？”笑归笑，任小凡还是不想让大家觉得自己是个另类。

“当然不会对你有偏见了，就算有，肯定也是想攀关系的那种。不过你可别误会啊，我主动叫你吃饭纯属是因为怕你自己落单。”

“嗯嗯！这个我清楚。”

“其实说实话，咱们公司大部分都是研究生和博士生。像你这种大学刚一毕业就能到咱们公司的，之前还真是很少见。”

“啊？不是吧……”任小凡没想到自己居然是学历最低的一个，“难怪我看大家都比我年龄大呢。”

任小凡此话一出，李鑫的表情明显变得有些微妙。这时任小凡才意识到自己说错话了，于是赶快越描越黑地说，“哎呀，我不是那个意思。其实你一点都不显老。”

“没事，我懂的。快吃饭吧。”

任小凡为了避免尴尬，赶紧往嘴里塞了一大口饭。不过刚吃了一口，她就惊呼一声：“哎哟！不好！”

李鑫见状，还以为任小凡咬到舌头了呢，赶忙关切地询问：“怎么了？没事吧？”

此时任小凡也发觉自己刚刚叫得有些太夸张，于是赶忙不好意思地解释说：“没什么没什么，就是忘记拍照了。再怎么说这也是我人生中的第一顿工作餐，我肯定是要发朋友圈的。另外我妈还得根据我中午吃了什么，来决定晚上给我做什么呢。”

李鑫听闻不禁暗自感叹：“现在的小姑娘可真是幸福啊！”

午饭过后，任小凡和窦雯雯分别将照片上传到了朋友圈。

任小凡发了三张图。一张公司大楼外景、一张食堂全貌、一张刚刚吃的员工餐。与图片相匹配的文字是：“第一天上班，第一顿工作餐。”

此状态一发，圈中好友纷纷点赞。大体上的留言评论分为两类。一类是夸赞任小凡的食堂伙食要比其他单位强百倍，另一类则是羡慕任小凡可以刚一毕业就在这家全国知名的大企业上班。

相比较任小凡朋友圈的狂赞，窦雯雯的朋友圈明显冷清许多。不知是她没修图的缘故，还是发的内容太过无聊。总之窦雯雯发的一摞文件照外加搭配的“工作量好大！实习最后两天！”的配文，基本上除了赵诚和极个别的几个同学点赞和安慰她太辛苦之外，基本上就被大众自动忽略了。

“前几天还说自己一心想要去旅游，不打算找工作。这才过了几天呀，就被这么好的公司录取了。看来妈妈说得一点都没错，所有人都比我精明，就我还傻了吧唧的别人说什么都相信。”看着任小凡的朋友圈，窦雯雯心里很不是滋味。

能看到任小凡朋友圈的当然不止曾经的同学和周围的朋友。任妈、任爸还有吴洺自然也都替她开心。

为了好好犒劳犒劳自己的闺女，小凡妈决定晚上多炒两个菜庆祝女儿第一天上班。

“宝贝儿，一会儿你下班了妈妈直接过来接你。”小凡妈给任小凡发了一条语音。

至于吴洺，则精心为任小凡挑选了一款手链。尽管吴洺选的手链并不是什么国际大牌，但他也确实为此花了不少心思。

六点钟一到，大家准时下班。当任小凡走出公司大门时，妈妈已经站在门口等她了。

“怎么样啊宝贝儿，今天累不累？”

“不累，基本上就是熟悉一下新环境什么的。”

“哈哈，不累就行。看来老于还确实是说话算话。”

“你都准备什么好吃的了？我爸晚上回来吃吗？”

“该买的都买了，保证都是你爱吃的！”说话间，母女俩已经走到停车场，上了车，“我跟你爸打过招呼了，让他无论如何也得按时回家。今天我的宝贝儿第一天上班，他再忙也不能缺席呀。我估摸着他现在已经快到家了。”

“不就上个班儿吗，瞧你俩激动的。”

“你别什么都无所谓。现在找工作多难啊，你现在刚一毕业就八千到手，以后指不定往上涨成什么样呢。”

“现在还没到八千呢，转正以后才是八千。”

“那不也就一个月的事儿吗。一个月还不快？一眨眼就过去了。”

“嗯，那倒是。不过说实话，我还是喜欢在家待着。我现在真没做好上班的思想准备。”

“上班还需要什么思想准备啊，你只要工作中不出错就行了。再说了，老于不也发话了吗，太难太累的活儿他是不会安排你去做的。”

“不过不管怎么说，于叔叔他们公司的午饭还是挺好吃的。”

“比我做的还好吃？”

任小凡歪头想了想，用力地朝妈妈点点头：“嗯！比你做的好吃！”

“这孩子！小白眼儿狼。”

“哈哈！不过我还是最爱吃妈妈炒的菜，我和爸爸都最爱吃妈妈炒的菜！”

“这还差不多。”

闲聊片刻，汽车已经开进小区。任小凡和妈妈一左一右地从车里走出来，朝地下一层的电梯走去。

与此同时，吴洺刚从地铁站走到任小凡的公司大门口。

吴洺为了给任小凡这个惊喜，特意没有提前告诉她自己会来接她下班。为了今天的见面，吴洺还为此在家给自己吹了一个造型。不过刚刚地铁里人挤人，基本上已经把好不容易吹好的发型给弄乱了。

吴洺站在公司门口左等右等始终不见任小凡出来，于是他索性放弃继续制造浪漫，直接掏出手机给任小凡拨了过去。

“对不起，您所拨打的用户不在服务区，请稍后再拨。”吴洺一连打了三遍，手机提示音始终重复着同样的话语。

吴洺默默将手机放回裤兜，神情有些落寞。

他怔怔地看着从公司大厦走出的男男女女，他们每个人都打扮得光鲜亮丽。过了一会儿，吴洺又将视线转移到了大厦玻璃中映射出的自己，镜中的自己穿着篮球鞋和运动衣，看起来和普通大一新生没有任何分别。什么是白领？什么是精英？什么是大公司？什么又是双方之间的差距？

伴随着一辆又一辆被各界精英踩在脚下的汽车引擎声，吴洺默默将为任小凡精心挑选的手链重新放回裤兜，独自朝地铁站走去。

电梯里，小凡妈问女儿：“我看你中午发的朋友圈还不错，照片拍得挺漂亮。你那帮朋友都给你点赞了吧？他们一定都特羡慕你吧？”

“那是必须的，他们都夸我厉害呢。”

“吴洺呢？他说什么了？”

任小凡下意识地看了眼手机，手机完全没信号。“他没说什么，只是给我点了个赞。”

“这孩子，他也太不关心你了。换作是个正常人，怎么也得好好祝贺你一下啊。”

“妈你说什么呢？吴洺怎么就不正常了？他肯定是因为最近太忙了才没顾上说。再说了，他现在正处于创业阶段。等过两年他做起来了就摇身一变成为大老板了。可那时我依旧是个公司里的普通职员，所以你还真别看不起人家，等回头他做起来以后你闺女我就准备辞职做全职太太了。”

“哎哟喂，你可别逗我了。就他还大老板呢？我可跟你说啊，我跟你爸养你这一个就够受的了，别回头他创业失败我俩还得连他一起养了。”

“嘁，小气鬼。”

母女俩就这样你一言我一语地走出电梯。等手机再次有信号时，任小凡却再没接到吴洺的来电。

小凡妈掏出钥匙打开房门，发现老公已经到家了。

见宝贝女儿回来了，小凡爸赶忙从沙发上站起身：“咱们家的职场小白领儿回来了？”

“那必须的，到时候于叔叔的公司就指着我来提升业绩了！”被爸爸一吹捧，任小凡也有点找不着北了。

很快，小凡妈麻利地炒了几个菜。饭菜上桌后，夫妻二人便一唱一和地夸赞起他们的宝贝女儿。至于充当主角的任小凡，则一边大口吃菜一边毫不客气地全盘接收从爸妈嘴里说出的赞美之词。

“对了丫头，吴洺最近忙什么呢？他的小生意做得怎么样了？”小凡爸一边开口询问一边给女儿夹了一块鸡腿。或许这就是身为独生子女的优势吧。即便是爷爷、奶奶、姥姥、姥爷全在场，这个鸡腿肯定也是非任小凡莫属的。

“他最近挺忙的，我俩也没怎么聊，应该还不错吧。”任小凡毫不客气地啃着鸡腿。

“你问问他什么时候有空？咱们四个一起到外面吃顿饭？”

“行啊，吃什么？”

“都行，你俩决定。”

“哈哈，那我现在就打给他！”

见女儿准备开溜，小凡妈赶忙一把按住女儿：“吃完再去，每次一抱着电话就不放手。”

“很快很快，说两句就回来。”任小凡没听妈妈的，还是一溜烟地跑进了自己房间。

吴洺接得很快，电话刚响一声他就按下了接听键。

“喂，老公。你在干吗呢？有没有想我呀？”

尽管吴洺还在为刚才的事心有余悸，但一听到任小凡的声音，也就抛开了“门不当户不对”的自卑心理。

“正在地铁上。你今天上班感觉怎么样？喜不喜欢新工作？”

“在地铁上？你去哪儿了？”任小凡换了一个姿势侧躺在床上，“今天上班儿感觉还行，一点儿都不累而且大家对我也都挺热情。”

“嗯，那就好。上班和上学不一样，你一定要更加用心。”

“知道啦。不过就算我不用心也没事儿，反正于叔叔也不可能开除我。”

任小凡此话一出，吴洺便没再吭声。

“对了老公，你明后天有空吗？刚才我爸说想跟你一起吃顿饭呢。你要是没什么事儿，咱四个就一起吃晚饭吧？”

“叔叔要和我吃饭？”一听这话，吴洺有些紧张了。

“嗯，你看你哪天 OK？”

“叔叔说为什么要一起吃饭了吗？”

“还能为什么呀，庆祝我上班了呗。再说了，他们也好久没见你了，肯定也想借这个机会和他们未来的女婿好好聊聊呀。”

“那他们知道我并不打算找工作吗？”

“知道呀。”

“那他们有说什么吗？有没有担心我现在还没有固定收入之类的？”

“没有呀，他们都很看好你呢。”

“哦，这样啊。嗯……那好吧。那要不就明天晚上一起吃饭吧。”吴洺思索片刻，总算应了下来。

“哈哈！好嘞！那我现在就告诉他们去！”任小凡刚要挂电话，立马又加了一句，“对了老公，你明天想吃什么？”

“我都行，你定吧。”

“要不就去前几天我微信发给你的那家新派创意菜？”

“那家太贵了吧？”

“什么贵不贵的，开心最重要！”

“小凡，快出来吃饭吧。菜都凉了！”屋外妈妈的声音飘进任小凡的耳朵里。

“好了老公，先不跟你说了。我妈催我出去吃饭了。那就明天你来我公司找我吧，明天见！”

“好的，明天见。”

挂断电话，任小凡乐呵呵地走出房间。

“聊完了？”小凡爸问。

“嗯，明晚吃。”

“哪家？”

“我一会儿发给你。”

“好。”

5. 头等大事

赵诚认为毕业之后的头等大事就是追到曾经没有追到手的姑娘。郑若溪则认为只有多结交有社会经验的朋友，才能为今后自身的事业打下良好基础。而任小凡则终于熬到法定结婚年龄，准备先成家后立业。每个人都在自认为最好的时间段做着最应该做的事。然而他们却想不到，自己今后的命运转折点正是源于此刻的执着。

最近网络上疯传的一张照片还是挺有意思的。照片的拍摄地点在北京，而照片里的主人公则是一个被晒中暑的非洲小哥。照片一出，大家除了感叹北京比非洲还热之外，也就只能尽量躲进空调房里“续命”了。

自打昨天在公司食堂听完李鑫那一席话，任小凡就决定要在公司好好表现，绝对不能让大家一直给自己贴着“走后门”的标签。于是乎，任小凡早早地从床上爬起来，看了眼窗外炙热的大太阳，经过半天思想斗争才依依不舍地离开凉爽的卧房。

任小凡本想着今天起得还算早，自己肯定能第一个来到公司。可谁承想，当她推开办公区的大门时，几乎一半以上的员工都已经埋头干活了。

见此情景，任小凡明白自己想要好好表现一把的愿望基本宣告泡汤。她只得灰头土脸地一路哈着腰跑到自己办公桌前了。

“早啊小凡。”李鑫和任小凡打了声招呼。

“早啊鑫姐。那什么，怎么大家都这么早就到公司了啊？我昨天特意把闹铃提早设置了半小时，我还以为我能第一个到公司呢。”

一听任小凡这么说，李鑫忍不住就笑了：“你别看咱们公司要求的是九点钟上班，但其实七点多钟大门就开了。像最前面的王姐她们，基本上不到八点就都到了。一是早上送完孩子上学就直接过来了，另外在这边吹着空调总比在家吹着省电呀。”

任小凡若有所思地点点头。不过说归说，任小凡也不至于傻到真觉得大家早到公司只是为了吹个免费空调。为了能在如此有前景的大公司里站稳脚跟，所有人都争先恐后地选择承担比原本工作量还要多的活去做。并不是因为多劳多得，而是为了在领导面前争表现，以及珍惜在此工作的机会。

任小凡不希望自己成为办公室的另类，她将电脑开机后就敲响了经理办公室的门。

“任小凡,你找我有事？”见任小凡来了,经理有些吃惊。

“经理早上好。是这样，我看大家都挺忙的，然后就想问问有什么工作需要交给我做？”

经理刚想说：“有啊，有一堆事等着做呢。”却突然想起于董的特意叮嘱，于是笑脸相迎地说：“哦，小凡啊。你才刚来第二天，现在还不需要你做什么。你就楼上楼下到处转转，先了解一下公司环境吧。哦，对了。员工手册我昨天给你了吧？你再翻翻那个就行了。”

“我昨天都看好几遍了，我其实就是不想太闲了。”

“哎呀小凡你看，我马上还有个会要开。要不这样，你先回去？”

见经理已经起身准备离开办公室，任小凡也只得被迫遵命。

再次回到自己的座位，任小凡将那本员工手册又翻了整整一上午。等到好不容易熬到饭点儿了，李鑫才空出时间和她说说话。

“哎，鑫姐。你说经理怎么什么活儿都不让我做？”

“不干活还不好？我巴不得什么都不做呢。”

“与其这样还不如让我回家待着呢。”

“你别急嘛，刚来公司肯定有个适应期。等你转正之后想休都休不了了。”

“真的？那就赶紧给我转正吧。”

“你呀，真是身在福中不知福。”

和李鑫吃完饭，任小凡到楼下超市逛了逛。

“零零零……”手机铃声骤然响起。

任小凡抬手一看是个陌生号码，直接按掉了。

“零零零……”没过一会儿，刚才那个陌生号码又打来了。

任小凡思索片刻，疑惑地接起电话。

“喂？”任小凡试探性地询问。

“请问是任小凡吗？”电话里传来一个普通话并不是很标准的男性声音。

“对，是我。你是？”

“小凡你好，我是赵诚。不好意思啊，没打扰你工作吧？”

一听是老同学打来的，任小凡松了口气。

“嗐，我还以为是推销小广告的呢。最近这几天我净接这些骚扰电话了。对了，你找我有什么事儿呀？最近都忙什么呢？找到工作了吗？”

“找到了，上个星期刚找到的。嗯……其实也没什么事，就是想请你帮个忙。”

“帮忙？帮什么忙？你遇到难处了？”

“哦，不是不是。你别误会，不是借钱。就是……嗯……你也知道……我从刚进大学就很喜欢雯雯。但是她好像一直对我挺冷淡的，所以我……嗯……主要我也不知道她是怎么想的。你们以前是一个宿舍的，所以我就想请你约她出来一起吃个饭。其实我现在工作的地方和她特别近，但是她好像不太想见我。我不知道她是不想见我，还是她性格本来就是这样？所以就冒昧地打给你，就是想听听你的想法。”

听赵诚说完这一大串儿内心独白后，任小凡突然有点想笑。在她的记忆中，赵诚一向是个少言寡语的人。没想到为了窦雯雯，这个内向的大男孩居然会特意给自己打电话求助。

“你别多想，她性格就那样。平时我们在宿舍，她也不怎么吭声。要不这样吧，我替你约约她？回头咱们几个可以一起吃个饭什么的，正好我也好久都没见着她了。哦，对了。郑若溪也回国了，正好我也可以叫上她。”

一听任小凡主动提出帮自己约窦雯雯，赵诚连忙在电话里感谢任小凡的仗义。接下来两人又闲聊了几句，才双双挂断电话。当然了，在拜拜之前二人已经订好了吃饭时间。

从小超市出来后，任小凡手里明显多了几个塑料袋。尽管她在公司是人尽皆知的“关系户”，但任小凡还是希望自己可以得到同事们的认可。

尽管午休时间还没结束，但办公室的员工都已经开始着手准备下午的工作了。任小凡在经过大家身边时，默默地给每个人递了一根冰棍。任小凡明白，既然目前自己在业务上帮不上大家，那也或多或少地在生活上关心一下周围同事吧。

自从上次被常主任训斥后，窦雯雯不仅把手机调成了静音还一直将手机背面朝上倒扣在桌子上。按理说，上班时间接个电话很正常。但窦雯雯却依旧像个小学生一样，不想再被“老师”骂。

当窦雯雯再次拿起手机，已经将近下午四点钟。手机屏幕上总共显示有两条未读微信和两个未接来电。窦雯雯点开一看，全部都显示着任小凡的名字。“雯雯，在干吗？”“人呢？找你有事。”

窦雯雯拿着手机，朝常主任的方向看了看。见常主任正在低头忙工作，才蹑手蹑脚地走出办公区。

“喂,雯雯。你怎么这么半天才回我啊？”电话刚一接通，任小凡就有些埋怨起窦雯雯。

“不好意思啊小凡，我手机静音了。”

“嗐，我说呢。”

“你找我什么事儿？”

“哦，是这样。你周末有时间吗？要是没什么事儿咱们一起吃个饭呗？”

“周末啊？周末我可能还要再去找找工作，毕竟我还不清楚明天他们能不能给我转正呢。”

“哎呀，找什么工作啊。明天他们肯定能给你转正！再说了，咱们自打一毕业就没见了，你就算再忙老同学一起吃顿饭的时间总能挤出来吧。”

一听任小凡都将话说到这个份上了，窦雯雯便不好再说什么。

一听窦雯雯答应了，任小凡甭提心里有多美了。像这种给人牵线搭桥的活，是她最愿意张罗的。“那行，就这么说定了。时间、地点那些我等会儿会一起发给你。哦，对了，到时候我也把若溪叫上，我现在就给她打一个。”

“嗯，好的。那如果没其他事儿，我就先去工作了。”窦雯雯不敢聊得时间太长，怕被常主任抓住批评她。

“行，你去忙吧。联系好之后，我再告诉你。”

“嗯，拜拜。”

“拜。”

挂断电话，任小凡翻出郑若溪的手机号码直接拨了过去，却发现早已是空号了。

“周末有安排吗？一起吃个饭？”见打电话无果，任小凡索性给郑若溪发了条语音。

北京确实有点大，大到有时东边下暴雨西边还天晴，大到即便大家都生活在同一座城市里却有着不同的心情与境遇。

比起窦雯雯为了守住饭碗在公司谨小慎微，郑若溪明显比她更懂得享受生活。她早早地起了床，像往常一样在出门前精心梳妆打扮了一番。

今天到天安门游玩的游客依旧和往常一样多。只不过大部分人都是跟着旅游团参观，而并非像郑若溪和杨瑞这样的散客。

“大家都跟紧我，记住咱们的旗子是黄色的。”一个举着小黄旗的导游在清点完人数后对四周的游客说。

“咱们一会儿跟着他们吧。”郑若溪俏皮地看着杨瑞。

“为什么？”杨瑞一脸疑惑。

“故宫我只是小时候来过一次，基本上也没什么印象了。一会儿咱们就跟在他们后面，就像去大教室蹭课那样也蹭一次导游的解说。”

“哈哈，你还挺会利用资源嘛。好！听你的！”

他们就这样一路随着旅行团走走停停。每当导游介绍一处标志性的建筑或讲述一个发生在紫禁城的故事时，郑若溪就感觉自己成功穿越了。她幻想着自己正穿着锦绣绸缎的衣服，在一群公公和侍女的陪同下惬意地穿梭整座皇宫。她并不奢望自己一生下来就是备受父王宠爱的公主，她要的是通过自己一步一步的努力慢慢上位从而走向人生巅峰。她幻想着自己刚进宫时的样子，幻想着自己是如何从一个卑微的侍女逐渐变为皇后乃至皇太后。她渴望成功，更渴望脚踏实地地走完所有属于自己的道路。她不要衣来伸手饭来张口的日子，因为她很享受通过自己的双手创造出的奇迹和成就。

“若溪？嘿，想什么呢？你手机响了。”眼见连续唤了郑若溪好几声她都没反应，杨瑞只好用手拍了拍她。

“嗯？哦，怎么了？”郑若溪这才回过神来。

“你手机响了。”

“嗯？哦，谢谢。”

郑若溪拿起手机，听了听任小凡发来的语音。

“你周末有什么打算？想继续出来逛逛，还是在家休息？”放下手机，郑若溪首先询问了杨瑞的想法。

杨瑞想都没想，直接回答：“继续逛！有美女陪同当然继续逛！”

见杨瑞回答得如此坚定，郑若溪只得给任小凡发了条微信，婉言拒绝了她的邀请。

“怎么？有人约你？”见郑若溪将手机放回背包，杨瑞似笑非笑地问。

“哦，没有。就是以前的大学同学。”

“男的女的？”

“女的。”

“哈哈，其实我一直很好奇，像你这么漂亮的姑娘肯定有不少男人追求。为什么你一直不找呢？是不是眼光太高？”

郑若溪一向不愿意和别人过多谈及自己的私人问题。她刚想说：“和你有什么关系。”却突然想起 cliff 的劝告。于是她捺住性子解释说：“可能近期想先忙事业吧。”

一听郑若溪是事业型的女生，杨瑞突然来了兴致。

“没想到你不仅长得漂亮，还这么有商业头脑。你有什么想法不妨说出来咱们一起探讨探讨，正好我最近也在找项目投资呢。如果你的想法不错，说不定咱们还能合作一把。”

“哦？那真是再好不过了。”一听杨瑞这么说，郑若溪顿时觉得机会到了，“要不咱们现在去南锣鼓巷？等到了那边儿再坐下来好好聊？”

“好啊。”杨瑞表示认可。

南锣鼓巷和故宫差不多，也是人山人海。

“走，进去坐会儿吧。”杨瑞怕郑若溪体力跟不上，建议直接进餐厅坐一坐。

二人走进餐厅后，各自点了杯饮品。

“今天玩得真是尽兴啊！”杨瑞感慨道。

“你开心就好。”

“先生、小姐，打扰一下。这是你们点的奶茶和水果茶。”饮品调制得很快，二人还没坐稳服务生就将饮料端上来了。

“哈哈，看来旅游景点的效率就是高啊。”杨瑞笑着说。

郑若溪微微一笑，低头喝着水果茶。

“对了，我记得 Julie 上回和我说你打算开个甜品店？”杨瑞率先开口。

“嗯，是。没想到 Julie 姐还真是什么都和你说哈。”

“她主要是想让我帮你参谋参谋。虽然我也不算行业内的巨头，但也和朋友合伙投资了几家餐饮店，也算是有些经验吧。”杨瑞表现得很谦虚。

“之前确实一直有这个想法，但 Julie 姐觉得在北方开甜品店没有市场。她建议我不要尝试做这个。”

“你别听她瞎说。她爸妈是做珠宝生意的，她自己又开了那么多家美容院，所以她们一家子都不懂食品这块。就比如咱们现在坐的这家店，国内国外哪里的人都有，又不单一全是北方人。再说了，现在还有谁是真的为了吃东西出来啊，现在基本上就是约着朋友出来聊聊天，所以你开的店到底更属于哪里的口味，已经是其次了。当然了，如果你打算做那种连锁加盟，肯定口味上还是要保持一致的。你如果信得过我，不妨把想法说一说。虽然不见得能帮到你什么，但我至少可以给你分享一些我的经验嘛。”

尽管郑若溪一直都知道 Julie 不缺钱，但以前还真不知道她具体在做些什么。听完杨瑞的一番介绍，郑若溪才清楚这个看起来家底厚实的 Julie 竟涉及这么多行业。除此之外，郑若溪也确实感受到了杨瑞的真诚。

其实这种指点正是她从小缺失的。一个年长的男性对自己人生上的指点，或者说她缺少那种父亲对自己的指点。和与 cliff 交流时不同，毕竟现在杨瑞就坐在自己面前。出于自我防卫也好，还是本能地不愿与旁人掏心掏肺也罢，郑若溪始终觉得自己不能像对待 cliff 那样对待杨瑞。不过她还是尝试着和杨瑞说了说自己大致的想法。比如甜品店的风格、受众群体、开店位置、价格配比等。杨瑞耐心地听她说完，静静思索片刻。

“想法倒是不错，但实现起来还是有一定难度的。”杨瑞将最后一口奶茶喝光，一脸严肃地说，“首先是房租。美国的房租就算再贵也相对合理，尽管在那边纯利润并不能使人大富大贵，但至少不会血本无归。可是北京不一样，如果你真打算开实体店，不论是餐饮还是其他行业房租这块就能把你压垮。我不知道你现在手上有多少资金，但就你刚才描述的那种规模没有三四百万根本开不起来。”

“啊？需要这么多？”郑若溪有点发蒙了。

“这还是保守估计。首先以你刚才设想的地段和人流量包括整体的装潢，全下来至少一百多万元一年。我指的是房租和前期装修，其他那些还都没算。之后还有员工，如果你开这么大的店面至少得请二十个人吧？而且还存在找人替班的问题。之后你是打算加盟还是自己开，你也得想清楚。如果你那么喜欢纽约那家甜品店，加盟费又是一块了，而且算上汇率价格也就不低了。这些全敲定后你还要进货吧？还要宣传吧？单宣传推广这块就能花出去不少钱。之后你还要生活，还要周转。如果第一年坚持不下来怎么办？如果北京这边的食客不认可加盟店的口味怎么办？你是否需要及时做出调整？如果要调整是不是就面临着高薪聘请一位或多位糕点师？哦，对了，还牵扯到转让费。如果真是那么好的地段，转让费也不可能便宜。这些你都想过吗？”杨瑞平静地看着郑若溪。

“我……我没想那么多。”

“其实你可以从小店开始做起，但就像Julie说的那样，如果规模很小没有什么竞争力那你肯定比不过这些现有的店面。”

“那怎么办呀？我都回来一个月了，总不能什么都不做吧。”

“你不想找工作吗？”

“不想找。如果找工作的话，每个月的薪水还不如我在美国打工的时候多。而且我觉得我有经商头脑，我想自己创业。”

“你方便和我说一下你现在手上的预算资金有多少吗？或许我可以按照你现有的条件帮你想想办法。”

“嗯……”郑若溪没有回答这个问题，因为她不愿把自己的私事暴露给这个只见过几次面的人。

“哈哈，没关系。是我刚才问得太草率了。没事没事，不用回答这个问题。”

“不好意思啊，希望你能理解。”

“哪里哪里，是我太鲁莽了。应该我道歉才对。”看得出杨瑞不想扫了大家的兴，于是准备换个话题。不过尽管如此他还是对郑若溪说：“回头我帮你问问我身边一些做餐饮的朋友，如果到时候可以有相对好一些的资源提供给你也算是感谢你今天的全程陪伴了。”

郑若溪谢过杨瑞，但对他最后这句话也并未太当真，毕竟这些都是场面话。在郑若溪心里，她始终觉得自己今后的成败取决于自己和 Julie 的关系。

尽管到目前为止，郑若溪并没有从 Julie 身上获取到任何实质性的好处，但她觉得自从自己回到北京后她和 Julie 的关系已经比先前在美国时走得近一些了。

郑若溪趁杨瑞结账的工夫将今天拍的照片发到朋友圈，并附言：“充实的一天，受益匪浅！”

很快，所有人纷纷点赞。其中包括 Julie、任小凡和刚添加微信没几天的小敏和小玲。

见杨瑞从前台回来了，郑若溪便从包里将昨晚设计的新路线拿给杨瑞看。

“这个是明天的计划安排。我觉得我们可以去趟长城。”

看着这张既有手绘地图又有各种文字说明的行程表，杨瑞不禁对郑若溪赞不绝口：“哈哈，不是吧，你想得也太周到了！其实我十几岁的时候来过一次北京，那时候是和我父亲一起来的。他需要和别人谈生意，就把我一个人留在酒店。再之后长大一些就换成我自己过来谈生意，不过还是腾不出时间出来逛逛。这次真是多亏有你，看来你和 Julie 都是我在北京的大福星。”

面对杨瑞的夸奖，郑若溪并没有太放在心上。毕竟对她来说，这点小事根本不值一提。

时间过得很快，不知不觉已经到了饭点儿。不过即便郑若溪陪了杨瑞将近一天，但杨瑞还是没能请她吃顿晚饭。

“不好意思啊若溪，我晚上和一个局长有约，就不请你吃晚饭了。”

“没关系的，你去忙吧。”

“好的，明天见。”

为了晚上和任小凡的父母一起吃饭，吴洺特意换上了去年任小凡给自己买的那件 Tommy 衬衫。他希望自己可以在任小凡的爸妈面前留下个好印象，更希望今天的见面可以速战速决。

“是不是等好久了？”从公司大厦出来的任小凡，见吴洺已经站在门口等自己了，心里好生感动。

“没，我也刚到。”

“对了亲爱的,这是鑫姐。在公司可照顾我了。然后鑫姐，这就是我男朋友吴洺。我俩大学就在一起了。”

听任小凡说完，李鑫和吴洺双双打了招呼，之后李鑫就告辞回家了。

“小凡，也没什么东西送给你的。我想着你能进这么好的大公司怎么也应该好好庆祝一下，但是我也不知道应该买点什么，所以就给你选了这个手链。”尽管上次来到任小凡公司，吴洺心里有点受打击，但这回还是将手链拿了出来。

“哈哈，跟谁学的啊你？没看出来现在还挺浪漫。”任小凡开心地接过手链，戴到了自己手上,“谢谢老公！真好看！”

见任小凡笑得这么真，之前还担心“门不当户不对”的吴洺瞬间释然了。

“宝贝儿，在这边儿，快上车。”过了差不多五分钟，小凡妈将黑色奥迪停到了二人身边。

任小凡招呼了吴洺一声，直接拉开后座车门坐了上去。吴洺见任小凡上了车，自己也尾随着坐进后座。

“你好呀吴洺，上次见你的时候你们还没毕业呢。”小凡妈见两人上了车，随即和吴洺打了声招呼。

“阿姨好，确实好久没见了。”相比小凡妈的随意，吴洺显得格外紧张。

“我爸呢？”任小凡问。

“他直接从单位过去。”

一路上吴洺没怎么说话，基本上都是任小凡和妈妈在聊天。至于聊天内容，则大致是公司的福利政策以及同事之间发生了哪些小故事。

差不过二十分钟后，他们终于来到了这家新开的创意菜馆。看得出这家店还算比较高档，就连门口指挥停车的保安都穿得像五星级大酒店的大堂接待。

“你俩先进去吧，我去停车。”小凡妈说。

“你订座儿了吗？”下车前，任小凡问了一嘴。

“订了，我的名字，你爸的手机号。”

一走进饭店，二人立马感受到一阵凉意。

“空调给得够足啊。”任小凡顺嘴感慨。

“您好，欢迎光临。请问二位有预约吗？”门口的礼仪小姐很是热情。

待任小凡报上姓名和电话后，服务生将二人领到了指定包间。

尽管只有他们四个人吃饭，但小凡妈还是订了一张大圆桌。刚一进去，任小凡就通过微信把房间号发给了爸妈。而吴洺则直接朝最里面的椅子坐下。

“老公，你别坐那儿。那座儿让我爸座。”任小凡见状，赶忙提醒吴洺。

“啊？为什么？”吴洺一脸困惑。

“正对大门的是主位，一会儿你坐我旁边就行了。”

尽管吴洺听得一头雾水，但还是很听话地坐到了任小凡手指的位置上。

“您好,请问二位想先喝点什么？”服务生再次走进包厢。

“来一扎西瓜汁儿，再来一扎玉米汁儿。”任小凡说。

“好的，女士。那这位先生，请问您准备喝点什么？我们有红酒、白酒、啤酒…”

“有茶吗？”吴洺问。

“有的先生。请问您是要龙井、铁观音、菊花茶、普洱茶，还是……”

“就普通的菊花茶就行。”

“好的先生。请问您是要一壶还是一杯？”

“你直接拿上来就行了，反正大家都可以喝。”

“好的先生。如果是一壶，菊花茶的价位是188元。”

一听服务生这么说，吴洺立刻就傻眼了：“你们这里不是免费提供茶水？”

“不好意思先生，我们这里都是收费的。”

“没事儿，想喝就喝呗。”任小凡一脸无所谓的样子，示意服务生直接上一壶。

“别别别，不要了不要了。就喝你刚才点的饮料就行了。”吴洺赶快补充了一句。

待服务生走后，包间内瞬间安静下来。

“小凡，你说你爸妈今天约我吃饭到底是有什么打算呀？”吴洺始终为这次见面忐忑不安。

“能有什么打算呀，就是想你了呗。再说了，我天天在他俩面前夸你，他俩能不想见你吗。”

“你都跟他俩说我什么了？”

“反正就是各种夸，比如你自己创业呀，然后还有什么什么的。”

“那你爸妈听完之后怎么说的？”

“他俩也没说什么，就表扬你年轻有为什么的。反正具体我也记不住，一会儿他俩来了你不就知道啦。”

相比较吴洺的拘谨，任小凡显得一脸轻松。

说话间，小凡妈和小凡爸就这样一前一后地进来了。看得出，二人肯定是在停车场碰到的。

“叔叔、阿姨好。”一见二人进屋，吴洺赶忙起身打招呼。

“小吴你好，快坐快坐。不用这么客气。”一看小凡爸就有大领导的风范，举手投足之间都透着霸气。

“就是啊吴洺，你不用这么紧张。今天叔叔阿姨请你过来，就是一家人一起吃顿饭。”见吴洺如此拘谨，小凡妈也赶忙补充几句。

“点菜了吗？”小凡爸开口问闺女。

“没呢。”

“来，小吴。你看看想吃什么？随便点。”小凡爸边说边将玻璃转盘上的菜单转到了吴洺眼前。

“我吃什么都行，还是你们点吧。”吴洺说。

“那就小凡点。”小凡爸又将菜单转到了女儿眼前。

任小凡接过菜单，将自己喜欢的菜品一并报给了站在门口的服务员。

“要不要喝点儿酒？”小凡爸开口问吴洺。

“不用了叔叔，我不会喝酒。”

“不喝酒好啊，不喝酒以后就不会有太多应酬。”

正说着呢，服务生就把任小凡刚刚点的西瓜汁和玉米汁端了上来。原本服务生想帮四人倒上饮料，却被任小凡拦下了。

“今天呢，你们三人替我庆祝，那这几杯饮料自然由我来给各位倒啦。”任小凡边说边给爸爸倒了玉米汁。

等她站到妈妈身边拿起杯子时，小凡妈突然看到了女儿手上的手链。只见她摸了摸手链，关切地说：“宝贝儿啊，女孩子长大了就不要老戴这种廉价的首饰了。你这个是从哪儿翻出来的？上小学那会儿自己臭美买的吧？妈妈跟你说，首饰这种东西不仅能衬托出女孩子的品位和气质，更重要的是质地好的东西对皮肤也好。像你这种小孩子过家家的东西，以后就别戴出门了。你看你现在都是坐在办公室里的小白领了，怎么也得戴点儿拿得出手的吧。回头啊，妈妈给你买一个去，就当是奖励你顺利毕业了。”由于前几天家里搞了一次大扫除，小凡妈误以为任小凡将小时候买的小手链又给翻出来戴上了。

小凡妈此话一出，屋内两个年轻人对于这番话的理解明显有着本质上的不同。对于任小凡来讲，妈妈说得挺有道理。不过手链是吴洺送给自己的，甭管钱多钱少都是吴洺对自己的一片心意。所以她决定今后左手戴吴洺送的这条手链，右手戴妈妈将来给自己的手链。这样她不仅可以拥有两个装饰品，更感到无比温馨。

然而刚刚小凡妈的那番话在吴洺心里，却掀起了阵阵波澜。吴洺觉得小凡妈刚才句句针对自己。她不仅在说自己没品位，更在埋怨自己配不上她的女儿。为此吴洺如坐针毡般地坐在那里，脸上一阵红一阵白。

“对了小吴，听小凡说你最近正在创业？能跟叔叔说说具体都在做些什么吗？”

“哦，其实也没什么。就是打算今后在北京开一家属于自己的店面。”

“嗯，年轻人有想法是好事啊。那你打算在什么位置开店？前期打算投入多少？具体销售或打算推出哪些服务？”

“哎呀，刚一上来就聊这些。今天不是为我庆祝的吗，你老问吴洺干吗。”任小凡知道吴洺在没成功之前不愿向他人透露太多自己正在做的事情，所以她赶忙制止了爸爸的询问。

“这丫头，我不就是和小吴随便聊聊吗。是吧小吴？”小凡爸反问吴洺。

“对，叔叔。那个……其实我主要是和朋友做一些海外的生意，就是想着把国外的好产品卖到国内来。”

“不错呀小伙子，那你现在等于是在做进出口贸易了。不错不错，不过关税也是个大头儿啊。”

“我们前期量不是很大所以还可以，目前也都没怎么上税。”

“哦？是吗？那不错呀。不过凡事都要有长远的考虑。”

“我明白，叔叔。”

“好啦好啦，爸你快别说了。赶紧吃菜吧！”任小凡在一旁叫唤。

“好好好，马上吃。现在查得也紧，正规程序还是要走的。”小凡爸最后叮嘱了一句。

“对了吴洺，你有没有兄弟姐妹呀？爸妈身体都还好吧？他们想不想来北京和你一起生活呀？”这下轮到小凡妈开口了。

“我爸妈身体都挺好的，家里就我一个孩子。他们应该不想来吧，之前我大一的时候他们来过一次，不过他们都不习惯这边的气候。”

“嗯。自己一个人到北京闯荡也不容易，以后有什么需要帮忙的尽管跟叔叔阿姨说。”小凡妈继续说。

“是啊小吴，叔叔阿姨就这么一个宝贝闺女。你说这丫头这么喜欢你，现在你在她心里直接排到我俩前面喽。”

“爸你瞎说什么呢。”任小凡被爸爸说得有些不好意思。

“小吴啊，叔叔看你这孩子也挺老实本分的。叔叔阿姨很看好你啊，别的我们也不要求什么，只要你对小凡好我们就放心了。”

“吴洺对我好着呢，你俩就放一百个心吧。”任小凡继续插嘴说道。

别看小凡爸妈表面上没问什么实质性的内容，但一顿饭下来也算基本摸清了吴洺的情况。

首先，吴洺也是独生子女，所以不管他家有钱没钱，至少不会出现兄弟姐妹之间的财产纠纷。再加上吴洺父母的身体都还不错，所以未来十年之内肯定也不会有太多症状出现。而且他父母不愿意来北京住，吴洺又明确表明未来打算在北京开店生活，所以如果将来自己女儿真和吴洺结了婚，那小凡也不会和他们家闹什么婆媳矛盾。所以总的来说，身为父母的小凡爸和小凡妈觉得这个看上去还算老实稳重的吴洺还是比较不错的。至少任小凡的父母认为，在当今这个浮躁的社会，像吴洺这种不抽烟、不喝酒，也没有花花肠子的男孩子确实不多见了。就算再不济，吴洺也比小凡爸他们单位那帮只懂得溜须拍马的实习生要强得多。

酒足饭饱过后，任小凡用胳膊肘蹭了蹭最靠近门口坐着的吴洺："你去叫服务员进来埋单吧。"

然而面对任小凡的话，吴洺却好似没有听到。

任小凡以为自己刚才动作太小，于是又拍了拍吴洺："你叫服务员过来结账吧。"

吴洺这次再也不能假装听不见了，不过他还是没有太大反应。

"吴洺啊，你去把服务员叫进来吧。阿姨埋单。"不知是因为小凡妈亲自发话的缘故，还是吴洺听到了最后的那句"阿姨埋单"，直到这时，吴洺才起身走向门外。

一顿饭下来，四个人吃了三千多。吴洺远远地朝账单望了一眼，暗自庆幸服务员没有将账单直接递到自己手边。

"小吴，你一会儿怎么回去？要不要叔叔开车送你？"

"不用了叔叔，我自己坐地铁就行。"

"这附近有地铁站吗？是不是有点儿远啊？"

"没事的，我吃完饭正好走走路。"

"行，那叔叔就不送你了。小伙子觉悟挺高啊，身体是革命的本钱嘛。"

接下来，任小凡和妈妈上了一辆车。小凡爸依旧开着自己的车，而吴洺则一个人朝地铁站走去。

回到家，任小凡洗了个澡就回房间了。小凡妈见女儿不在，小声对老公说：“你觉得怎么样？我总觉得他们家条件不是太好，怕小凡以后受委屈。”

“你呀，不能光看表面。咱俩结婚的时候不也没什么钱吗？我觉得这小子还行，至少老实本分。”

“现在哪儿能跟咱们那时候比啊。咱们那时候是全国人民都没钱，你再看看现在，没钱能行吗？”

“你要这么说，那直接让咱姑娘嫁给印钞机得了。我是觉得小孩儿人品好、身体好就行。至于其他的，慢慢来吧。再说了，咱俩有车有房有存款的，到时候还不都是留给小凡的？能找个真心对她的就行了，其他这些真的都是次要的。”

“唉，我还是觉得小凡能遇上比吴洺更好的。你知道吗，前几天我在超市碰到张红了。我听她说她闺女找了个小“富二代”。本来我还觉得找“富二代”不靠谱，但是听她一形容那男孩儿是怎么对她女儿的，我真叫一个羡慕。别的不说啊，至少日常所需的所有日用品那男孩儿都给她闺女备齐了。你别看这些都是小钱，但日积月累下来也是不少的开销呢。现在张红他们夫妻俩等于什么也不用操心，自己那点退休金完全可以存起来养老了。再加上那男孩子家也算是有点儿文化，所以两家交流起来也不费劲。你说小凡要真是和吴洺那孩子结婚了，那将来咱们跟他父母可怎么相处啊？不是说我势利眼瞧不上他们，但他们那儿再怎么说也不能跟咱们家比呀。我真是越想越发愁，你说我是不是得和小凡好好聊聊啊？”

“你说这些都没用，咱闺女现在就认准这小子了，咱俩能怎么办？难不成硬给他俩拆散了？有钱当然好，但没钱也不一定就不好。至少没那么多诱惑，至少他们家应该也都是老实人。再说了，小凡以后又不会跟他回老家，咱俩在身边照顾着不就行了吗。我是觉得呀，小凡的选择没有错。找个真心相爱的不容易，再说他俩又是大学同学也是有感情基础的。”

“感情都是可以培养的。咱家小凡条件又不差，要模样有模样、要工作有工作的，找谁不能找？再说了，他俩将来要真是有小孩了，你觉得吴洺能是一个称职的父亲吗？我看他现在还跟个小孩似的，既不会张罗又不会来事儿。就刚才吃饭的时候，一直是咱们小凡在那儿一会儿给他夹菜一会儿给他倒水的。他就那样傻了吧唧地坐在那儿吃，也不知道主动找话题跟咱俩聊聊。反正我是怎么都没看上这孩子，虽然人品是还行，但也太…… 唉，怎么说呢，说来说去就是没见过世面造成的。”

“你呀，就知足吧。咱闺女什么性格你心里还没数吗？你要真是硬给他俩拆散了，她还不跟咱俩玩儿命啊。再说了都是独生子女谁家孩子在家不是当宝贝供着呀，你也别把吴洺说得那么差劲了，至少这孩子不娇气。你说他没见过世面也好、家里没什么钱也好，但最起码这孩子实在呀。你想想，现在有多少孩子还能像吴洺一样刚一毕业就想着自己创业的？现在大多数孩子都是吃老本。也就是我和老于有这层关系，不然说实在的你觉得要真是让小凡挨家挨户地去投简历，她能这么快就找到工作吗？所以我觉得吴洺这孩子已经很可以了，至少独立性还是有的。至于钱吗，慢慢赚吧。再说，我不还能再干几年呢嘛。”

“算了算了，我也不管了，反正现在就先这么着吧。不过你说得也对，至少小凡和吴洺在一起的这段时间也没学坏、也没叛逆，所以估计吴洺也还可以了。”

“就是嘛，这么想就对了。”

然而这顿晚饭对于吴洺来说，却吃得无比煎熬。他吃不准任小凡的爸妈是否真的像表面上那样喜欢自己，他更无法保证自己今后能否像任小凡的爸妈那样随随便便就可以花三千多块钱带任小凡出去吃一顿饭。在他看来，两个家庭在经济基础和消费观念上的差异已是显而易见了。他不清楚自己是否可以适应这样的家庭氛围，但他清楚未来的几年甚至几十年他都无法容忍自己用三千块钱去支付一顿饭钱。

6. 新目标

每个人对于人生的追求都存在差异。窦雯雯觉得熬过实习期、可以成功转正便是数月内最大快人心的消息。而任小凡的父母则觉得有份好工作不如买套好房子来得更加长远、实在。尽管任小凡和窦雯雯属于同龄人，但两人今后的人生道路早因两家父母的经济实力与思维方式的不同而分开岔路。

闷热的北京持续高温，在这个即便吃冰块嗓子都会冒烟的季节，也着实没什么值得让大家开心的事情。不过今天对窦雯雯来讲却是个例外，毕竟她终于熬过实习期可以成功转正了。

如果非要找个形容词来形容窦雯雯此时的心情，想必一定和天气预报一样——阳光明媚。

其实说起窦雯雯今天的转正，真可谓是一波三折。自从上次魏经理叫她回去想想愿不愿意去做销售后，窦雯雯就一直因为这件事情犯愁。她当然不愿意做销售了，一是她不喜欢和陌生人打交道，另外她也不愿意在外面到处跑。她觉得尽管在办公室坐班工资比销售低一些，但最起码工作性质稳定啊。万一自己当了销售一单都没做成怎么办，难道每个月就只拿那点少得可怜的保底工资度日吗？不过想归想，窦雯雯始终不知道应该如何拒绝魏经理的提议，毕竟在某种程度上来讲魏经理能提出这个方案多多少少也是在替自己着想。

不过，令窦雯雯不清楚的是，自从上次魏经理和她聊过之后，这个久经商场的男人便意识到窦雯雯这个刚毕业的小女生根本就不是做销售的料。自打上次窦雯雯一进办公室，他就看不惯窦雯雯那股子扭扭捏捏的样，更不用说她说话声比蚊子声也大不了多少还不敢直视自己的眼睛。说实话，魏经理对窦雯雯的印象并不是很好。相比窦雯雯的老实，他更希望公司可以招来一些头脑比较灵活的、能带动公司业绩的员工。毕竟这家公司刚刚成立不久，身为管理层的魏经理更愿意招募一些有激情、有想法、有干劲儿的人才。

像他们公司这样的普通私企，职场精英们是不愿意屈尊的。当然了，常主任是个例外。眼下公司正缺人手，魏经理也只能避重就轻地选择雇用窦雯雯。不过他也已经下定决心不会让窦雯雯去做销售，就像现在这样让她在办公室里做点文案工作便足矣。

就在今天上午被魏经理叫进办公室时，窦雯雯还满心惶恐。可当她听到魏经理主动提出不需要自己做销售时，窦雯雯竟有些激动得语无伦次了。听着窦雯雯对自己接二连三的道谢声，魏经理很是无奈。只见他象征性地点了点头、交代了一下窦雯雯接下来需要做的工作，便摆手示意窦雯雯可以出去了。

被分派到新工作的窦雯雯很是开心。在处理转正后的第一份工作时，窦雯雯对待新工作的重视程度极其高涨，以至于忙碌了一上午连口水都没顾得上喝。

然而即便如此，她还是被常主任骂了。

“小窦，你等会儿再去吃饭。”刚从座位上站起身的窦雯雯被常主任叫住。说实话，常主任在入职前还雄心勃勃。不过这两天详细看过公司之前的业绩以及员工能力后，确实有些火烧眉毛的感觉。看来新公司就是新公司，即便将来可能有很大的发展空间，但至少摆在眼前的仍旧是个烂摊子。

“怎么了常主任？”窦雯雯问。

“酒店、机票那些都订好了吧？你现在把行程单发给我一下。”

“我还没订好呢。”

“还没订好？那你一上午都做什么了？”

“我一直在查机票。”

“你逗我呢吧？你一上午什么也没干，光在这里查机票？”常主任的语气明显变得不友善了。

“我没有什么都没干，我确实是查了一上午的机票。”窦雯雯没觉得自己做错什么，继续实话实说。

“那你查出什么了？你倒是赶紧订票啊！这么多人等着出行程表呢！再说了，周日展会就开始了！”

“我知道，所以我才一直在查机票价格。上午看到的都挺贵的，所以我在想等一会儿吃完饭回来我再刷新几遍网页，说不准下午的票价可以降下来一些。”

听窦雯雯这么一说，常主任的鼻子差点没被气歪了。“窦雯雯你是来搞笑的吗？公司聘请你来上班就是让你来刷网页的？所有人都在为公司忙前忙后，你觉得自己在这里吃干饭合适吗？”

被常主任没头没脑地骂了一顿，窦雯雯心里很是委屈：“我没有不工作，我确实是查了一上午。早上魏经理找我的时候和我说这次出差每个人的预算不能超过以往的预算，而且他说最好是订周六白天到那边的机票，这样晚上还可以提前请对方吃顿饭。可是我查了一上午都没有找到合适的时间和票价，所以我想着等中午吃完饭我再继续刷刷网页查一查，争取能够找到符合魏经理标准的机票和酒店。”

“说完了？”

“嗯，说完了。”

“你是走后门进来的吧？”

“嗯？公司还有后门啊？”

“窦雯雯你故意和我作对是吧？！都说90后不靠谱，我以前还不相信，没想到还真就这么不靠谱！你在家里当小公主我管不着，但是来到外面工作，你至少应该有点儿工作能力吧？连个机票都订不明白，你还出来上什么班啊？将来还能有什么工作可以派给你去做啊？我真是想不通了，怎么现在的独生子女都被家长惯得四体不勤、五谷不分了！你说你连张机票都订不好，干脆直接回家睡觉别来上班了！”

“我没有啊常主任，我真的是一上午都在做这个事情。况且我从小也并没有被娇生惯养……”最后这几个字窦雯雯说的声音很小很小。

“经费！经费！经费！”常主任差点没被气死，“魏经理既然说了不能超过经费标准，而且机票又那么贵。你就不知道看看火车票啊？！”

“可是魏经理上午说的是买飞机票。”

“你能不能稍微变通一下？你觉得魏经理是更看重坐飞机和坐火车，还是更看重周六上午能不能赶到酒店？！”

“酒店我也看了，如果周六上午到的话只剩两个标准间了。”

“只剩两个了？那你订没订下来？”

“我没订，因为咱们这次不是说好要三间房吗，所以我在想能不能再找找其他的酒店，然后直接订三个标准间。”

“窦雯雯啊窦雯雯，不该瞎琢磨的地方你开始知道要动脑筋了！主办方和合作方都住在这家酒店，你闲得没事看其他酒店干吗！”

“可是这家酒店只剩两个房间了，如果咱们公司住三间房的话另一个要多出三百多块钱。我刚才查了一下，其实周围也有不少类似的酒店。”

“我真不知道现在的大学生都在学校学了些什么？！你觉得三百块钱重要，还是公司下半年的业绩重要？行了，我也不和你多说了。你现在赶紧把房间订上，另外能买机票买机票，买不了机票买火车票、买高铁票！”

“可是魏经理……”

“没有什么可是！我可不希望我辛辛苦苦为这次展会熬夜做出来的资料最后通通砸在交通和住宿上！”

“那超出预算的钱怎么办？”

常主任没工夫再搭理窦雯雯，甩下一句：“怎么办？超出的部分你自己补上！”

常主任一走，几个实际上在看热闹却假装在办公室办公的同事立刻围了上来。

“没事的雯雯，你别理她。我们挺你！”

“可是……她刚才说超出的部分让我自己付。”此时窦雯雯委屈得都快哭出来了。

“她那是气话。只要不是超得太多，财务都会批的。”

“那……超出不是太多是多少？”

窦雯雯此话一出，几位同事相互对视一眼：“嗯……这个你可能还得问问常主任或者魏经理了。那什么……你想开点，我们先去吃饭了啊。”

说完，几人借机开溜，独留窦雯雯一人继续犯愁。

“小凡，你这个手链挺好看啊。好贵的吧？”食堂里李鑫看着任小凡的手链，赞不绝口。

“谢谢鑫姐，这是我妈昨天给我的。估计是她以前买的吧。”

“你妈真有品位，真好看！”李鑫羡慕地摸了摸小凡妈从箱子里特意翻出来的手链，直接无视吴洺送的那条。

“零零零……”还没说两句呢，熟悉的手机铃声便悦耳地响起。

“喂？”任小凡接起电话。

“喂，小凡啊。你一会儿下午请个假，我过来接你。”电话那头传来了妈妈的声音。

“什么事儿啊？”

“我跟你爸带你去看看房子。”

“看房子？看什么房子？”

“你看现在北京这房价疯涨，我俩打算给你付个首付。甭管回头你是婚后自住，还是将来转手给卖了，反正怎么着咱们都不吃亏。再说了，这算婚前财产。要是将来你跟对方过不下去了，他们也分不到一分钱。”

“我不去。”不知柴米油盐酱醋茶有多贵的任小凡，一向视金钱如粪土。

“这孩子！我跟你爸已经在路上了，你赶紧请个假到楼下等着吧。”小凡妈不愿意跟女儿多废话，直接发号施令了。

“你们怎么这样啊！我昨天刚跟领导表过决心，说什么让她多给我派点活儿。难道转天我就找她去请假啊？这样也太影响我在公司的形象了。”

“影响什么形象啊？房子重要还是形象重要？你要是不好意思请假，我替你打电话请假。”

“别别别，你别打。我请还不行吗？真是服了你了。”

挂断电话，任小凡重重地叹了口气。

“怎么了小凡？家里有事？”

“我妈下午带我出去一趟，非叫我去请假。重点是现在大家都午休呢，办公室肯定也没人啊。”

“没事的，你去吧。一会儿我回去替你请。”

“那真是太好了！谢谢鑫姐！”

“跟我还客气什么，快去吧。”

“那我去了！爱你！”

任小凡赶紧离开食堂，跑回办公室拿上背包。在她路过经理办公室时，发现里面果然没人。

“宝贝儿，这儿呢！”任小凡刚一走出办公楼，小凡妈就在车里朝她招手了。

“你俩能不能稍微支持一下我的工作。我才来几天啊？就开始请假了。”刚一拉开车门，任小凡就将爸妈说了一顿。

“你看看你闺女，还埋怨起咱俩了。”小凡妈扭头朝小凡爸鸣不平。

“而且你们能不能跟于叔叔说说，也让他底下的人给我派点活儿？我现在一天到晚什么事儿都没得做，这样多丢人啊。”

“丢人？你知道有多少人做梦都想不干活白拿钱吗？你是不知道，就你爸他们单位那个小赵。你应该叫赵阿姨，你小时候见过。她就是什么都要争第一，天天加班到特晚，然后回到家还得带孩子。最后怎么样，不到四十岁就走了。诊断结果说是肝硬化，之后好像说是心脏也不太好。难道你也想以后像她那样？女孩子不要给自己那么大的压力，轻轻松松过一辈子就行了。将来结个婚、生个小孩儿。你要是真有精力就好好在家带孩子，工作上的事差不多就行了。”小凡妈语重心长地说。

“那我也不能天天不干正事儿吧。”

“丫头，老爸今天带你去办的就是正事儿。你看看现在北京这房子涨到什么价儿了？我和你妈考虑给你买套房。甭管面积是大是小，现在分分钟就能番好几番。”

“有这么邪乎？”

“你呀，刚步入社会，根本不知道生活有多艰难。别的不说啊，就咱们小区，我上个月问了一下楼底下的中介。咱们家按二手房卖，十一万一平方米。我今天早上再去问，已经十二万了。你想想看，现在存银行能挣几个钱啊？利息才百分之一、百分之二。你要是有套房子攥在手上，随随便便就能赚个几十、上百万。你说老爸老妈今天应不应该让你请这个假？”

听爸爸说完，任小凡也觉得是这么个理儿：“所以你俩打算今天就买房？”

“今天只是先过去看看。还不见得能排上号呢。”

“买房还排号？”任小凡很不理解。

“当然得排号了。不仅要排号，还得付定金。”

三人你一言我一语地聊了一路，终于在接近下午两点的时候开到了指定地点。

“这儿也太偏了。”任小凡看着周围一片荒芜，很是瞧不上眼。

“你别看现在周边什么也没有，等过两年就全建起来了。这个小区我问了，到时候周边的配套设施一个都不会少。而且这个开发商也盖过不少楼盘，所以也不用担心他们到时候会跑路。”

“那也不行啊，这儿简直就是大农村啊。”

“着什么急啊，现在又没让你住。再说了，把这个当作是投资也行啊。而且就算你想住也住不进去呢，人家房子还没盖好呢。”

一听爸爸这么说，任小凡立马不高兴了：“房子没盖好你俩让我请什么假啊？没盖好买什么房啊？”

“这傻丫头。要等全都盖好了，还轮得着咱们吗？”小凡妈插嘴说。

“电话里我咨询了，现在有样板间可以看。这个预计明年年底交房，所以也不着急了。”小凡爸解释说。

“明年年底才交房，那咱们现在来看什么呀？都不知道盖出来是什么效果。再说了，万一他们质量不好呢，万一巨丑呢。”任小凡说出了自己的担忧。

“如果不好，就转手卖了呀。现在这边房价还没涨起来，电话里跟我说差不多三万多一平方米。等明年交房了，怎么也能涨到五六万了。回头如果周边设施能起来点儿，或者周围其他楼盘能跟着起来，到时候自己住着也行。如果还是这样，周围什么也没有，那咱就直接转手卖了。”

“就这破地儿也能涨这么多？”任小凡一脸不屑。

“你别小瞧这地儿，再怎么说这儿也属于北京。只要它属于北京，房价就跌不了！”

“那如果明年真卖的话能赚多少钱啊？”

“那就看咱们买多大的了。如果是一百平方米，直接赚个一二百万不成问题。”

“啊？这么多！那确实是比存银行划算哈。”任小凡越想越对味，“嗯……不过就算是能赚一二百万我也不卖。”

“为什么？”

“因为我打算和吴洺住在这儿呀。哈哈哈哈哈……”

“和吴洺住你就不嫌这地儿偏了？这丫头，一点儿不害臊！”小凡妈白了女儿一眼。

穿过一片沙土地，终于来到售楼处。任小凡看了看，售楼处门前早就停满了私家车。

任小凡一家刚一推开售楼处大门，如同菜市场的嘈杂声立刻传入三人耳中。

“妈，这是买房吗？我怎么感觉像是买菜呀。”一见这场面，任小凡忍不住躲到了妈妈身后。

“可不是嘛，现在买房跟打仗似的。”

“看房吗？”一个二十岁出头、身穿小白衬衫，却夹杂了浓郁乡土气息的男生朝任小凡一家走来。

“对，现在还剩什么户型？沙盘带我看一下吧。”小凡爸说。

“跟我来。”

男生面无表情地领着他们三人来到沙盘前。大概介绍了一下目前哪个楼盘还在出售，哪个楼盘已经售罄。

“到时候周边会有哪些配套设施？”小凡爸问。

“是这样，到时候这边会挖一个人工湖，然后那边会开设医院。之后这边还会有一个健身房，然后最那边有中学和小学。”男生拿着可以发出小亮光的像笔一样的东西，一会儿照照左边、一会儿照照右边。

“会通地铁吗？”

“会通。预计两年后正式开通。”

“大概离你们小区有多远？”

“虽然不是在小区门口，但也算离得非常近了。差不多两公里吧，咱们小区楼下就会有直达地铁站的公交车。”

“现在是多少钱一平方米？”

“我们现在是四万一平方米。”

“四万？我上午来之前打电话问还三万多呢，怎么现在变四万了？”小凡爸质疑男生报的价位。

“你打的是售楼处的电话吗？还是那些中介的？因为他们那边可能没有及时更新信息，三万多是上个月的价格了。”

“四万有点儿贵吧？这地儿这么偏。”小凡妈在一旁对丈夫说。

与此同时，任小凡也掏出手机打开计算器功能。如果按照自己转正后的工资计算，一个月赚八千，一年下来不吃不喝可以存够九万六。如果按照一百平方米的房子计算，四万块钱一平方米全下来就是四百万一套。用四百万除以九万六，那等于任小凡需要存够整整四十多年才可以在北京买下一处房子。

“太贵了，太贵了。”任小凡看着手机屏幕上的那一串数字，忍不住连连摇头。

“四万其实一点都不贵。先不说过两年周边设施全都能起来，而且还会通地铁。就单说现在北京房价的上涨趋势，估计下个月就得四万五了。而且我们是精装修，旁边还可以就近上小学和中学。”男生说到这里，突然想起来什么，“哦，对了。还没问你们呢，你们有北京户口吧？我们这个是普通住宅，没有北京户口买不了。”

“嗯，都是北京户口。但就是价格有点儿高啊，如果三万多还能勉强接受。”

“我们这里直接就是学区房了，这个价位已经很合适了。”

“学区房？”任小凡一听男生这么说，在心里暗想，“就这破地儿，也能算是学区房？就算能够就近上学，也完全没有吸引力啊。保不齐这附近老师的文化水平还没学生高呢。”不过想归想，任小凡肯定是不敢说出口的。

见三人没吭声，男生继续说：“你们是打算投资还是自住？投资的话我建议买个小户型，到时候好出租。现在房源已经不多了，如果你们今天可以定下来估计还能选到好一点的朝向和楼层。如果是自住的话，我建议买一百二十平方米三室一厅或二百一十平方米四室两厅。这两个性价比和实用度会更高一些。不过这两种户型也基本上没剩几套了。”

“你这儿有样板间吗？”

“有。”

“是临时搭的，还是在以后盖起来的楼里直接装的？”

“都是临时搭的，不过都是一比一按照以后的面积大小和格局做的。正式的楼盘现在都还没建呢。”

“啊？还没建就都快被抢光了？”任小凡听得一脸不敢置信。

“谁叫这里是北京呢？”接待他们的男生一脸不以为然。

“你带我们去看看样板间吧。”小凡爸开口说道。

“好，跟我走吧。”

男生说完，率先走在最前头。任小凡一家紧随其后。

他们从正门出来，绕到售楼处的右后方。只见那边有几个临时搭建的小屋，估摸着就是样板间了。

每间小屋的墙上都会贴着注有室内格局图和对应平方米数的标识。每个小屋门口也都配有鞋套和小板凳。

“进去的话，先套一下鞋套。”男生机械地发号施令，看得出他一天能领来不少人到这里参观样板间。

“你们这个样板间的层高和实际的一样吗？我记得国家不是规定了样板间需要在日后开盘的楼里建吗？你们怎么还在外面自己搭呢？这样的话像墙的厚度啊，整体楼层的分布都看不清楚啊。”小凡爸说。

“嗯。”男生直接忽略了小凡爸的话。

看到这样的场面，任小凡有些不开心了。她觉得这个男生不过是个外来打工的，房子又不是他们家建的，他在这儿拽什么拽？说白了，不就是因为北京房价高，外加他又正好做了这份工作，所以过来买房的人很多他也就无所谓是不是能成功接成这一单了吗？任小凡在心里默默诅咒等这个楼盘全部卖光后，这个男生就赶紧失业吧！

不过想归想，当任小凡穿着鞋套走进样板间后，她立刻就忘记了刚才的不愉快。

“哇，这也太漂亮了！”任小凡他们走进的第一间是一套二百一十平方米的四室两厅的户型。

“你别这么大惊小怪的，回头儿人家看出来你这么喜欢这套房，咱们就不能砍价了。”小凡妈小声在一旁提醒。

“哦！”任小凡这才赶忙捂住嘴巴。

“你们这儿首付多少？另外贷款可以贷多少年？有没有哪家银行会给特别优惠？”小凡爸问。

“现在北京的房子首付都变成百分之四十了。哦，对了。你们是第一套还是第二套啊？如果是第二套就是首付百分之八十。”

“如果要买，我就用我女儿的名义买。她买的话是第一套。”

“哦，那就百分之四十的首付就行了。普通住宅可以贷款三十年。”

“嗯，还有没有其他优惠？比如送停车位，或者是花一万抵多少万的那种？”

“停车位肯定送不了，而且现在也没开放销售呢。如果你们要是今天决定交押金，可以参加一万抵两万五的优惠。”

“才抵两万五？其他楼盘差不多都能抵个十万八万的。”小凡爸说。

“不知道你说的是哪些楼盘。像我们这种又是精装、又是很大的地产公司，其实真的不需要用那些优惠手段吸引客人，因为想买我们这里的住户大有人在。”男生不但没有顺着小凡爸的话去说，反而一副爱买不买的样子。尽管在工作单位中，所有人都很尊重小凡爸。可是在这个外地小孩面前，小凡爸突然变得一文不值了。

“是直接就能选房？”小凡爸好像并没有计较男生的态度不好，而是继续询问着房子的事情。

“选不了，要排号。”

“所以你刚才说的花一万抵两万五，实际上是排号的押金？那如果到时候我们不想要了，这钱可以退吗？”

“可以退，到时候会打回你支付的银行卡。”

“大概什么时候交房？”

“后年上半年。”

“我之前咨询的是明年年底就可以交房了啊。”

“那些都不准确，以我说的为准。”

由于他们是从二百一十平方米看起的，等最后走进那个只有五十五平方米的小开间时，任小凡连进都不想进了。

“走吧，走吧。这个小户型就别看了。”任小凡说完，又忍不住跑去二百一十平方米的大户型看了一遍。

“觉得怎么样？”小凡爸询问老婆和孩子。

“样板间确实不错，但咱们还是再考虑考虑吧。”小凡妈说。

“你们可以先考虑一下，但是房子出得非常快，等到时候你们考虑好了说不定就买不到了。”销售小哥在一旁插嘴道。

“要不先排个号吧。”小凡爸说。

“行，那我去拿单子。你们也先想一下排哪种户型。”

“现在就排呀？你别听他忽悠，哪能说卖完就卖完啊。”小凡妈见小伙子走了，赶紧跟老公说出了自己的想法。

“房子能不能卖掉这个不是关键。关键是上个月还三万多，现在已经涨到四万了。我是觉得如果决定买，就早点儿下手。”

“那咱们不再看看别的楼盘了？”

“反正这钱回头也能退，我觉得先排个号儿吧。等这边儿先排上队，然后一会儿再去其他地方看看。”

“那咱们要多大的合适啊？”

“我喜欢二百一十平方米那个！”尽管任小凡深知二百一十平方米的户型需要她存够将近九十年的工资才买得起。但反正这笔钱又不需要自己出，反正爸妈是自己最坚强的后盾。再说了，样板间确实装修得太漂亮了。一想到今后可以和吴洺住在这样一间属于他们自己的大房子里，任小凡就顾不得替爸妈省钱了。

“那个太贵了。首付百分之四十的话，也得三百多万了。我跟你爸哪儿能一下子拿出这么多钱啊。再说了，回头每月贷款就够你受的了。”小凡妈赶紧打消了任小凡的念头。

“那你们觉得多大的合适啊？”任小凡有些不高兴了。

“其实我看一百二十平方米那套还行。三室一厅，虽然房间小一点但格局还不错。”小凡爸说。

“一百二十平方米的话首付是多少？”小凡妈问。

“也得小二百万了。”

“唉，真是够贵的。你说北京这房价什么时候才能跌呀。”小凡妈感叹道。

“跌？想都别想！所以咱们现在咬咬牙拿下房子是对的，不然等再过两年更买不起了。”

“可二百万也不是个小数目啊。咱俩现在有那么多存款吗？”小凡妈越想越发愁。

“实在不行只能先找别人借点儿了。再不济，房子也保值啊。回头就算实在负担不起了，转手一卖也是钱啊。”小凡爸没料到每平方米的房价已经比在电话里咨询时高出了好几千块钱，明显也是一脸沮丧。

“哎，你说说看。别人家的闺女都是男方出钱买房，咱家倒好，自掏腰包！”小凡妈一脸不乐意。

“妈你怎么又这样啊？这和吴洺有什么关系呀。他才刚毕业，买不起房很正常。”一听妈妈又准备抱怨吴洺，任小凡立马反击。

“真不是我说你，你说都什么年代了，你怎么就不知道找一个家里条件稍微好一点儿的？你如果能直接找个有车有房的，我跟你爸得省多少心啊。”

“有钱就了不起呀？那我去给人家当小三吧，现在年轻的有几个有钱的，不都是像吴洺这样从零起步吗。”

“这孩子！瞎说什么呢！年轻的可以没钱，但他们父母有钱也行啊。你看看现在有多少‘富二代’？你条件又不差，找谁不是找非得找个在北京没根基的。”

“行了，你别说了。这叫纯洁的精神恋爱！”任小凡一副大义凛然的样子，教育着妈妈不懂爱情。

母女俩说着说着，刚才那个小伙子就拿着信息单回来了。

“你们商量好要哪个户型了吗？”小伙子问。

“一百二的还有什么朝向？”

“那个我刚才看了一下，已经卖光了。”

“啊？卖光了？那现在还剩多大的？”

“如果想要一百二十平方米左右的话，目前还有两个户型可以选。一个是一百四十平方米，一个九十平方米。一百四十的有四间房，每间都不大。九十的有两间房，房间都挺大。”

“刚才没看到这两个户型的样板间啊。”小凡妈说。

“嗯。一百四十那个所有格局都和一百八十那个一样，只不过就是每个房间小一点，客厅也小一点。然后九十的那个确实没有样板间，不过卖得也很好。”

“没样板间还卖得很好？”任小凡终于忍不住了。

“你是第一次来看房吧？现在在北京买房谁还会去看样板间啊？直接在图纸上就敲定了。”小伙子反呛任小凡。

“那要哪个？”任小凡一家突然傻眼了。

“刚才我听我们经理说准备新开一栋楼。要不你们先付定金吧，等回头新的楼盘开始销售了你们再过来选户型。反正都是按照拿号顺序选房的，先到先得。你们正好也能回去想想要哪套合适。”

“行行行，这个方案好。”小凡爸连忙同意。

“那你们提供一下姓名吧，之后身份证我需要拿去复印。”

“到时候可以房子写我女儿的名，但是我来刷银行卡吗？”小凡爸问。

“可以。”

于是乎，小凡爸招呼女儿拿出证件给小伙子去复印，之后自己在单子上填写个人信息。

等银行卡也刷完、身份证也复印完之后，任小凡一家才拿着收据和底单离开了售楼处。说实话，这样的经历对于任小凡来讲真的是生平第一次。以往她在逛街时看上了一件几百上千元的衣服还得死命砍价，可这次直接好几百万的房子却像买菜似的这么多人疯抢，而且还根本没有讨价还价的余地。任小凡突然有点摸不透这个世界了，捎带着她也开始能够理解为什么妈妈一直希望自己找一个经济实力相对比较好的男生了。

生活确实太不易，尤其是在大北京。

走出售楼处，任小凡一家又开车到周边的几个楼盘看了看。不过相比较而言，都没有第一家开发商大，而且室内格局和未来的基础设施也都没有第一家好。总的来说，他们三人对于今天果断付定金还是不后悔的。

不过除了刚才的住宅楼盘，另一种商住两用的新型住房模式也吸引了任小凡一家的注意。

北京商住两用房的楼高一般在四点二米左右，开发商会将房子分割成上、下两层。尽管这样分割后房屋会形成楼上、楼下的复式房格局，但楼上的空间和层高却相对有些压抑。但好处是两层楼的空间只算一层楼的面积。好比说这间房原本是五十五平方米，由于隔出了一个小二层，所以楼上多出来二十平方米的房屋面积，所以尽管这套房是按五十五平方米在售卖，但实际的使用率却是楼下的五十五平方米外加楼上的二十平方米。这种既省钱又有点复式房的感觉，正是当下年轻人最喜欢的一种格局。

任小凡一家在权衡了商住两用房的利弊后，总结出了以下几个要素。首先是产权。商住两用房的产权分为四十年或者五十年两种，这要比普通住宅的七十年大产权少了二三十年。其次是商住两用房需要支付商水、商电，而且大部分楼盘还不是集体供暖。再加上这种商住两用房的首付为百分之五十且最多只能贷款十年，所以即便它的总价要比普通住宅低，但其实前期支付的钱也并不是一个小数目。最后就是学区房的概念。如果选择购买商住两用房，即便是在全北京最好的学区旁边购买，也无法享受划片上学的待遇。所以总的来说，以上这些便是商住两用房的弊端。但相比之下，它的优势也一目了然。好比说，同一区域的普通住宅如果每平方米卖四万，那商住两用房估计只卖两万多。而且由于空间利用率还不错，所以可以花一小部分钱住进相对使用率更大的房子里。另外商住两用房可以注册公司，这对于很多像吴洺这样的年轻人来讲是个既可以自住又可以办公的大好时机。再加上这样的房子不限购，所以不论你想买多少套、不论是否有北京户口都可以随意买卖。这对于想要投资房产或炒房的人来说也是个不错的机会，毕竟在北京买普通住宅需要提供北京户口才行，所以这种商住两用房的转手概率肯定要比普通住宅大很多。更何况这种房源本来就不多，在当下的北京也算是一种时尚趋势了。

当小凡爸把以上观点分析出来后，任小凡一家对商住两用房的印象也感觉很不错。像这种买一层得两层的 loft 格局，也算是相对划算了。毕竟任小凡爸妈现在所住的房子是普通住宅而且周围学区也不错，要是将来任小凡真有了自己的小孩儿，也可以就近在爸妈现在的好学区附近上学。于是小凡爸便和刚才一样，在销售的带领下填写了个人资料并支付了相应定金。毕竟这种房源不限购，所以所剩数量也不多了。

至于最终到底买哪种形式的房子和哪套户型，任小凡一家决定回家后再进一步商议。

从售楼处开出来，仍旧是一片荒芜。他们差不多开了将近两小时才到家。到家后的任小凡突然有一种从农村进城的感觉。她不禁暗想："就刚才那种大郊区居然还能卖到四万一平方米？！四万块钱，如果在吴洺他们老家，肯定都能买个大豪宅了！北京，确实很值钱。可是平均到每个老百姓的头上，也真是让人吃不消啊。”

任小凡原本想把今天看房的事告诉吴洺，不过她后来转念一想，今天也只是交了个定金而已，既然八字还没一撇呢就先不要说了吧。

不过即便如此，她还是在朋友圈发了九张照片。其实她是想两种户型图都发一下的，但由于 loft 不让拍照，所以她只能单发那套她最喜欢的二百一十平方米的样板间的照片了。至于配文则写的是："欢迎大家来做客！"

此状态一发，众人纷纷点赞。平日和任小凡不怎么熟的人也都给任小凡留了言。

"有钱人！"

"装修新房啦？好漂亮！"

"买的几环的？"

"你结婚了？"

……

看着一条接一条既有崇拜又有羡慕的留言，任小凡的内心别提有多美了！尽管房子能不能买下来还是未知数，尽管就算买下来了肯定也不是样板间的效果外加二百一十平方米的大户型。但人总归是有虚荣心的，像这种既没有点名是不是自己的房子，又能给大家带来无限想象空间的文字和图片，是当下毕业生最喜欢发在朋友圈的。毕竟广大人民群众看完之后会理解为这几张照片就是任小凡的家，而任小凡的爸妈也会很自然地理解为这是女儿在看完样板间之后的兴奋之举。总之这种不疼不痒又不失身份的图片及配文，确实发得有点水平。

7. 圈子

如果一个人总能和比自己阅历深的人一起聊天，那他的见识也会随之增长。然而如果一个人只愿待在同龄人的小圈子里谈天说地，那他的眼界很有可能止步于自己与对方相差的那几千块钱的工资里。尽管任小凡、窦雯雯和郑若溪都曾是同一屋檐下的室友，但由于三人毕业后所在圈子不同，从而造就了三种不同的价值观和心态。

相比较同龄人的“无知”和“稚嫩”，郑若溪的确算得上是对自己有明确规划和敢于实践的少数群体。她不会像窦雯雯那样整日只会坐在办公室里被动工作，却还幻想着有朝一日会有一个非富即贵的白马王子凭空降临。更不会像任小凡那样整日和爸妈腻在一起，像个没断奶的孩子。和她们相比，郑若溪更有头脑也更加独立。她知道自己想要什么，更懂得如何在短时间内实现并稳固自己的地位。就好比现在，她就正和杨瑞聊得不亦乐乎呢。

“若溪呀，这几天真是太感谢了。长城、故宫、后海、颐和园、天坛、地坛、潭柘寺还有香山，你说这些该去的地方咱们都去了个遍，我看了一下你给我的行程单，接下来还有好多地方可以去。哈哈，这次来北京真是不枉此行啊。”

“你玩儿得高兴就好，你高兴了我也算顺利完成 Julie 姐分派的任务啦。”

“等她从国外回来，我必须好好夸夸你！将来谁要是能娶你做媳妇，真是羡煞旁人啊！”

“你别这么说，说得我都不好意思了。”郑若溪虽嘴上这么说，但其实她的内心毫无波澜。无非就是一些场面话，谁又会过多在意这些动动嘴皮子就能形成的话语呢？“对了，Julie 姐这段时间也一直没和我联系，我怕打扰她工作就也没给她发微信。你知道她这段时间都在忙些什么吗？”

郑若溪想通过杨瑞打听一下 Julie 最近的动向，毕竟 Julie 的每一步行动郑若溪都想切身参与进去。

“哦，她呀。她也没干什么，就是去国外融资了。她走之前我俩聊了聊，是和装修有关的事。”

“和装修有关？ Julie 姐想做建材，还是做房产？”

“不是房地产。就是设计加装修。基本上就是客户在手机上下载一个软件或者是直接在电脑上打开官网也行，之后大家根据自己的喜好随意选择室内的家居风格和颜色款式。等于说是自己一边设计一边玩游戏的感觉。等全设计完，如果感觉还不错，就点击提交这个设计好的全部室内的样子。然后相对应的一些厂家信息就会自动跳出来，好比说刚才用户自己设计的那个地砖的款式哪几家店有售卖，大概都是多少钱，等等。之后客人自己对比一下就可以下订单了。等于商家省去了在外面租房子的费用，然后有装修打算的顾客也可以省去在各个家装建材城奔波的时间。”

郑若溪听完，很是认可这种方案：“这个想法很棒啊！如果是我，我肯定喜欢用这种方式买家具和选材料。”

“来，你看。大概就是这种形式的。”杨瑞一边说，一边拿出手机给郑若溪大概看了几张 3D 效果图。

“这些都是你设计的？”郑若溪看着手机里的照片，一脸崇拜。

“对，这些都是之前我自己设计的。以后顾客们只要成了我们的会员，全都可以像我这样设计出自己满意的装修风格。”

“那真是太好了！我相信年轻人肯定都会喜欢这种模式的！”

“对，这种模式主要是针对年轻人设计的。不过我们也不能光盯着年轻人的市场啊，毕竟现在有积蓄的群体大部分都是中年人。所以我们主要还是考虑推出那种全包的装修体验。好比说大到各个知名品牌的家具，小到一个水龙头或者一个螺丝钉。只要是房子里需要的，我们全都为顾客一手操办。这样不仅质量上能把关，而且价格上也会相对实惠。毕竟我们和各大知名厂商签下合同后，肯定能拿到一个不错的价格。”

听完杨瑞的介绍，郑若溪觉得这样的构想非常可行。“那你们会员费是不是也收得很贵呀？咱们国家有十几亿人口，光收会员费就能赚到不少钱了吧？”

“其实会员费只是一小部分，主要还是全包之后的一个总体价位。好比说多少平方米的房子，总共下来要收多少钱，等等。举个例子吧，比如说一套小户型，全下来是几万到十几万不等。如果是一百个人注册、一千个人注册、一万个人注册，大致能赚多少钱应该很容易就能算出来了。更何况一二百平方米的户型也不在少数，所以随着我们后期的宣传推广一跟进，再加上价格上稍微比其他同行业的优惠些，基本上收入也就很可观了。毕竟我们签的全都是国内外的知名品牌，品质这些都是有保证的。”

“哇，那真是太棒了！”听完杨瑞的解答，郑若溪更加兴奋了，“等于说大家既可以自己设计装修风格，又可以足不出户就能享受全套的家装体验，而且还都是质量非常过关的、家喻户晓的大品牌。这么好的事情，肯定很快就会传播开！你和 Julie 姐真的是太有商业天赋了，这样的项目肯定会受大众喜欢！”

“哈哈，谢谢你啊若溪。那就借你吉言了！”杨瑞听完郑若溪的吹捧，也开心地大笑起来。

“其实我觉得你们也可以和这些正在卖房的售楼处合作一下，到时候也可以让他们给买房的人推荐一把。或者是和那种房产中介合作也行。再或者，利用每栋新楼盘的样板间进行一次完整的装修，然后直接标出价格让客人了解到如果装修成和样板间同样的感觉需要花费多少钱。毕竟这几年房子涨得这么快，而且国内买房的热度一直持续不减。”

尽管杨瑞早就想到了这一点，但他还是用恍然大悟的语气称赞了郑若溪一番：“你瞧瞧你瞧瞧，我怎么就没想到这点呢！这个建议提得可真是太及时了！看样子你确实很有商业头脑啊！”

面对杨瑞此次称赞，郑若溪并没有觉得是客套话，因为她确实对自己充满自信。只不过借着杨瑞的夸奖，她觉得是时候表表决心外加试探一下对方了。

“没有啦，你过奖了。其实这次回国，我主要也是想参与一些比较好的项目，不过一时半儿会好像也还没有找到合适的。”

“没事，这些都不是着急的事。你刚回国没多久，这些都要一步一步慢慢来。”

不知杨瑞是真没听懂，还是装没听懂。他除了比较正面地安慰了郑若溪几句，并没有松口说让郑若溪也一起参与他们这个家装项目从而从中也分一杯羹。不过对于郑若溪来说，尽管杨瑞并没有接自己的话，但通过这次交流，她也觉得自己和杨瑞的关系拉近了不少。至少她不仅从他身上学习到了一些东西，还感到自己已经得到了杨瑞的信任。不然像这种相当于透露商业机密的谈话内容，杨瑞肯定也不会对自己说这么多。

想到这儿，郑若溪突然觉得自己非常幸运，至少这几天的陪吃陪玩没白费。如果能再巩固一下自己和他们之间的关系，没准他们下一单生意就能带着自己一起参与了。郑若溪越想心里越美，就差忍不住笑出声了。

和郑若溪不同，今天正直周末，任小凡他们几个可不会想到要和比自己资历深外加比自己社会经验更丰富的人多接触接触。他们几个正一个个从家里出来准备参加这场几天前就约好的同龄人的聚会呢。

由于一会儿吴洺也会在，任小凡特意化了一款精致妆容。她拿出上次面试时被妈妈强烈否定的那个骚粉色的口红，唰唰唰地在嘴唇上涂了整整三层。尽管她知道吴洺不喜欢这种太浮夸的妆容，但她好不容易不用在意公司形象，好不容易可以大大方方地在周末臭美一把，所以也就没顾虑太多。

至于窦雯雯呢，则是随便套了件衣服就出来了。站在她的角度，她没有觉得和朋友出来见面是人生中的一个重要环节。所以对于打扮啊、细节啊，也就没有太过在乎。

相比较两个女生一个太过惊艳另一个太过普通，两个男生相对来讲都还算正常。吴洺和赵诚没有很刻意地精心挑选衣服，只是从脏衣服堆里翻出了相对干净点的衣服换上。

“你到哪儿了？怎么还没到？”约定的时间差不多到了，除了窦雯雯没来之外其他三人都先后走进餐厅。大家简单聊了几句见窦雯雯还是没有出现，任小凡便直接拨通了窦雯雯的手机。

“不好意思啊，我刚出地铁口。”

“地铁站应该离这家店还有段距离，要不我过来找你吧。”

“不用不用，你和若溪先吃吧。”

“哦，她呀。忘跟你说了，她有事儿没来。”

“那你再等我一下，我马上就到了。”

“行，一会儿见。”

挂断电话，任小凡调皮地看着赵诚，“你家雯雯刚出地铁站，你要不要过去迎接她一下呀？”

“好，那我现在就去。”赵诚果然实诚，立即站起身就要往外走。

“别别别，跟你开玩笑呢。她一会儿就到了，再说了我还没跟她说你俩也在呢。”

“窦雯雯不知道我俩在？”吴洺一脸问号。

“对呀。赵诚怕我说了之后她就不来了。反正咱俩一会儿好好撮合撮合他俩就行了。”任小凡对吴洺说。

“那个……谢谢你啊小凡。”赵诚被任小凡说得满脸通红。

“甭客气。你俩要是真成了，以后咱四个不就成双成对了吗。”

“真羡慕你们俩，从上学的时候就一直在一起。”赵诚由衷地感叹着。

“哈哈，那是！我和我们家吴洺天生一对！是不是啊老公？”任小凡撒娇地看着吴洺。

“嗯，是。”

“服务员，菜单！”此时，任小凡的肚子已经饿得咕咕叫了。

“要不等一下再点吧，雯雯应该快到了。”赵诚在一旁小心翼翼地说。

“没事儿，咱们先点咱们的。等一会儿她到了正好菜也上来了就可以直接吃了。再说了，她要是不爱吃就再点别的呗。”任小凡不以为然。

估计是任小凡以前经常来这家餐厅吃饭，她只是随便翻了翻菜单就朝服务员报了五个菜名。

“差不多了，别点了。”吴洺在一旁提醒。

“啊？不点了啊？才点了三个菜啊。”任小凡一脸无辜。

“你不是还点了两个凉菜吗？”吴洺说。

“凉菜也叫菜啊？那个随便夹两筷子就没了。”

听任小凡这么一说，吴洺不再吭声。

“那什么……就先这样吧，其他的一会儿再点。”任小凡看出吴洺有点不高兴，所以吩咐服务生可以下去了。

“现在炒吗？”服务生问。

“炒！”任小凡毫不犹豫地回答。

又过了将近五分钟，窦雯雯终于赶到了。

“不好意思啊小凡，刚才……”窦雯雯刚想和任小凡解释为什么会迟到，却一下子迎上了赵诚的目光。窦雯雯没料到赵诚也在，瞬间变得无比尴尬和被动。

“没事儿。来得早不如来得巧，你瞧你一来就能直接开吃了。你可不知道，为了今天这顿饭我可是一整天都没吃东西呢。”任小凡依旧很粗线条地指着桌上的凉菜，没看出窦雯雯的不自在。

“快坐吧雯雯，别站着了。”吴洺看出了窦雯雯的想法，赶忙打圆场。

“哦，好的吴洺。没想到大家都在啊。”窦雯雯尴尬地笑笑。

“哈哈，是啊。大家都在呢。怎么样，惊喜吧？”任小凡依旧自顾自地替自己为赵诚和窦雯雯组的局沾沾自喜。

“嗯，是。”窦雯雯违心地说。

“那什么……你再看看菜单。刚才我点了三个菜，咱们四个人肯定不够吃。你看看喜欢吃什么，再点点儿。”

“够了，够了。四个人吃三个菜正好，再点就该浪费了。”窦雯雯赶忙摆手说。

“嗯，那行吧。”任小凡没再多说。

“雯雯，恭喜你成功转正啊。一直没有机会当面给你庆祝，今天正好借这个机会，我就以茶代酒了。”赵诚端着茶杯，边说边脸红。听着如此生硬的开场白，一猜就是在家练习了无数次之后的背诵结果。

“谢谢。”窦雯雯轻声回应着。

“都别愣着了，赶紧动筷子吧。”任小凡不理解老同学见面为何都如此拘谨，于是率先吃起来，“对了，雯雯。你现在主要是做什么工作啊？我看咱们几个就你最忙。”

“哦……其实也没做什么，就是正常上上班。”窦雯雯不愿意过多谈论自己工作上的事。一是她觉得自己工作的地方也不是什么响亮亮的大公司，二是她一天到晚被领导骂也确实没什么值得炫耀的。

“我知道正常上班啊，但你主要都做哪方面的工作啊？因为我现在天天上班都好无聊，我就想看看是不是你在公司也和我差不多。”任小凡是真心希望能和这个与自己同时间毕业又几乎同时期找到工作的好朋友探讨一下上班的感觉，她自然没有察觉出窦雯雯其实并不愿意谈论这个话题。

“那你上班都做些什么？”窦雯雯直接跳过任小凡问自

己的问题，反问过去。

“我？我天天上班简直是无聊透了。就是看看电影啊，刷刷网页啊。然后还有那个什么员工手册。哎，你知道吗，就那个员工手册我都看了一个礼拜了！反正我是觉得特没劲。要是早知道上班是这种感觉，我还不如在家看电视呢。至少在家能躺着啊，而且也比在单位自在得多。”

听任小凡形容完自己的工作模式，窦雯雯简直羡慕得要死。

“你们领导不给你分配任务吗？”窦雯雯问。

“分倒是分，但主要也没什么特别重要的。也就打印个文件呀，或者是把这个办公室的东西递到那个办公室去呀。反正就是一些跑腿儿的活儿。”

“你现在的这家公司全国都有名，一定很不好进吧？”窦雯雯一直觉得不论是凭各科成绩，还是对待学习和工作的态度，任小凡肯定都不如自己。所以她很想借机打听一下任小凡是怎么得到这个职位的。如果方法行得通，没准自己也可以试一试。

“还行吧，其实我根本就不想上班。都是被我爸妈逼的。”任小凡实话实话。

“你爸妈帮你找的？我还以为是你自己投简历投的呢。”听任小凡说完，一直笼罩在赵诚心里的疑惑也终于解开。

“嗯，我爸妈给我找的。”任小凡并没有察觉出窦雯雯和赵诚那两双五味杂陈的眼睛。

“你最近忙什么呢？听小凡说你也找到工作了？”吴洺问赵诚。

“任小凡是怎么知道赵诚找到工作的？难道他们私下有联系？”听吴洺说完后，窦雯雯在心中暗想。想了半天，终于想明白这顿饭很有可能就是任小凡和赵诚给自己设的局。

“就是普通文员，也算是从底层做起吧。”赵诚说完反问吴洺，“那你呢？投的简历都有回复吗？”

吴洺终于等到有人问自己，于是自豪地说：“我没投简历，我打算自己开公司。”

“嗯，你确实也不用像我们这样奔波。开公司挺好的，小凡爸妈应该也能多少帮上点忙。”赵诚将心里的真实想法直接表明。

然而赵诚此话一出，吴洺瞬间就感到自己被侮辱了。

“我是自己创业，和他们家没什么关系。”

“哦？是吗？我还以为她父母也帮了不少忙呢。那你挺厉害呀，公司开在哪里了？”赵诚一脸崇拜地看着吴洺。

“还没开呢，打算慢慢来吧。”

赵诚听后，轻轻点了点头：“哦，对了小凡，我一直很好奇你们公司给员工的待遇怎么样？毕竟是全国知名企业嘛，不知道和我们这种小公司比起来到底差别在哪里？”其实赵诚目前工作的单位也算是中上等了，但他却习惯性地贬低自己抬高别人。说实话，他的这种说话方式也是窦雯雯一直看不上他的原因之一。

“待遇呀？这个我还真不清楚，我也没问过。估计就是正常公司有的我们都有吧。反正其他的我倒没觉得有什么，主要公司食堂的饭菜还不错。”

“你们公司还有自己的食堂呢？都有什么菜呀？”赵诚一脸羡慕。

“这可被你问着了，我们公司的午餐可丰盛了。我都不带夸张啊，我觉得我这几个月挨个吃一遍都不见得能全吃过来。反正就是各种中餐、西餐，连火锅都有！反正就是应有尽有吧。”

“哇塞！这也太酷了！真想去你们公司蹭饭！”

“随时欢迎啊！不过好像得等我转正以后了，毕竟我现在根基还不稳嘛，要是随便带人去总归影响不太好。”

“好啊，那就这么说定了。”赵诚一脸期待，“哦，还有啊，你们公司转正以后工资大概是多少啊？”聊了半天，这才是赵诚最关心的。

“也没多少，也就八千块钱吧。”任小凡一想到最近新看上的一双鞋就要六千多，顿时觉得自己的月收入少得可怜。

“八千还少啊？那你还想要多少啊？”赵诚夸张地说。

“你觉得八千不少吗？随便买点儿东西就花光了。”任小凡一脸生无可恋。

“哇！吴洺，看来你老婆家里是真有钱啊。哈哈，你小子以后有好日子过喽。肯定不愁吃不愁穿了。”赵诚转头对吴洺说。

然而赵诚没有发现，吴洺此时的脸色更加难看了。

“那你们转正以后一个月能拿多少啊？难道不是所有公司都统一给八千吗？”任小凡问。

“当然不是了！像咱们这种刚毕业的，一般公司能给个四五千都算是烧高香了。”

“啊？才四五千呀。那你呢雯雯，你现在一个月能拿多少啊？”

窦雯雯被任小凡问得有些不好意思，她用几乎只有自己能听到的声音说：“三千。”

“多少？才三千？”任小凡听后直拍桌子了，“三千块钱？这不是剥削吗？怎么才给三千呀？三千块钱够干啥呀？”任小凡越说越来气，恨不得现在就拎把菜刀直奔窦雯雯的公司替她出气。

“其实我觉得三千块钱已经可以了，毕竟我也没有什么工作经验。而且我是想着等将来经验丰富了，老板自然就会把工资给我涨上去了。”窦雯雯一边对任小凡说，一边自我安慰着。

“锻什么炼啊？！咱们是女生，等再锻炼几年就都人老珠黄了。对了，雯雯。我记得你爸还是你妈不也是北京的吗，难道他们没给你找找关系吗？你怎么进了这么一家公司啊？”任小凡并没有意识到自己这样说话会无形中伤害到窦雯雯的自尊心，她只是强烈地想替窦雯雯鸣不平。

“小凡！”吴洺打断了任小凡。

“嗯？怎么了老公？”

“你先吃饭吧，菜都凉了。”吴洺实在有些受不了任小凡的咄咄逼人，赶紧叫她别再说了。

一看吴洺关心自己，任小凡也顾不上替窦雯雯分析了。她赶忙往碗里夹了几块肉，美滋滋地大口吃起饭。

一顿饭下来，四个人基本上对其他三人都有了大致了解。

赵诚觉得吴洺能和任小凡在一起简直是他三生有幸。赵诚和吴洺同为外地人，赵诚很清楚找到一个像任小凡这样家境不错的北京女孩，不仅非常有优势而且将来的生活也可以过得非常省事。

而吴洺则觉得不论自己如何努力，在同学面前始终逃不开“吃软饭”的形象。为此，他觉得很不开心也很压抑。

至于窦雯雯，同样心情不是很好。毕竟赵诚的出现太过突然，她根本没料到今天这顿饭会是四个人一起吃。再加上她听任小凡介绍了一下她们公司的情况，瞬间觉得自己是四人之中混得最差的一个。甭管别人怎么想，抛开自主创业的吴洺不说，自己的工资最低，而且公司也是三人之中最没有名气的。窦雯雯明白不应该因此妒忌任小凡，可同样是女孩子，也同样都是北京姑娘，由于家庭因素导致的差距，也确实让窦雯雯感到不公平。同样身为独生子女，为什么任小凡的爸妈可以为她付出一切，而自己的爸妈却不行？

照这样看，这顿饭吃得最开心的就只有任小凡了。她觉得自己今天不仅给赵诚和窦雯雯牵了红线，而且还和吴洺秀了一场恩爱。所以任小凡并没有觉得其他三人都各怀心事，谁叫她自己天生是个不必为生计发愁、大大咧咧的乐观派呢。

“零零零……”任小凡刚结完账手机就响了，电话是小凡妈打来的。

“喂，宝贝儿。你在哪儿呢？我跟你爸刚到家。”

“我在外面聚会呢。”

“哦，行。那你好好玩儿。对了宝贝儿，上次咱们看的那个房子定下来了，就是那天晚上回家咱仨一起讨论的那个商住两用的户型。我跟你爸刚把手续办完。这一天真是给我俩累得够呛。”

“哈哈！真的假的？你俩动作也太快了！”任小凡兴奋地尖叫出声。

“能不快吗，不快就被别人捷足先登了。哈哈，我的宝贝儿闺女在北京也算是有房一族了。你看看有几个能像你这样的，刚一毕业就把房子给敲定了？不过丑话妈妈可给你说在前头啊，接下来的月供可就直接从你工资里扣了，我跟你爸为了这房子可是下了血本儿了，我俩可再也拿不出一点儿闲钱了。”

“好好好，放心放心，肯定我来弄。”

“那行，那先不说了。你好好玩儿吧，早点回家啊。”

“知道啦，拜拜。”

挂断电话后，任小凡真是开心极了！她很想直接把这个好消息告诉吴洺，不过碍于窦雯雯和赵诚在场任小凡也就没主动提及这个只属于她和吴洺之间的好消息。

“今天大家难得聚在一起，咱们一起去酒吧玩玩儿吧？”依旧兴奋不已的任小凡向众人提议。此刻的她真想一醉方休好好庆祝庆祝爸妈为自己和吴洺买下的房子。

酒吧，这个既是鱼龙混杂又是高消费的场所是其他三人从未去过的。任小凡此话一出，立刻遭到了其他三人强烈反对。

“我说各位哥哥姐姐，咱们现在已经不是小学生了，早就成人了好不好，怎么还这么放不开啊。”任小凡被三人弄得又好气又好笑。

“你以前去过酒吧？你怎么从来没和我说过？”吴洺一脸严肃地问任小凡。

“你又没问过我。”任小凡一脸无辜，“我和你在一起之前去过，而且还去过很多次呢。其实酒吧也没你们想得那么可怕，只不过是音乐声音大了点儿。”

“难道不是各种抽烟、喝酒、打架、泡妞吗？”赵诚问。

“当然不是了，你们电视剧看多了吧。”

“还是别去了吧小凡，毕竟那种地方还是不太安全。”一向不懂得如何拒绝别人的窦雯雯这次却显得很有主见。

“你们怎么都这么扫兴啊？大家好不容易出来见个面，况且今天又是这么值得庆祝的一天。”

“值得庆祝？庆祝什么？”吴洺问。

“庆祝我们……”任小凡差点就要说出“庆祝我们有自

己的新家了。”

“庆祝我们什么？”吴洺听得一头雾水。

“对了老公，问你啊。你想不想有一个属于我们自己的家？”

“干吗突然问这个？”

“你就说想不想嘛。”

“吴洺肯定想啊，但现在房价这么贵，你叫他怎么回答嘛。”赵诚在一旁打着哈哈。

“好吧，那就算房价贵。那你觉得咱们什么时候可以有属于我们自己的新房？”任小凡继续一脸幸福地追问吴洺。

“好了小凡，别闹了。房子的事以后再聊吧。”

“我没闹啊，为什么以后再聊啊？”见吴洺对这个话题如此排斥，任小凡备感失落。

“哪有那么多为什么，我们才刚毕业不久，没必要现在就想那些。”看得出，吴洺有些不高兴了。

“刚毕业怎么了？刚毕业就不能有属于自己的房子啊？难道就应该一辈子只守着一间卧室啊？”任小凡此话一出，无形之中已将其他三人全部打成重伤，毕竟她道出了其他三人的现状。只不过，她自己依旧未察觉出三人有何异样。

“零零零……”就在吴洺准备反驳时，窦雯雯的手机突然响了。

“喂？”窦雯雯看了一眼手机屏幕上的号码，迅速接起电话。

“你在哪儿呢？大晚上的还不回来？你赶紧回家！一天到晚的所有人都在气我！你也想气死我是吧？！你赶紧回来，再不回来就永远睡在外面吧！”

窦雯雯刚想说话，对方已经将电话挂断了。不难想象，这个暴跳如雷的女人正是张秀荷。

为了不让其他三人看出端倪，窦雯雯在妈妈挂断电话后还假装冲着手机说了几句话。

“嗯，好的。我现在就回家。”

“放心吧妈妈，我已经吃过饭了。”

“嗯，好的。拜拜。”

窦雯雯将手机放回包里，略带慌张地看着其他三人，生怕自己刚才的表演太过拙劣。不过可能由于餐厅太过嘈杂，其他三人并没有察觉到有什么异常。

“我看今天就先这样吧。”吴洺率先说。

“是呀小凡，刚才是我妈妈打来的。她说家里有点事儿，让我赶紧回去呢。”

“不要紧吧？出什么事了？”赵诚一听窦雯雯说家里出事了，一脸焦急。

“哦，没什么事儿。”窦雯雯依旧支支吾吾。

“要不我送你回家吧？你一个女孩子，天黑了怕不安全。”

“不用了，我自己打车回去就行了。”

窦雯雯习惯性地拒绝了赵诚的好意，此时她的内心正在为一会儿回到家要如何面对妈妈的“火山爆发”而忧虑。

“那行吧，既然你们都有事儿那就下次再去酒吧吧。”任小凡极不情愿地说了结束语。

见任小凡终于松口，赵诚连忙找了个理由和窦雯雯一起开溜。临走前还不忘对任小凡说：“谢谢你今天请客啊小凡，那什么……等我发工资了再请你大吃一顿。”

眼见赵诚和窦雯雯双双离开，任小凡立即挽住了吴洺的手臂。

“你刚才干吗对我发脾气呀，我又没说错什么。嗯……这样吧，带我去你的小屋看看吧，我都好久没上去过了。”任小凡边撒娇边晃动着吴洺的胳膊。

“别去我那儿了，你早点回家吧。”

“我来都来了，怎么能不去呢。我就是为了今晚到你那儿坐坐才特意选的这家餐厅的。”

吴洺拗不过任小凡，只得不再作声。

出了餐厅门，任小凡和吴洺看到了刚坐进出租车的窦雯雯。其实窦雯雯之所以破天荒地选择打车而不是坐地铁，主要也是为了避开和赵诚一路走去地铁站。她自然不会奢侈到让司机直接给她拉到家门口，只是在将将快要超过起步价之前就果断叫司机靠边停车。从出租车上下来后，她又在路边等了十多分钟的公交车，这才算是彻底切断了任何一个再次遇到赵诚的可能。

见窦雯雯上车，赵诚一个人默默朝地铁站的方向走去。眼见其他两人都回家了，任小凡和吴洺才一起结伴朝马路对面走去。

其实就像任小凡刚刚说的那样，她之所以选择在这里吃饭确实是有原因的，毕竟马路对面就是吴洺所住的小区。

尽管吴洺一直不愿承认自己能有今天多半是因为任小凡的关系，但他现在居住的小区确实是任小凡通过爸爸的关系以超低价租下来的。吴洺现在住的地方地理位置非常好，如果不是当初任小凡托爸妈帮着找关系，以吴洺能够负担的租金来讲肯定只能住在五环外了。

尽管任小凡的父母托人找的这栋单元楼不算很新，但好歹也在三环以里。像这样的风水宝地，楼下就是车站，隔一条街就是地铁站，周边各种商场、超市、餐馆、学校，就算再破的房子没个万八千的月租根本拿不下来，更何况还是个小两居呢？所以小凡爸当初动用关系给吴洺争取到这样一个极低的价格，也着实费了不少力。毕竟这么好的地段根本不缺租客，缺的只是任小凡的父亲在其他领域带给房东的更大的利益。

自从毕业以后任小凡就没来过吴洺这里。倒不是任小凡不愿意来，而是自打吴洺开始他的创业之路后就一直不同意任小凡过来。按照吴洺的观点，他想等自己闯出一片天地后再展示给任小凡看。放平时，任小凡也就点头同意了。但今天好歹都到楼底下了，如果再不上去看看也确实说不过去。于是，单元楼下那些吃饱饭拿着扇子乘凉的大爷大妈就看到了一个女生死皮赖脸地拽着一个男生往楼上走的画面。

“快开门，快开门。”任小凡终于把吴洺拽到家门口，催促着他赶紧开门。

“要不你还是下次再看吧，屋里真挺乱的。”吴洺还想再争取一次。

“来都来了，还什么下不下次的。你要是再这样，那我就直接让我爸管房东要备用钥匙了。”

一听这话，吴洺只好妥协。

“就是嘛，这样才乖。你屋里又没藏着其他小姑娘，有什么好担心的。”任小凡倚靠房门，冲吴洺继续撒娇。

“好了，别闹了。你往旁边让一让，挡住钥匙孔了。”

吴洺将钥匙插进锁孔内，转动两圈后房门随即打开。

任小凡淘气地推开吴洺，从还没完全敞开的门缝里挤了进去。

“哎呀！”由于没来得及开灯，任小凡一脚踩上某个东西险些被绊倒。

“怎么了怎么了？没事吧？”吴洺赶忙将灯打开，瞬间明亮的灯泡将不大的客厅照的毫无死角。

大灯一开，蹲在地上的任小凡总算看清了客厅全貌。这哪里还是最初租房时的景象啊？这里简直太乱了！沙发、地板、餐桌、茶几，只要是能放东西的地方全部都被堆满了。

见任小凡并没有受伤，吴洺赶紧跑到任小凡脚边将那个乌七麻黑的木盒子捡起来。他一面擦拭着盒子还一面心有余悸地对这个差点让任小凡摔个大马趴的“真凶”说：“还好没磕坏，真是吓死我了。”

任小凡没料到吴洺没有在第一时间关心自己，而是直接抱起那个破盒子。是可忍，孰不可忍。任小凡终于绷不住了，将这一两周来吴洺对自己的冷漠一股脑地发泄出来。

“吴洺你什么意思啊？！你不关心我就算了，还当着我的面那么在意这个破玩意儿，你真把自己当成是捡破烂儿的了？！”

任小凡突如其来得爆发，令蹲在地上的吴洺有些错愕。不过吴洺稍一调整，随即站直身子怼回去。

“在你眼里我们都是破烂，就你自己是高高在上的大小姐是吧？是不是你觉得所有人都要像你爸妈那样无条件地迁就你，你才能满意？！”

任小凡明显没料到吴洺竟然会对自己发脾气，其实她刚才决定发火无非就是想要吴洺过来哄哄自己。面对吴洺莫名其妙的指责，任小凡也豁出去了。

“我什么时候说自己是大小姐了？再说了，我爸我妈对我好你有意见啊？！我爸我妈不仅对我好，对你也很好啊！如果没有我爸妈，你能住在这儿吗？你知道这里的房价正常情况要多少钱一个月吗？你知道我爸给房东行了多少方便你才能住进来的吗？有本事你让你爸你妈在北京给你找个三环以里的房子住啊！你现在住都住了，凭什么在这儿说我爸妈！”

“钱钱钱！难道你们家满脑子就只有钱吗？我爸我妈是

没钱，但是他们教会了我自力更生！你再看看你，天天就知道在外面炫富。你觉得这样就能体现出自己的优越感吗？你看不出别人都很烦你这一点吗？”

“你神经病吧！我什么时候炫富了？我现在每天除了上班就是回家，我到哪儿去炫富啊！”

“嘀，明明自己炫富了还不承认。刚才吃饭的时候，你不就是想故意衬托出自己的优越感吗？你以为我察觉不出来吗？”

被吴洺这么一说，任小凡更加觉得莫名其妙了。

“刚才吃饭我故意衬托优越感？吴洺你是脑子有问题还是耳朵有问题啊？我什么时候说自己比别人优越了？！”

“你还不承认！你是没得罪我，但你把赵诚和窦雯雯都给得罪了！”

“你没事儿吧？我好心好意撮合他俩，他俩不感谢我也就算了，我还得罪他们？你哪只眼睛看到我得罪他们了！”

“不就是你爸你妈给你找了一份工作吗，你至于天天满大街地炫耀吗？你明知道他们两个人挣得没你多，你还在那儿一个劲地强调自己每个月可以领八千块钱！任小凡我告诉你，我最忍受不了的就是你这一点！你知不知道，你总是把自己的快乐建立在别人的痛苦之上！你不会真觉得自己能得到这份工作是凭自己的努力吧？论能力和吃苦耐劳的精神，赵诚和窦雯雯哪个不比你强？说来说去，你不就是通过你爸妈走后门才得到这份工作的吗？如果我是你，我早就夹着尾巴做人了。你再看看你，天天恨不得让全世界的人都知道你是走后门进去的！你觉得这样很骄傲吗？还是你觉得这样就可以高人一等了？”

听完吴洺的控诉，任小凡恨不得直接从窗户外面跳下去。她觉得自己真是太冤了！自己什么时候炫耀了？自己只不过是想和赵诚他们消息共享。再说了，也是赵诚先挑起这个话题的啊。是赵诚先问自己转正以后每月能拿多少钱的啊，又不是自己故意挑头说的。再说了，一听到他们每月拿的工资都比自己低，自己还想替他们出气为他们打抱不平呢。怎么到头来，这些举动在吴洺眼中却成了自己是在故意炫耀？难道一直以来，自己在吴洺心中竟是这种形象吗？

“吴洺你少在这儿血口喷人！我任小凡做人一向光明磊落！我这份工作确实是我爸妈托人找的，所以我大大方方承认啊，我没隐瞒事实啊！我这就叫身正不怕影子斜！再说了，我怎么知道刚毕业找工作工资都是三千块钱起步啊？我又没出去找过工作！你凭什么给我乱扣帽子啊！反倒是你，说什么要自己创业。我还真以为你有多大能耐呢，弄了半天你不就是买了一屋子破烂儿吗？！你看看你这屋里堆得都是些什么东西？枕头？破木头？小板凳？破头巾？这就是你所谓的创业？难道你指着这些破烂儿给你发家致富啊？！”

“你没出去找过工作很骄傲吗？你看看哪个刚毕业的大学生不出去投简历？只有你，什么都靠你爸妈。我还就告诉你了，在我心里我觉得窦雯雯比你优秀一万倍！至少人家努力了、尝试了，你根本没有资格在她面前有任何优越感！还有！这就是我的事业！你没有资格看不起这些东西！我和你不一样，同样身为独生子女，你只懂得贪图享乐，根本不懂得替父母分担！我之所以当年拼了命地备战高考，就是为了实现我爸年轻时想考上大学的愿望！我现在决定自己创业，也是为了替我妈去圆她想开店的愿望！我现在正在通过自己的能力一步一步去替他们实现梦想，我为此感到骄傲！感到自豪！这些东西全部都是我上周去泰国进的货！我吴洺赚的每一分钱都是通过自己努力换来的，你没有资格嘲笑我的事业！更没有资格质疑我和我父母的选择！”

“你上周去泰国了？你什么时候去的，你怎么没跟我说？”任小凡被这突如其来的消息弄蒙了。

“对，我上周去泰国了。你前几天在朋友圈炫富的时候，我人就在泰国！”

“我炫富？我不就发了个破口红吗我就炫富？！是不是在你眼中只要超过一百块钱的东西就都是奢侈品啊！真是没见过世面！”任小凡越想越生气，把该说的不该说的通通一股脑地说了出来。“怪不得上礼拜联系你，你半天不回复呢，原来是去泰国了！所以你当时说想去泰国旅游，就是为了这些东西吗？吴洺你到底还是不是男人啊！我爸我妈好不容易腾出时间想陪我旅个游，然后你就是为了这些破烂儿所以才强烈要求去泰国的？你是不是还计划着让我们全家给你充当免费搬运工啊！”

“对！我就是为了这个才让你们去泰国！充当免费搬运工怎么了？有问题吗？去哪儿玩不是玩啊？我这样边玩还能边赚钱，一举两得有什么不对！你不提这事还好，你居然还好意思提！要不是你当时和我承诺说你们全家都同意去泰国，你觉得我会一次性订这么多货吗？我付完钱之后你可倒好，直接跟我说不去了！你知道为了把这些东西运回来，我是又搭机票又搭运费的。任小凡啊任小凡，你做事之前能不能先过过脑子？！你能不能也靠谱一回，你知不知道你的出尔反尔让我损失了多少钱？！”

“钱钱钱！我看你是穷疯了吧！就你这些破烂玩意儿白送给我我都不会要！你是觉得自己很有经商头脑吗？你沙发上堆的这些破枕头是干吗的？你准备卖乳胶枕啊？我真是瞎了眼了，当初怎么就看上你了！看来我妈说得一点儿都没错！门不当户不对！小地方出来的永远都是小地方，就算来了大城市也会透着一股子小家子气！你就是最典型的例子！”

任小凡此话一出，直接触碰了吴洺的底线。尽管他当初是以很优异的成绩考进北京的，但身为外地人的身份多多少少在北京会有些许不便。在他看来，自己和其他外地同学根本不比北京的同学差。论成绩、论知识，他们哪个也不比北京孩子次。可就是一张身份证，就已然明确隔开了两者之间的距离。外地人在北京确实人生地不熟，但如果变成任小凡去了自己老家她不也照样哪里都不认识吗？吴洺一直很介意别人说他所有的一切都是依靠任小凡家里的关系，就比如今天餐桌上赵诚的那句以为他现在创的业也是通过小凡爸的帮忙。这几年来，吴洺一直想通过自己的双手闯出一片天，他不希望别人再把自己的成就和任小凡的家人捆绑在一起。所以当他听到任小凡如此诋毁自己的事业和自己的出身时，男人的自尊和这几年的忍辱负重瞬间被点燃了。

“我吴洺来自小城市怎么了？至少我对得起自己、对得起父母！不像你，注定一辈子啃老！我今天还就把话给你放在这儿！你刚才不是问我想什么时候在北京买房吗？我现在就可以告诉你！我吴洺这辈子肯定会在北京买上房子！到时候我会娶一个和我一样通过自己努力走向成功的女孩！像你这种只要离开父母生活就不能自理的人，不要也罢！”

“吴洺你什么意思？你是打算跟我分手？”尽管任小凡和吴洺以前从未吵过如此大的架，但在任小凡心里，她充其量也只是想发泄一下情绪，她没料到吴洺竟会因为这点事就和自己撇清关系。

“对！我要和你分手！你不是一直以为没有你任小凡我就在北京活不下去了吗？我就是要让你看看，我吴洺是怎么在北京立足的！从此以后，你和我不会再有任何关系！也请你转告你妈，叫她不要看不起外地人！她以为北京人都很了不起吗？难道像你这种连厨房都没进过的北京人会有人愿意娶吗？”

“你无耻！你凭什么说我妈？我爸我妈为了你，都在北京买……”任小凡话说到这儿，突然止住了。是啊，如果现在告诉吴洺，爸妈为了他们将来能有自己的新房已经在北京付了那么多的首付，又有什么意义？既然在吴洺心里自己和爸妈都如此不堪，那又有什么继续说下去的必要呢？

任小凡忍住委屈的泪水，身体因极度愤怒颤抖不停，她顾不得再向吴洺撂下什么狠话，一个人跌跌撞撞地跑下楼梯。任小凡在楼下随便拦了一辆出租车，坐在后座号啕大哭起来。

吴洺依旧站在客厅，他没有上前拉住任小凡，或许这一天的到来他早已预演过很多次。

傍晚的北京透着一份寂静。原本任小凡以为自己找到了此生挚爱，却不承想自己竟会受到如此大的伤害。为什么她明明觉得自己付出了真情，可在吴洺心中自己却是一个毫无能力的败家女？难道吴洺从来没有爱过自己？还是说，他刚刚只是因为对自己在餐厅的做法不满，才借此发泄一下情绪？

从出租车里走下来的任小凡并没有选择马上回家，因为她怕自己红肿的双眼会吓坏还在客厅看电视的爸妈。她就这样在楼下站了好久，直到客厅大灯熄灭、爸妈卧室的大灯亮起，任小凡才满腹心事地走进电梯。

“这件事到底要不要告诉爸妈？”“我和吴洺究竟还有没有缓和的余地？”无论如何，今夜的任小凡是无法安然入睡了。

如果说任小凡是不幸的，那窦雯雯至少还算幸运。尽管她早就套上“隐形防弹衣”，却并没有在回家后迎来妈妈的指责。当她蹑手蹑脚地推开房门时，张秀荷已经睡着了。只不过她没有睡在床上，而是睡在了书桌旁。

至于赵诚呢？则依旧坐在那列开往“城外”的地铁里。今天的他没有像往常那样觉得乘坐地铁尤为漫长，因为此时此刻的他正满怀爱意地回味着自己心爱的姑娘。

8. 相约

每个人与对方约会的目的都不同。赵诚源于爱情本身，杨瑞只为打发无聊时光，而窦雯雯则是为了逃避母亲的唠叨与抱怨。很多时候，往往家长的一句话语、一个眼神，便可改变孩子好长一段时间的心情及选择权。

“来来来，起床了起床了，别睡了。”张秀荷走进女儿房间，一把将土黄色的窗帘拉开。

“妈你又要干吗呀？我都已经转正了，不需要再去其他地方投简历了。”窦雯雯半眯双眼，一脸埋怨。

“怎么？没睡够啊？你要是知道困，昨天晚上就早点回来啊。行了行了，别在床上赖着了。你帮我看看，这里面哪些招数对付小人最管用？”张秀荷摇晃着手上的书，一直晃到女儿眼前。

“这是什么呀？”窦雯雯一脸生无可恋。

“世界名著，《三十六计》。”张秀荷一脸骄傲。

“《三十六计》？”

“我昨天研究了一晚上，觉得有几招确实很适合我，看来我和咱们老祖宗真是英雄所见略同。我觉得我要是早出生个几百上千年，绝对会是一等一的谋略家。”

“哪几招？”

“比如，‘笑里藏刀’啊，‘指桑骂槐’啊。反正这几招我最拿手。”

“行了妈，你别说了。让我再睡会儿吧。”

“睡什么睡！你好好看看吧，也学习学习。”张秀荷拿起床上的书朝窦雯雯身上拍了两下。

兴许是被打疼了，窦雯雯“蹭”地一下坐起身，之前的睡意也随之消散大半。

“妈，你别打了！”窦雯雯揉了揉眼睛，这本书不大，封面上还花花绿绿的，根本就不像经典书籍那般古朴大气。窦雯雯将书拿起，上面果然写着《三十六计》四个大字。她将书打开翻了翻，发现里面不但有配图，就连每个汉字上面还都注有汉语拼音。

“妈，你看的这个是儿童版的吧？”

“你管它是儿童版还是什么版，只要能帮到咱们就是好书。你忘了？你小时候我还通过它好好露了一手呢。”张秀荷得意地看向女儿，回忆着自己当年的英勇。

“小时候？”窦雯雯一时之间没反应过来妈妈在说什么。

“瞧你这孩子，什么事都记不住。你忘了你小时候我带你去你爸单位了？那次你妈我多风光啊。”

听妈妈这么一说，窦雯雯总算明白妈妈在自豪什么了。只不过这个令妈妈骄傲一生的光荣事迹，在窦雯雯心中却始终是一场噩梦。她没料到当年妈妈正是由于看了这本书才去的爸爸单位，她更没料到时隔这么多年妈妈又将这本书翻了出来！

“妈，你要是真想看也应该看看成人版本。像这种给小朋友启蒙的图书又怎么会对你现在的生活有所指引和启发呢。”

“说你是死脑筋你还不相信。儿童版怎么了？我觉得儿童版的才好呢。我干吗要看那些所谓的专家分析出来的版本？看这种简单明了的最适合我，而且我看完之后还更有想象空间。你呀，没必要反驳我。你好好想想你小时候你妈我的壮举就什么都明白了。”

顺着妈妈的话，窦雯雯果真回忆起了妈妈当年的“壮举”。只不过，这样的壮举窦雯雯宁愿从未发生过。

时间仿佛一下子倒退回到十二年前。那年窦雯雯才九岁，那时的她也仍旧住在这间房间。

“窦忠平，你来一下。”

“来了来了。”一听老婆叫自己，窦忠平赶忙跑去厨房。

“我们单位今天要开个裁员会，听他们说好像是要从上海那边调过来几个人。我估计像张姐、李姐那些快要退休的老人，这次可能就直接被上海那几个人给替掉了。”

“那你呢？你会不会也受牵连？”

“我当然不会了。我才多大呀，比她们小了将近二十岁呢。我现在在单位属于正当年。”

“是是是，我老婆最能干了。”

“一会儿水烧开了你把面条下了，我就不吃了要早点去单位打探打探情报。”

“行，你去吧。一会儿我下完面条就送雯雯去上学。”

见老婆走后，窦忠平来到女儿房间叫女儿起床，之后又回到厨房将面条煮好。见窦雯雯洗漱完毕后，这才将满满一大碗热汤面端到女儿面前。

“来，雯雯。尝尝爸爸下的面。”

“妈妈呢？她怎么不出来吃？”

“妈妈单位有事儿，已经出门了。”窦忠平一脸宠溺地看着女儿，伸手摸了摸女儿的小脸蛋。

“啊！好烫呀！”窦雯雯刚想喝一口汤，舌尖就被滚烫的面汤烫到了。

“不要紧吧？快快快，喝口水。”窦忠平见状也吓了一跳，赶忙给女儿倒了一杯昨晚凉凉的白开水。

“爸爸，要不我们直接去学校吧。如果再不出门我就要迟到了。”

“多少吃几口再走，不然你肯定熬不到中午。”窦忠平担心女儿空腹上课对胃不好，索性把碗端过来边冲面条吹气边喂女儿吃。见女儿吃了将近小半碗，窦忠平这才起身送女儿去学校。

在学校门口和女儿挥手道别后，窦忠平又骑着那辆黑色自行车往单位赶去。

窦忠平的单位楼不是很新，楼道里还保留着当年那种上半部分是白色、下半部分却用绿油漆刷了一层的墙壁。窦忠平将自行车锁好，快步朝办公室走去。

不难看出窦忠平的人缘很好，一路走下来基本上单位的员工都会和他点头打招呼。

“小窦你来了？正好，到我办公室来一趟。”窦忠平刚准备进屋，正巧碰上从隔壁房间走出来的吕主任。吕主任的年龄不小了，自从窦忠平二十多岁来到这里工作起，吕主任就已经是这里的主任了。

“您找我有什么事儿？”窦忠平跟随吕主任一起走进主任办公室。

“小窦啊，你先坐。”吕主任坐回办公椅，随手又戴上了出门前刚摘下的老花镜。“前几天我收到了这份文件，你瞧，就是我桌上那份文件。上面说得很清楚，我也快到了退休的年龄，上面希望我可以尽早选出一位不错的接班人。今天找你过来，就是想听听看你有什么想法。你觉得我退下来以后谁来接手咱们部门更为适合？”

这个消息对于窦忠平来讲实在有点太过突然。尽管他清楚吕主任确实干不了几年就要退休了，但他却怎么也没想到吕主任竟会找自己谈论寻找接班人的事。面对吕主任投来的目光，窦忠平的脑袋越发混乱起来。

“没事的小窦，你不要有压力。我今天找你来就是随便聊一聊，毕竟有些事情我也不见得看得很全面，多听听大家的想法也是很有必要的。”

“谢谢主任信任，那我好好想想。”

“想到什么就说什么。现在屋子里就咱们两个人，不要怕得罪其他同志。如果你要是有兴趣当这个主任，毛遂自荐也是没有问题的。”

“多谢吕主任抬爱。我还太年轻，怕管理不好咱们部门。我觉得张永胜大哥和刘枫大哥都是很不错的人选。他们二人在单位时间最长，再加上也都是从基层做起的。我相信他们对待工作认真的态度和对工作性质的理解都已经非常成熟，如果今后让他们接替您的位置，不仅大家都会认可而且他们也能做到胸有成竹。”

听窦忠平说完后，吕主任没有马上接话，而是细细地想了想。

“小窦啊，你说得确实有些道理，他们二人我这几天也的确有想过。不过有一点恐怕你遗漏了，毕竟他们年纪都不小了。”

“是的吕主任，所以我觉得其他人才会更加敬重他们、信服他们。”

“哈哈哈，小窦啊，工作能力与年纪无关啊。”吕主任喝了口茶水继续说，“论工作能力和资历，他们两个自然没话说。只不过他们俩比我小不了几岁，如果我过两年退下来了，没过几年他们也到退休的年龄了。难不成到时候再选一次接班人吗？为了长远考虑，我觉得还是要从年轻人选起。至少可以在这个位子上坐个十年、二十年的。这样一来，整体的内部构造也相对稳定，而且也更加利于管理。”

听完吕主任的观点，窦忠平忽然觉得很有道理。他忙用敬佩的目光望向吕主任并不停频频点头。

“刚进单位的那几个二十岁出头的小年轻肯定不行。我这几天想了想，也就是你、付强还有陈又发你们三人是很不错的人选。毕竟你们在单位也都工作十来年了，基本上不论是人际关系还是办事能力也都是有目共睹的。”

窦忠平没想到吕主任竟然直接将心中候选人的名单公布给了自己。令他更加没想到的是,这份名单中居然还有自己。

“其实呢，你们三人之中我最看好你。论办事能力，你们三人都不差。但论人品，就你窦忠平最谦虚、最本分。小窦啊，我今天就和你交个底。只要你这段时间好好表现，工作上面不要出差错，人际关系也都保持好，等月底上面领导下来视察的时候我就将你推荐上去。”

“吕主任，我……”

“不要紧的小窦，我看人不会错的。你要对自己有信心，如果你真能接替我的位置，我相信大家也都会服气。”

“谢谢吕主任看得起我窦忠平。如果将来我真能有幸接替您继续为咱们部门服务，我向您保证我窦忠平绝对不会辜负您的厚望！”

“好了小窦，我相信你。不过这件事你还是先不要和其他人提起，毕竟在文件没下发之前还是低调谨慎些为妙。”

“好的吕主任，您放心。我不会乱说的。”

“嗯，那没什么事你就回去工作吧。记住，只要这段时间不出错，这个位子就肯定属于你。”

“好的主任，我知道了！”

从主任办公室出来后，窦忠平回到了自己的办公区。他还是像往常一样该做什么做什么，没有流露出半点骄傲和沉不住气。相比较，同样和吕主任谈过话的付强和陈又发，则显得满腹心事。

一天的工作结束后，窦忠平像往常一样骑着那辆黑色自行车来到女儿学校接窦雯雯放学。窦雯雯见爸爸来了，高兴地坐上自行车后座。

“今天老师都留什么作业了？”窦忠平边骑车边问女儿。

“老师让我们回家背课文，还让我们去书店买课外读物。”

“今天就要买吗？”

“老师说下周一之前买好就可以。”

“那爸爸现在就带你去书店买吧，早点儿买早点儿看。”

“妈妈在家不会等着急吗？”

“不会的，咱们买好就马上回家。”

“哈哈！爸爸最好了！”

伴随着女儿的欢呼声，窦忠平一路骑到书店。

“爸爸，老师让我们买这本。”窦雯雯在经典文学读物中很快就找出了老师指定让大家买的版本。

窦忠平接过女儿递来的书，来到柜台准备付款。

“再来一本吗？多买一本打五折。等于只花一本的钱，买走两本书。”收银员将最近几天书店搞的促销活动告知窦忠平。

“雯雯，你还有没有其他想买的？”窦忠平问女儿。

“没有了。”

“适合小学生看的还有哪些书？”窦忠平转头询问收银员。

“要不你再拿一本这个吧。《三十六计》多大年龄都能看。”

“这么小就看这个不太好吧？”窦忠平有些迟疑。

“这个专门是给儿童写的，全都是一个一个的小故事。而且每个汉字上面都注有汉语拼音，对小孩子学习认字也是有好处的。”

“那好吧，那就总共这两本吧。”

就这样，窦忠平用了一本书的价格给女儿买到了两本书。

离开书店后，窦忠平马上载女儿回了家。坐在自行车后座上的窦雯雯可以明显感觉到，爸爸比刚刚骑的速度快了不少。

爬楼梯时，窦雯雯的肚子已经咕咕叫了。尽管她中午在学校也吃了不少饭菜，但毕竟大部分能量都被下午那节体育课消耗得差不多了。

“你俩干吗去了？怎么现在才回来？”刚一进家门，一大一小就迎来了张秀荷的审问。

“我带雯雯买书去了，她们老师要求买的。”

“买书？书呢？”张秀荷伸出右手。

窦雯雯见状，赶紧从书包里掏出刚刚新买的书。

“《三十六计》？”张秀荷随便瞄了一眼封面。

“做饭了吗？孩子都饿了。”窦忠平问老婆。

“没做。没心情做。”

“怎么了？谁又惹你了？”

“谁惹我了？！你是不知道我们单位那帮缺德玩意儿……”

一见老婆是因为单位的事搞得心情不愉快，窦忠平赶忙叫女儿先回避回避。毕竟大人之间的事，小孩子还是尽量少参与的好。

“雯雯啊，我和你妈说点事儿，你先去写作业吧。一会儿咱们到外面吃。”

“嗯，知道了。”窦雯雯知趣地回屋了。

“以后你别老是当着孩子的面儿说这么难听的话。”窦忠平见女儿回房了，赶紧提醒老婆。

“我说话难听？那是因为你没见过说话更难听的！”面对丈夫的提醒，张秀荷不以为意，“今天早上不是跟你说我们单位要裁员吗？你知道是因为什么吗？根本就不是因为要从上海调来一批人。我今天算是看明白了，就我们那个车间主任，他搞外遇了！”

“你小点儿声，别激动。别影响雯雯写作业。”

“写什么作业？她妈都快下岗了，谁还顾得上她写不写作业！”

“下岗？你不是说裁员的事儿和你无关吗？”

“如果要真的是从上海派人过来，当然和我无关。可现在的问题是我们车间主任想要给他小老婆找份工作！像张姐、李姐她们那种工作那女的肯定做不了，所以选来选去那个老不死的就选中了我！”

“你……你是说他打算让那个女的顶替你的职位？”窦忠平总算是听懂了。

“是啊！要不说我心里气不过呢！稍微有点技术含量的工作那女的肯定干不了。脏活、累活那女的肯定又不愿意干。所以选来选去，我们车间只有我的工作她能做！”

“……要不你再和你们主任商量商量？或者你们俩一起做？”

“你疯了吧窦忠平？！我凭什么和一个小妖精一起工作呀？我在那里做得好好的，凭什么因为她来了我就和她共挤一张桌子啊。再说了，我们车间哪有钱再多发一个人的工资啊。”

“那现在结果出了吗？要不你再找别人反映反映？”

“还没呢，那个小贱人下个月才来呢。我找谁去反映啊？我们单位你还不清楚吗？所有事都是他一个人说了算。我本来想联合其他人一起抗议的，但你猜猜那帮人说什么？那帮人说这事和他们无关，还说反正我还年轻到外面也能找到新工作。你说他们说的这些都是人话吗？他们还有没有点良心了？！”

“唉。”面对突如其来的局面，窦忠平除了摇头叹气也确实帮不上什么忙。

“你光叹气有什么用啊？你倒是说句话啊！大不了明天和我去单位揍他一顿也解气呀！”

“你别老是做事儿这么冲动，说不定明天还有回旋的余地。你好好和他再说一说，毕竟你们都一起工作这么多年了。再怎么样他应该也还是会讲点情面的。”

“窦忠平你也太软弱了吧？你不帮我出头也就算了，还想叫我向他低头？这件事明摆着就是他滥用职权，我凭什么去求他？再说了，他早就在单位看我不顺眼了，就算我去求他也没用！”

面对老婆的急躁，窦忠平劝也不是不劝也不是。他太清楚自己老婆的性格了。以她平时待人接物的方式，估计早就把同事全都得罪光了。

原本窦忠平还想将上午和吕主任的谈话内容埋藏心底，但为了现在能让老婆好受些，也为了这个家能太平些，窦忠平想了想还是索性一五一十地把自己和吕主任的谈话内容告知了妻子。

“真的假的？这么说你马上就能升职加薪了？”张秀荷在听完丈夫的叙述后，立马转悲为喜。

“吕主任确实有这个想法，但毕竟还没有最终确定下来。”

“他能找你谈话，就说明这件事肯定已经定下来了。哎呀呀，哎呀呀。没看出来呀窦忠平。看你平时蔫了吧唧的没想到你还挺讨领导喜欢呀。哈哈哈！你要是真能当上主任，我这辈子也算是没白嫁给你！”

张秀荷心里越想越美，瞬间觉得自己就算被那个狐狸精顶替了也无所谓！

“是是是，你能想开就好。那咱们先去吃饭吧，雯雯刚才就喊着说饿了。其他的事儿你也别想太多了，明天再去单位和他好好说说，说不准会有转机呢。”

“放心放心，我心里有数。走！吃饭去！我也饿坏了。哈哈哈，一想到你马上就能当主任了，我这心里别提多高兴了！”

那天晚上，窦雯雯一家三口破天荒地花了八十块大洋。在那个烤鸭才只卖三十八块钱一只的年代，在外面花八十块钱吃一顿饭对于窦雯雯一家来说已经算是相当奢侈了。

饭桌上，张秀荷一个劲地给老公夹菜。一边夹菜还一边笑得合不拢嘴，和刚才窦雯雯放学回家时她审问二人的状态简直判若两人。尽管窦雯雯不清楚妈妈到底在因为什么事情笑得这么开心，但当她看到妈妈高兴了自己也就跟着高兴起来了。

第二天一早，见丈夫和女儿双双出门后，张秀荷又坐在沙发上理了理思路。说实话，在经过昨天丈夫给自己吃的那颗定心丸后，张秀荷来到单位后也明显更加有底气了。其实她心里清楚，就算保住这份工作也赚不到什么钱。不过从今往后不论她会不会再去其他单位上班，至少她老公将来的职位已经比他们车间所有人都厉害了！其实一个女人，尤其是一个没受过太多良好教育的女人，当她们到了张秀荷这个年纪时，能拿出来攀比的也就只剩下自己老公了。

时间一分一秒地过着。截止到目前为止，窦雯雯一家过得还算消停。窦雯雯在学校按部就班地上课，窦忠平在单位踏踏实实地工作。就连张秀荷也不计前嫌的没有大闹车间主任的老窝。

很快，太阳西去，辛劳的一天即将结束。窦忠平将椅子推回桌下，走向楼梯准备回家。

“小窦，你来一下。”楼道里，吕主任叫住了窦忠平。

“吕主任，您找我？”窦忠平马上掉头返回。

“过几天和咱们合作的兄弟单位要过来咱们这里学习学习。你今天就别按时下班了,留下来咱们几个一起商量商量。”

“好的吕主任，那我给我爱人打个电话，叫她去学校接孩子。”

“嗯，早去早回。”

和吕主任说完话，窦忠平直奔办公室给张秀荷的车间打电话。不过连续打了两遍，始终没有人接。窦忠平又往家里打了一个，依旧没人接。没办法，为了女儿的安全考虑，窦忠平只得拜托同一间办公室的林琴薇去学校接一下孩子。

“小林呀，你能不能帮我接一下孩子呀？吕主任刚才留我加个班，我又没联系上孩子她妈，所以就……”

正在收拾东西的林琴薇一听窦忠平这么说，二话不说立马答应下来。

“没问题窦大哥，你忙你的就行。”

“那真是太谢谢你了！”

“别客气。”

林琴薇，三十多岁，比窦忠平小几岁。她不仅和窦忠平在同一间办公室工作，就连她女儿林田田和窦雯雯也都是同班同学。

之所以她女儿和她一个姓，并不是因为她老公也姓林。说起来，林琴薇也算是有点不幸。在女儿三岁那年，丈夫就英年早逝。所以这么多年来她一直是一个人在照顾女儿，说起来也确实很不容易。不过好在她还算坚强，即使命运待她多有不公，但她开朗的性格成功抵御了岁月无情的皱褶。

“田田，雯雯。”林琴薇眼见两个孩子从学校出来，开心地朝她们挥手。

“妈妈，你怎么来了？”林田田见妈妈来学校接自己了，很是高兴。

“阿姨好。”窦雯雯礼貌地向林琴薇打招呼。

“雯雯啊，今天你爸爸要在单位加班，阿姨就替他过来接你了。”

“我想去雯雯家玩儿。”林田田说。

“你听话。一会儿你自己先回家，妈妈答应过雯雯的爸爸要先送雯雯回家。”

“我不嘛，我要和雯雯一起回家。”

“昨天老师让背的单词都背熟了吗？语文课文都预习了吗？你听妈妈话，在家好好看书。雯雯家离得有点远，如果你一直跟着跑来跑去今天又会很晚才能睡，明天肯定早上又要起不来了。”

一听妈妈说得也有道理，林田田便没再坚持。

由于林琴薇的家就在学校对面，所以一般情况下她也没怎么来学校接过女儿。窦雯雯和林田田相互道别后，林田田就背着小书包自己一个人走上了过街天桥。

“雯雯，今天在学校都上哪些课了？”

“今天上了语文课、英语课、数学课、美术课、劳动课……”

“田田在学校表现得好不好呀？”

“林田田在学校表现得很好。”

“老师有没有表扬她？”

“嗯……老师有表扬她。今天上英语课的时候，老师表扬她单词默写得了满分呢。”

听窦雯雯这么一说，林琴薇心里别提多开心了。

很快，她们就走到了公交车站。尽管等了好半天公交车才来，但幸运的是车上正好还有一个空座。

“来，雯雯。快坐下。”林琴薇将座位让给窦雯雯。

“林阿姨你坐吧，我不累。”

“阿姨在单位都坐一天了，你就别跟阿姨客气了。”

“那好吧，谢谢林阿姨。”

一路上林琴薇和窦雯雯有说有笑。不知道为什么，在某个瞬间窦雯雯竟然有些希望让林阿姨做自己的妈妈。那种温暖的、阳光的、温柔的感觉，是自己在妈妈身边从未感受过的。

“来，雯雯，下车了。”快到站时，林琴薇一路护着窦雯雯走下车，生怕车上其他乘客将孩子磕了碰了。

“雯雯，你家在哪边啊？阿姨只知道一个大概方位，具体的还得靠你带路了。”

从公交车上一下来，窦雯雯就认识这里了。她牵起林琴薇的手，像个小大人似的在前头带路。

与此同时，刚从菜市场出来的张秀荷为了左手拎着的这条鱼，愣是跟卖鱼的商贩讨价还价了半个多小时。不管怎么说，一想到日后自己老公能升为主任，张秀荷就总是忍不住咧嘴笑。她觉得昨天尽管花了八十块钱在外面已经庆祝过了，但毕竟这么重大的事连续庆祝一个星期都不为过。所以刚一下班她就直奔菜市场，准备今晚亲自掌勺再好好犒劳犒劳丈夫。

正当她拎着满满两个塑料袋美滋滋地走在自家门前那条小街时，突然看到女儿正和一个陌生女人牵着手。看到这样的画面。她的第一反应是碰上人贩子了。正当她想要冲上前去给那个陌生女人一顿胖揍时，却发现女儿和那个女人有说有笑、很是开心。张秀荷揉了揉眼睛，仔细一看。妈呀！这不是小寡妇林琴薇吗！

说起张秀荷和林琴薇，其实她俩总共也没见过几次面。唯一见到过的一两次也是在窦忠平的单位门口。张秀荷曾经有意无意地向丈夫询问过林琴薇的情况，毕竟女人天生就对比自己长得漂亮又比自己年轻的女性有较多排斥心理。再加上林琴薇目前单身一人，张秀荷总是担心她会借机勾搭自己老公。

不过想归想，窦忠平的人品张秀荷还是了解的。这么多年他对自己的态度也足以肯定这个男人的为人和责任心。可是当张秀荷此时看着自己的亲生女儿和林琴薇如此亲密时，她不但怀疑丈夫这么多年来一直背着自己和林琴薇搞地下情，她甚至怀疑自己的亲生女儿也一直帮着他俩替自己隐瞒实情！一想到昨天窦忠平和自己说可以升官的事，再联想到自己的车间主任正是因为升了官所以才找了小三，张秀荷顿时觉得这件事绝对没有这么简单！她越想越来气、越来气就越控制不住自己，她在心里给这几个人骂了一溜够，直接三步并作两步地跑到二人面前。

“窦雯雯！你给我过来！”张秀荷拎着满手的菜，冲着女儿大喊。

宁静的街道被突如其来的大嗓门震得直打战，就连街道旁的柳树都被吓得掉下几片柳叶。

“窦太太你好，我是林琴薇。我们以前见过的，当时窦大哥也在。”

“林琴薇？”张秀荷装出一副不认识对方的样子，“我不记得我以前见过你。你牵着我女儿的手干吗？你信不信我把你当作人贩子现在就报警？”

“不是不是，你误会了。我们以前真的见过的。我女儿田田和雯雯还是一个班的好朋友呢。我和窦大哥也是同事，他今天要加班所以才托我接雯雯放学的。”

“他今天加班？他加班可以让我来接呀。他怎么没和我说？”

“可能是窦大哥没联系到你吧，我看他在办公室给你打了好几个电话都没人接。”

“你和他在同一间办公室？”

张秀荷越听越不对劲。这不明摆着两人在搞地下情吗！怎么窦忠平从来没和自己说过他和林琴薇在同一间屋子办公？怎么窦雯雯也从来没和自己说过她和林琴薇的女儿是同班同学？难道他们几个真的一直在合起伙来骗自己？张秀荷想着想着，疑心病又犯了。她瞬间感到一阵恶心。看来天下乌鸦都是一般黑！原本还以为只有自己的车间主任是个败类，没想到窦忠平也同样是个人渣！

张秀荷顾不上和林琴薇继续废话，直接掉头回家。

“林阿姨，我……”见妈妈直接走了，窦雯雯进退两难地站在原地。

“没事的雯雯，你快和妈妈回家去吧。你妈妈来了，阿姨也就放心了。”

“对不起，林阿姨。”

“傻孩子，和阿姨说对不起干吗，你又没做错什么。好了，快回去吧。回去晚了，你妈妈又要担心了。”

“那……阿姨再见。”

“嗯，再见。”

和林琴薇道别后，窦雯雯赶忙追上妈妈的脚步。她紧跟在张秀荷身后，大气都不敢喘一下。

一路上，张秀荷根本没搭理女儿。好不容易到家了，张秀荷将买好的菜往厨房一扔，径直走向女儿。

“你那天买的书呢？”

“什……什么书？”

“就你买的课外书呢？”

“在我房间。”

“你去给我拿来。”

“那个是老师要求我们必须读的。”窦雯雯怕妈妈一个没忍住把自己的书给撕了，所以站在原地始终不敢挪步。

“让你拿你就拿，怎么那么多废话。”

没办法，窦雯雯只好回屋去拿。

“就是这本书。”窦雯雯将老师指定的课外读物拿给妈妈。

“不是这本，另外一本呢？”

于是窦雯雯又折返回屋，将那本还没有拆开塑封的《三十六计》递给妈妈。

“行了，你去写作业吧。”张秀荷接过书，转身回屋了。

那一夜过得很平静。张秀荷没有发飙，窦忠平也没有看出老婆有什么异状。就连一直提心吊胆的窦雯雯都没有像往常一样连带着遭殃。晚上躺在床上，窦雯雯在心里暗想。“看来真的是知识改变命运啊。哦，不对。应该是‘多读书、能保命’才对！”

自从张秀荷从女儿手中要走了那本《三十六计》后，接连几天窦雯雯一家都过得非常太平。就在窦雯雯暗自祈祷妈妈真应该多读书时，命运的转折点就此降临。

“你们是后天去植物园春游吧？”张秀荷问女儿。

“是。”

“你跟老师说一声，去不了了。等周二的时候你和我去一趟你爸单位。”

“可是我都报名了。”

“不许去就是不许去。你要是想去回头我再带你去，总之你星期二哪儿都不许去。”

妈妈的霸道是出了名的，小小年纪的窦雯雯不敢再反抗。

周二一大早，张秀荷就骗窦忠平说自己今天会送女儿去学校集合。窦忠平听后，便独自一人骑车去单位上班了。至于即将被裁员的张秀荷也早已无心再去车间上班。见丈夫走后，她又向女儿交代了一遍注意事项。这才领着女儿走出家门走向公交车站。

“等一会儿我掐你一下你就哭，掐你两下你就停止哭。就像这样，知不知道？”张秀荷在公交车上掐了女儿几下，为等下的表演做着预演。

“妈妈，我不想去。”

“你敢！你别以为你和你爸干了什么好事我心里不清楚！看你还是个小孩，没找你算账就不错了！”张秀荷坐在椅子上，数落着站在一旁扶着椅背的女儿。

尽管窦雯雯听不懂妈妈在说什么，但她还是本能地觉得自己和爸爸肯定是又犯错了。

“走，下车。”一看到站了，张秀荷赶忙拽着女儿下车。

“一会儿记得我刚才嘱咐你的话。你要是等下掉链子了，看我回家怎么收拾你！”

“你找谁？”门口的看门老大爷见张秀荷面生，死活不让她进。

“我是窦忠平的爱人，我带孩子过来找他有点事。”

一听是窦忠平的家人，看门老大爷这才放二人进去。

张秀荷凭记忆找到了窦忠平的办公室。她在推门前又和女儿强调了一遍自己制定的规则。当她看到窦雯雯点头表示清楚后，便连门都没敲直接破门而入了。

随着“砰”的一声巨响，屋内的人全都齐刷刷地朝门口望去。其中不仅有林琴薇，更有窦忠平。

“你们怎么来了？”见自己的老婆、孩子突然来到单位，窦忠平明显也是吃了一惊。

“我怎么不能来呀？我是你老婆，我不来谁来？”张秀荷阴阳怪气地说着。

“不是……这是什么情况啊？”见老婆准备发火，窦忠平一脸不安。

“今天正好趁着大家都在啊，我给各位做个自我介绍。我叫张秀荷，是窦忠平的老婆。这是我们的孩子窦雯雯，今年九岁了。其实这次过来也没什么别的事，主要就是之前和大家基本上都没怎么见过面所以可能大家都不知道我们娘俩的存在。我是听说现在各个单位都有那种小狐狸精专门出来搅乱别人家庭，为了以防万一我就带着孩子过来和大家碰个面。今后也想请大家帮着监督监督我们家窦忠平。我们家老窦为人老实，我就怕万一有哪个心术不正的女人想乘虚而入就不好了。”张秀荷在说“乘虚而入”四个字时，特意将目光狠狠锁定在了林琴薇身上。

“你这是唱的哪一出啊？你要是没什么事儿就带着孩子赶紧回去吧！”窦忠平听老婆说完这番话，除了感觉莫名其妙就是感觉颜面尽失。

“怎么？不敢让我继续说了？没做亏心事就不怕鬼叫门。我只是带雯雯过来和大家认识认识，你害怕什么呀？”窦忠平不吱声还行，他刚一说话立马点燃了张秀荷的战斗欲。

“那个……雯雯妈，那天你真的是误会我了。我真的只是帮窦大哥接一下孩子。如果我要是那天对你有什么得罪之处，也希望你能谅解。”林琴薇见场面有点不对劲，赶忙解释道。

“哟嗬，瞧瞧这是谁呀。你还知道你得罪我了呀？今天当着大家伙的面，我还真想问问你了。你是不是私底下经常和我们家雯雯还有窦忠平一起出去呀？为什么我们家雯雯那天和你手拉着手啊？”

“你真的是误会我了。我以前确实是在学校门口见过雯雯几次，但那都是很久以前的事了。”

“什么？你在学校门口见过雯雯，而且还是好几次？”张秀荷越听越气愤，马上转头质问窦忠平，“怪不得你天天自告奋勇要接送女儿上下学呢！原来你就是想借机和这个小妖精见面是吧！”

“行了！别闹了！快回家去吧！”在众目睽睽之下，窦忠平已经快被张秀荷逼疯了。且不说他和林琴薇之间只是单纯的同事关系，退一万步讲，就算是真发生了什么也应该是私下解决而不是直接闹到单位呀。

“我闹？窦忠平，我今天还就闹给你看了！你今天当着大家的面给我说句痛快话。你是要我和孩子，还是要这个小狐狸精！你说呀，你现在就回答！”

张秀荷说完后，使劲掐了一下站在自己身旁的窦雯雯。见窦雯雯没反应，愤怒的张秀荷又狠狠地补了一下。兴许是这下掐得太用力了，窦雯雯“哇”的一下就哭出了声。

窦雯雯不哭还好，伴随着她“嗷”一嗓子，总算是把吕主任给惊动了。

“让一让，让一让。”吕主任扒开堵在门口看热闹的人群，直接走进窦忠平所在的办公室，“怎么回事？刚才是谁在这里大声喧哗？”

“吕主任，不好意思惊动您了。都是我不好，我现在就带老婆孩子回家去。”

听窦忠平这么一说，吕主任这才将目光放在张秀荷和窦雯雯身上。

“你是小窦的爱人？”吕主任问。

“是呀，主任。我叫张秀荷，您叫我秀荷就行。或者叫我小张也行。”一想到将来老公还要倚靠吕主任才能升职，张秀荷立马换了一副嘴脸。

“这个孩子是你们的女儿？她怎么了？怎么哭了？”

见窦雯雯依旧哇哇哇地哭个不停，张秀荷情急之下也忘记自己给女儿制定的暗号了。她直接冲女儿大喊：“行了！别哭了！”

张秀荷话音刚落，窦雯雯立马吓得不敢再出声。

“哎呀，您看看。小孩子不懂事，是不是打扰到您工作了？”张秀荷收起厌烦的面孔，冲吕主任赔着笑脸。

吕主任没有理会张秀荷，转头对窦忠平说：“小窦啊，以后要是家里有矛盾尽量还是在家解决。这里毕竟是工作的地方，这样一闹影响多不好。”

“是是是，吕主任，您批评得对。我现在就让她们回去。”

“哎，小窦啊。你说说你怎么在关键时刻来这么一出呢，你这样弄真的是叫我心寒啊！你说说你这样做，叫我如何可以……”吕主任将后半句话咽了回去，一脸恨铁不成钢地看着窦忠平。然而尽管吕主任没有将整句话说完，窦忠平却还是听懂了吕主任的言外之意。

“哎呀吕主任，瞧您说的。我们家忠平不是您最看好的接班人吗，您可千万不要觉得心寒呀。”相比较窦忠平和吕主任的心有灵犀，张秀荷简直是败笔中的败笔。

“什么情况？吕主任已经选好接班人了？”

“已经内定下来了？”

“我怎么什么都没听说啊？这是什么时候的事啊？”

张秀荷话音刚落，所有围观群众立刻炸开了锅。面对大家的吃惊，吕主任狠狠瞪着窦忠平，紧握双拳、不发一语。

“不是的不是的，大家误会了。是我老婆瞎说的，吕主任根本就没有说过要让我当接班人。”窦忠平见状，赶忙解释几句，试图平息同事们的情绪。

“什么？没说过？你前几天不是才跟我说他要选你当下一届的主任吗？”一听丈夫当众否定了即将当上接班人的说法，张秀荷立刻翻脸了。

“你就别在这里添乱了！你还嫌事情闹得不够大吗？！”窦忠平简直快被气死了。

“我添什么乱了！我今天要是不来，还不知道你到底哪句话是真哪句话是假呢！”张秀荷懒得和丈夫废话，转头问吕主任，“主任，您今天和我交个底，您那天到底有没有说过叫我们家窦忠平当你们下一届的主任？您威望高，您说的话我信！”

面对张秀荷的质问，吕主任早已气得七窍生烟。他看了看窦忠平，又看了看周围围观的同事。一咬牙、一跺脚，用坚定不移的语气说了两个字：“没有！”

吕主任的话音刚落，窦忠平一个没站稳狠狠“摔”进椅子里，就连刚才还盛气凌人的张秀荷也明显感到一阵眩晕。

原本张秀荷认定了自己老公可以当上主任，所以最近几天才既没有主动找车间主任求情，又在单位里趾高气扬地发挥着被辞退前的最后一点余力。可是今天呢？当她亲耳听到吕主任否定窦忠平是下一届接班人时她彻底傻掉了。她没有意识到这一切都是自己造成的，她只是更加坚定了丈夫欺骗自己的这个想法。

为了让自己今后不至于既当不成主任老婆又成了失业女性，张秀荷脑袋一热又说出了另一句令窦忠平恨不得立马跳进黄河的话。

“吕主任！我举报！我揭发！窦忠平和林琴薇有不正当男女关系！”张秀荷此话一出，在场的所有人瞬间又沸腾了，“我希望您能给我在你们单位安排一份工作。一是我有能力做好新工作，另一方面我也可以好好监督他们。反正您同意也得同意，不同意也得同意。如果您能同意，我明天就来报到上班。如果您不同意，我明天就去上面揭发！您肯定也不希望我闹到上面去吧？如果我闹上去的话，对谁都不好。您是明白人，您肯定可以替我做主的！”

面对张秀荷赤裸裸的威胁，吕主任觉得自己当初真是瞎了眼。他指着窦忠平，气得连话都说不出来了。

“你赶紧回家去吧！别再闹了！”

窦忠平起身拉着张秀荷就要往门外走，然而张秀荷却一把甩开丈夫，继续一步步地紧逼吕主任。

“吕主任，您给我个痛快话。到底有没有合适的职位可以给我？您要我做什么都行，只要是可以有份固定收入就行！”

“好好好！我给你！打印室，你去打印室！你明天就可以去打印室！”吕主任在说完最后这几句话之后，便愤然离去。

见吕主任走了，其他人也都渐渐散场了。就连原本和窦忠平在同一间办公室的同事，也都趁乱溜出去了。此时屋内只剩下四个人，窦忠平、张秀荷、林琴薇和窦雯雯。

“张秀荷啊张秀荷，你知不知道你刚刚都做了些什么？你不仅毁掉了我和小林的名声，就连我的前途都被你毁了！”

“你的前途被我毁了？刚才明明是你亲口说的你们主任根本就没打算让你接班，而且你们主任也亲口承认这一点了。所以说来说去，就是你那天在家骗我的！你还好意思说是我把你的前途给毁了！窦忠平啊窦忠平，就你这么窝囊的男人，你要是真能当上主任我还真就不信了！”

“你！你简直就是个疯子！不可理喻！”

“我不可理喻？我看是你亏心事做多了所以遭报应了吧！从明天开始，我就会一直盯着你们俩！你们休想在我眼皮子底下搞破鞋！”张秀荷说完这番话，狠狠瞪了林琴薇一眼，便拽着窦雯雯回家了。

一晃十多年过去了，窦雯雯一直试图让自己不要回忆起这段往事，然而刚刚窦雯雯在回忆此事时仍旧心有余悸。随着年龄的增长，她渐渐明白爸爸之所以没被升职都是由于那天妈妈搅黄的。可是她也明白，在妈妈心里妈妈一直都不认为是自己做错了。妈妈一直觉得所有的一切都是因为爸爸的软弱无能，所以才被只懂得溜须拍马的陈又发捷足先登。至于妈妈可以得到的这份打印室的工作，也成了妈妈日后天天向别人炫耀的筹码。妈妈觉得自己当时很英勇也很果断，她觉得自己可以当着那么多人的面争取到这样一份既轻松又稳定的工作是自己能力的体现。就因为这件事，在接下来的十多年里张秀荷还一直教导窦雯雯“机会需要争取”的道理。

至于窦忠平呢？在这件事发生之后，他就更加谨小慎微地出现在单位中了。他和林琴薇再也没有说过一句话，不仅仅是为了避嫌，更是因为没脸面对人家。没过几年，吕主任便退休了。退休之后，原本属于窦忠平的位置被陈又发接替了。陈又发从十多年前刚进单位时起就很妒忌窦忠平，所以他刚刚大权在握没一两年，就随便找了一个理由把窦忠平调去外地了。自从窦忠平被调走后，张秀荷的脾气就变得越发不可收拾。只不过她始终没有觉得正是由于自己那天的猜忌和冲动葬送了自己和丈夫的一生。当然了，被葬送的也不仅仅是他们二人，窦雯雯同样也因此备受折磨。

“喂喂喂，我跟你说话呢。想什么呢你？”

身体上的疼痛和妈妈的声音终于把窦雯雯拉回现实。

“你刚才自己发什么呆呢，叫你半天也不回话。这书你没事好好翻一翻，对人启发很大的。”张秀荷依旧拿着书，在窦雯雯身上拍来拍去。

“妈，我不知道你是不是最近又遇到什么烦心事了。但是我希望你可以冷静一些，千万不要太冲动了。就算你不是为了我，不是为了爸爸，你也该为自己想想啊。我真的不希望你再去做一些极端的事情了。真的，妈。这本书不适合你，你还是不要再看了。”

兴许是窦雯雯从来没有用这么严肃的口吻和自己说过话，张秀荷竟愣了几秒才反应过来窦雯雯是在和自己说话。张秀荷直接无视了女儿的话，哈哈大笑起来。

“你刚才干吗呢？神道道的。你妈我又不傻，说得好像我多冲动似的。再说了，我做事情最有条理性了，一点都不极端。我跟你说，就这书……”

“零零零……”张秀荷还想再说些什么，却被窦雯雯的手机铃声打断了。为了避免妈妈继续“折磨”自己，窦雯雯连想都没想瞬间接起手机。

“喂？”

“喂，雯雯。是我，赵诚。”赵诚没料到连第一声“嘟”都没响完，自己就听到了窦雯雯的声音。为此，他也着实感到吃惊。

“你好赵诚，找我什么事？”

“哦……哦，那个……其实也没什么事，就是想问问你今天有没有空。因为我昨天刚刚领了工资，所以想问问你要不要中午一起吃个饭？”赵诚紧张地向窦雯雯发出邀请。尽管他早就已经习惯了被窦雯雯拒绝，但他还是忍不住想要打这通电话碰碰运气。

“好！我现在就出来找你！”

赵诚万万没想到，窦雯雯居然这么痛快地答应了！

“啊？你同意了？那……那……那我们在哪里见面啊？我还没有想好去什么地方请你吃饭呢，我……”

“我们就在公司门口见吧，那附近有一家奶茶店。我现在就出来。”

“啊？现在就去呀？哦，那好吧。那我现在也出门了。”

挂断电话，窦雯雯也没顾上和妈妈解释。直接换上衣服、到卫生间简单梳洗了一下便跑出门了。

张秀荷见状，自顾自地嘀咕了几句。事后，她顺手从床上拿起那本《三十六计》，这才走出女儿的卧室。

“不好意思啊雯雯，我住得有点远。让你久等了。”赵诚一边擦着额头上的汗珠，一边一个劲地拼命道歉。

“没事儿，正好我也想一个人静一静。”

“那个……你想喝点什么？我去买。”赵诚指了指收银台的方向，询问着窦雯雯。

窦雯雯看了看收银员身后的小黑板，上面写了几款奶茶、几款水果茶和几款咖啡。窦雯雯随便说了一款奶茶，赵诚就屁颠屁颠地去付钱了。

过了一会儿，赵诚端着两杯奶茶走了回来。

“来，这个给你。”赵诚将窦雯雯点的奶茶递了过去，“说出来你可能都觉得好笑，刚才我本来是想点咖啡的，但是我根本分不清拿铁、摩卡、卡布奇诺那些之间的区别。我怕点错之后不爱喝就浪费了，所以干脆点了一杯和你一模一样的奶茶。”赵诚说完，自己咧嘴傻笑起来。

看着赵诚憨憨的样子，窦雯雯不但笑不出来反而觉得有些悲哀。其实不单单是赵诚，就连她自己也分不清摩卡和拿铁之间的区别。可是那又怎样呢？这种话没必要非得讲出来呀。她最无法接受的其实就是赵诚这一点。他总是喜欢把自己无知的一面表露出来，而且好像还很乐在其中。窦雯雯觉得，自己比别人懂得少就已经很丢人了，又何必再自嘲一番呢？她觉得赵诚这样的做法很掉价，也很上不了台面。至少如果换作是窦雯雯自己，她是万万不会表露出自己无知的一面的。

回想起妈妈的指责和赵诚的憨笑，窦雯雯突然觉得自己这辈子就要完蛋了！为什么自己身边就出现不了那种可以给自己带来正能量的人呢？不论情感、心情、工作还是其他，为什么围绕在自己身边的总是一些让自己笑不出来的人呢？

窦雯雯与赵诚喝奶茶的时候，郑若溪正踩着高跟鞋和杨瑞在金融街附近喝着咖啡。这家咖啡店不仅面积要比窦雯雯他们选择的奶茶店大上好几倍，就连里面的酒水单也都是纯英文的。如果让四人对换一下位置，说不准赵诚在这家咖啡厅出的洋相要更多几倍呢。

“杨总？哎哟，还真是你呀。真是好久没见了啊！”郑若溪和杨瑞正聊着这几天在北京经过的大街小巷时，面前突然出现了一个穿着一身西装的男士。

这位男士一看就像北方人，再加上说话的口音就更加确定是北方人了。男士穿着深灰色的暗纹西装，一看就知道价格不菲。更别提他手上拎着的 BV 手包和腰上那块大 H。

“哟，这不是刘少吗？真是好久不见了。怎么？你回国了？你父亲还好吧？我和他老人家也好久没见面了。”郑若溪能感受到，杨瑞和这个刘少关系应该不错，但他应该和刘少的父亲更亲近一些。

“我爸好着呢。他现在基本上把公司的事儿都放手交给我处理了，他老人家已经准备退居二线了。”

“哈哈哈，那你真是年轻有为呀！”

“嗐，什么有不有为的，我爸垂帘听政呢。不过年轻我倒是承认的，哈哈哈哈哈。”说话间，刘少将脸转向郑若溪。“咦？这位美女是？不会是我们杨总的女朋友吧？”

“来，我介绍一下。这是郑若溪，Julie 的朋友，这几天多亏她在北京陪我四处考察。来，若溪，我给你介绍一下。这位是刘少，W 集团的大公子，也是唯一的独苗。我父亲之前在新加坡的时候和他父亲是老相识。”

杨瑞向双方介绍完二人的情况后，郑若溪和刘少相互问了好。在和刘少四目相对时，郑若溪总觉得这人好像在哪里见过。尤其是他那双大眼睛和长睫毛，和自己印象中的某个人格外相像。可是一时间郑若溪却又想不起来自己记忆中那双眼睛的主人是谁了。总之这种感觉很微妙，有种说不出的似曾相识。

“既然你是 Julie 的朋友，那肯定也是女中豪杰呀。”刘少倒挺会夸人，简直是一箭双雕。

“没想到 Julie 姐在他们这个‘富二代’的圈子居然这么吃香，连 W 集团的继承人都对她评价如此之高。看来我真是押对宝了！”听刘少这么一说，郑若溪不禁在心中暗自窃喜。

“你们二位等下有什么安排？要不要去泡泡温泉？哥们儿我正好刚和朋友合伙投了一家室内温泉。怎么样？一起走着？”

“哈哈，刘少啊。现在可是夏天，温泉就免了吧。不过恭喜你呀，两年没见，发展得很不错嘛。”

“杨总客气了，发展得再好也没你好啊。我爸一见到我就让我多向你学习，还老说想当年你像我这么大的时候已经挣够这个数了。”刘少边说边伸出几根手指。

“那次纯属运气好，不值一提。”

“哈哈，看来杨总还是老样子嘛，保持着一贯的谦虚。”刘少回头看了看靠窗的位置，“那什么，我那边还有朋友。那你们二位慢慢聊，等年底天凉了欢迎去我那儿泡温泉。”

“好说好说，那你先去忙吧。回头咱们电话联络。”

刘少走后，杨瑞向郑若溪大致介绍了一下他们家的情况。郑若溪越听越激动，看来还真是一山要比一山高。

没过多久，杨瑞和郑若溪也相互道别了。理由很简单，杨瑞依旧要去请之前那位局长吃饭。

回到家之后，郑若溪觉得自己这段时间的付出真的是颇有收获。至少她今天又多认识了一个有钱的公子哥。就算今天和刘家大少爷只有一面之缘，但保不齐日后还会再次遇见。多个朋友多条路，没准以后还可以和刘家攀上一些关系呢。

郑若溪拿出手机给妈妈打了一通电话。原本她想和妈妈聊聊天，可不巧的是妈妈正在找拍摄角度，所以两人没说上几句便挂断了电话。

于是乎，郑若溪又登录上自己的微博，打开和 cliff 的对话框在里面好好感谢了 cliff 一番。在收到郑若溪的私信后，cliff 回复得也很快。

“不要谢我，是你自己的付出和勇敢见效了。看了你的描述，我觉得你身边出现的这几个新朋友都称得上是青年才俊。多和他们接触、多和他们学习，将来肯定会对你有所帮助！”

9. 独自承受

随着年龄的增长，人们有越来越多的事情需要独自承受。就好比任小凡不愿让爸妈替自己操心，于是独自压抑着与吴洺分手的消极。而窦雯雯在清楚妈妈失业后，尽管内心波澜不止却只能强装镇定地安抚母亲。究竟一个年仅二十二岁的女生可以承受多大的心理压力？或许只有熬过这段日子才能说得清。

《我想你还爱我》

失恋的伤感莫名突然
眼角的泪滴滑得自然
努力置身事外
置身事外却逃不开
你选择离开绝非偶然
是我不太乖又不肯改
以为你喜欢
喜欢我的坏和不堪

我想你还爱我
可是你不说
任彼此错过
我好难过
真的难过
可那又怎样呢
我不知怎么再快乐
总郁郁寡欢
图个心安
我不想说

什么都不说

一错再错

伴随着轻柔的歌声，任小凡突然觉得整个世界都安静了。这首歌，不正是在唱吴洺和自己？

或许吴洺是真的已经忍受自己很久了，不然那天他怎会冲自己发那么大的火？不然那句分手怎会这么轻易就能说出口？

任小凡坐在办公室里，戴着耳机，闭着眼睛。

她好怕自己会哭出声来，好怕自己会忍不住随着歌声轻唱出来。或许这就是爱，还未抓紧就要被迫放开。

“你选择离开绝非偶然。是我不太乖，又不肯改。以为你喜欢，喜欢我的坏和不堪。我想你还爱我。可是你不说，任彼此错过。我好难过，真的难过。可那又怎样呢？”

任小凡唱到最后一段时，压抑的情绪再也忍不住了。她放声哭起来，将这二十多天的隐忍统统发泄出来。

“小凡小凡，你怎么了？你没事吧？怎么突然哭了？”

原本李鑫还没注意到任小凡在听歌，毕竟紧挨窗户的任小凡将耳机只戴在了左边耳朵。但随着任小凡的歌声和哭泣声越来越大，李鑫也不得不将注意力转移到了任小凡身上。

“啊？鑫姐。我哭了吗？”接过李鑫递来的纸巾，任小凡这才意识到自己刚刚失态了。

“何止哭呀，你怎么还唱上歌了？”李鑫下意识地朝办公室四周看了看，顺着她的目光任小凡发现所有人都将视线放在了自己身上。

“我……我刚才唱出声了？”

“是啊。就算你和于董关系再好，但你这么肆无忌惮地在上班时间唱歌别人肯定还是会有想法的。”李鑫一面将头低下，一面压低声音说。

“那……那怎么办呀？我没打算唱出声呀。我……”

“好了小凡，你先别想这个了。你跟我说说你到底是怎么了？怎么突然就哭了？是家里出事了，还是发生什么事了？”

“我……”

“都这个时候了，你就别支支吾吾了。到底发生什么事了？不过话又说回来了，就算是真发生了什么事，你也不应该唱歌呀。”

“哎呀鑫姐，你能别再说我唱歌的事儿了吗？我真的是丢死人了！”

“要不你赶紧去厕所洗把脸吧，等一会儿各部门的经理就该过来视察了。”

“啊？视察？视察什么？为什么要视察？”

“不是吧小凡，昨天开会的时候刚讲过呀。这段时间你到底是怎么了？每天都看你魂不守舍、心不在焉的。你要真是遇到什么难处了，千万不要憋在心里。看到你现在这个样子，我真的很替你担心！”

“我……我……我……”任小凡“我”了半天，终于又忍不住哭出声来。

“你看看，你看看，怎么又哭了。快快快，快擦擦。哎呀，好了好了，不哭了不哭了。来，我先陪你去厕所吧。”李鑫一边把任小凡搀起，一边替她擦眼泪。之后便在其他人满眼疑惑的注视中走出办公区。

走进洗手间后的任小凡仿佛来到了一个与世隔绝的密闭空间。她再也不用在意别人的眼光，再也不用强装坚强。伴随着任小凡“哇”的一声哭喊，李鑫手中的纸巾彻底湿透了。

“鑫姐……鑫……鑫姐……”任小凡由于太过激动，不停地抽泣着。她现在估计连一句完整的话都说不利落了。

“没事的小凡，哭完再说。”

“我……我是不是……特……可笑。”

“你不可笑。谁都会有不如意的时候。”

“你……你知道吗……我……我和吴……吴洺……我和吴洺……就是上次……你上次见过的……吴洺……我……我们……我和……我和他……他要和我……呜呜呜呜呜……我想他了……”此时的任小凡已经有些语无伦次了。她也不知道自己究竟想要表达什么，她只是太爱吴洺了。

“你和那个男孩子，出什么事了？”李鑫试探性地轻声询问。

“他要和我……分手……”

“啊？你们分手了？”李鑫很是吃惊。

“我不知道……不知道……我没有要……我不想分手……可是他……他和我分手……他说……所以我……鑫姐我不知道……你觉得我们现在……你觉得……我们分手了吗？”

“我……我不知道你们之间发生了什么。但是我觉得不论发生什么，都应该坐下来好好说。你这么难过他知道吗？你们这段时间还有相互联络吗？”

“他不理我了……我们那天吵架……然后我……我第二天有给他发信息和打电话……但是他不接……然后……今天是第二十……二十一天了……他……他是不是不爱我了……他为什么就不爱我了……鑫姐你说……你说他……他为什么就不爱我了……”

听完任小凡的话，李鑫总算弄明白任小凡为什么这么伤心了。

其实不爱了就是不爱了，哪来那么多的原因呢？不论家境、学识、精神还是物质，如果你爱这个人，对方怎样做都行。但如果你不爱这个人，即便对方再优秀你也觉得不行。

现在的李鑫，正处于这样一个尴尬的位置。她深知自己现在说什么都毫无意义。既然任小凡失恋了，那就索性让她哭个痛快吧。

“任小凡。”

另一边，经理正在办公区寻找任小凡的身影。下个月就是子公司到总部参观学习的日子，由于其他人手头上的工作都比较多，经理就想安排任小凡主要负责前期的准备工作。

其实说实话也准备不了什么，无非就是买点吃的喝的，外加把办公区稍微装饰一下。

“小张，任小凡呢？”见半天找不到任小凡，经理随便找了个人问任小凡去哪儿了。

“经理呀，那个……任小凡她出去哭了。”小张一向看不惯任小凡在公司无所事事的样子，想借机让她下不来台。

“什么情况？”

“谁知道呢，而且她刚才还在办公室大声唱歌。反正看起来好像是精神不太好，看她那个样子也挺吓人的，我也没敢上前问。”

“什么？在办公室又哭又闹又唱歌？这还不反了天了！就算她和董事长有这层关系，也不能违背最基本的职业道德呀。”

其实经理也早就看任小凡不顺眼了，只不过一直碍于老板的面子，不敢发火。按理说他们部门本来工作量就很大。在人手不够的情况下，本以为任小凡来了可以减轻一些工作压力，可万万没想到她是个不干活还白拿钱的主儿。听小张说完后，经理真是气都不打一处来。

“哎呀经理，你别生气呀。你瞧瞧我这人，真是哪壶不开提哪壶。你说我刚才不算是打小报告吧？其实我对任小凡本人并没有什么偏见，但就算她遇到再多烦心事也不应该在工作的时候这样肆无忌惮呀。不过大家也都知道她和董事长的那层关系，所以……”小张就这样不疼不痒地把难题抛给了经理。遇上这样的员工，如果经理不管，那岂不是丢了公司的形象和自己的面子？小张这种一箭双雕的把戏，经理又岂会不知？

“小凡，咱们出来的时间也不短了。差不多该回去了。”李鑫见任小凡已经不再哭了，便提议可以回到办公室了。

“好的鑫姐，刚才谢谢你。”

“跟我就别客气了，快走吧。”

任小凡又最后照了照镜子。尽管她仍旧双眼通红，但好在脸上没有泪痕了。

“哎哟！”任小凡低着头刚一走出女厕所大门，就直挺挺地撞上一个人。那人比任小凡高出不少，就算没抬头任小凡也能辨认出对方一定是名男性。

“对不起对不起，没撞疼你吧？都怪我刚才走路离墙太近了，实在不好意思！”

任小凡刚叫出声，与她相撞的男生就开始拼命道歉。随着男生的解释，任小凡一边揉着手臂一边将头抬起。她看了看面前这个把自己撞得生疼的男生，淡淡地说了句“没关系”就继续略带伤感地朝办公区的方向走去。

“任小凡，你来得正好。你干吗去了？我都在这儿等你半天了。”见任小凡回来了，经理忍不住说了她几句。

“不好意思啊经理，我刚才去洗手间了。”

“昨天开完会之后本来还想找你单独聊聊的，没想到我刚把资料装进包里，您老人家已经走了。所以我现在过来找你就是想听听你对昨天的方案还有什么想要补充的，你觉得咱们这次接待会是在外面专门找个礼堂或者酒店办，还是就直接在办公区举办？另外这是财务可以接受的预算范围，你也仔细看一看，尽量不要超预算。”经理说完后，便把手上的 A4 纸递给任小凡。

“哦……那个……我还没想好在哪里办更合适。”任小凡依旧有些精神恍惚。此时此刻的她哪有心情谈工作呀，她现在满脑子除了吴洺就没有别的了。

“什么？都过去一天了，还没想明白？”

“经理，小凡今天有点不舒服，可能是生病了，要不我来帮她一起办这次接待活动吧？”尽管李鑫自己的任务量已经非常大，但她不忍心看任小凡挨骂，再加上也确实担心以任小凡目前的状态会把这次活动搞砸，于是她只得自告奋勇地提出替任小凡分担一部分工作了。

“你不要……”经理刚想斥责李鑫不要什么事都替任小凡做，却被门口的一个声音打断了。

“您好，请问王经理在吗？”

众人闻声回头，看到门口站着一个身高一米八五左右，身材匀称、肤色健康、相貌端正、衣着整洁的阳光型大男生。尽管整个办公区内大部分的女性职员都已经结婚生子，但当她们看到这个阳刚味十足的小鲜肉时还是忍不住多看了几眼。

“我就是王经理，你就是今天要来的实习生？”王经理只是听助理提了一嘴今天会新到一个实习生，却并未看过实习生的照片。所以当她看到这个帅气的小伙子时，也确实有点眼前一亮的感觉。

“王经理您好，我是石杰。”

“我听助理说你是T大学毕业的吧？如果我没记错，你好像是你们校长亲自推荐到我们公司的？不错呀小伙子，年轻有为呀。”

“王经理您过奖了，我还有很多地方需要学习。”

“你这样吧，正好下个月我们要搞一个接待活动。这是任小凡，这段时间你就配合她一起好好准备一下。具体事宜你们自己沟通，我马上要去开个会就先不和你介绍公司情况了。有不懂的可以问我右手边的同事李鑫，李鑫在公司有几年了，对公司的情况也都相对了解。小伙子好好干，相信你会喜欢上我们这个大家庭的。来，大家热烈欢迎一下我们新毕业的研究生石杰，欢迎他加入我们这个大集体！”王经理边说边带头鼓起掌来。

“我带他？可是我……”任小凡连自己在工作岗位中的工作事项还没理清楚呢，哪有本事去带什么实习生啊？！只见她一脸惶恐地看着王经理，希望王经理能够马上收回成命。

“昨天在会上不都已经宣布你转正的消息了吗，你现在已经是正式员工了，给你安排一个实习生在身边学习是再正常不过的事情。再说了，人家的毕业文凭还比你高一个级别呢，保不齐到最后变成他教你呢。”

“二位好，我是石杰。以后还请你们多多指教，我一定虚心学习。”任小凡还没弄明白是什么情况呢，石杰就已经走到她和李鑫的面前。

“你好啊石杰。我应该比你年长几岁，你就叫我鑫姐吧。”李鑫热情地伸出右手。

“鑫姐你好，以后还请多多指教。”石杰和李鑫握过手后，便转身看向任小凡。

还没等石杰开口，任小凡就精神恍惚地说：“哦，你好。我叫任小凡，你叫我小凡就行。那什么……以后就拜托你了。”

任小凡没觉得自己已经成功转正需要好好培养一下实习生，而是终于松了一口气觉得有人可以替自己分担工作了。或许这就是在家被娇生惯养的独生子女所具有的特殊品质吧？但凡有人可以替自己完成任务，自己绝对不会傻到亲力亲为。

“不敢当不敢当，应该是我拜托你才是。”听到任小凡的话，石杰有些受宠若惊。

任小凡理了理心神，终于认认真真地看了看眼前这个大男生：“咦？你不就是刚才在厕所门口撞到我的那个人吗？”

“嗯，是我。你才看出来呀？”石杰有些不好意思地笑了笑。

“石杰呀，要不我先带你四处转转吧，先熟悉熟悉咱们公司，等明后天你和小凡再开展业务也不迟。”李鑫明白此时任小凡的状态并不太好，所以主动提出先带石杰了解一下公司环境。

“好啊，谢谢鑫姐。”

伴随着石杰的道谢，任小凡向李鑫投去了感激的目光。

李鑫和石杰走后，王经理的助理将石杰的个人信息复印了一份交给任小凡。

“这个就是新来的实习生的资料。王经理说了，这段时间他就跟着你学习，”说完之后，小助理看了看任小凡，又不忘补充一句，“或者说，你们可以互相学习。”

任小凡接过石杰的资料，回到座位翻看起来。

看得出，石杰的确很优秀。不但毕业于名牌大学，还以最优异的成绩留校读研。虽不知王经理为何要将这份等同于石杰个人隐私的资料交到自己手上，但通过资料上的信息任小凡也确实意识到了自身的不足。或许在这样一家大公司里，学历和能力最垫底的也就只剩下自己了。

任小凡正暗自感慨呢，李鑫便带着石杰回来了。

“那我先去忙了，有什么事你和小凡对接吧。”李鑫估摸着任小凡也缓得差不多了，便抓紧忙起自己手边的工作。被任小凡这么一折腾，恐怕她今天又要回家熬夜了。

“任老师，你好。有什么需要安排我去做的吗？”

石杰是个很懂礼貌的人，他深知自己刚到公司辈分最低，所以便懂事地尊称任小凡一句“老师”。不过对于任小凡这个昨天才刚刚转正的关系户来说，自己哪配得上“老师”这个称号啊。

“别别别，我哪儿是什么老师啊。我刚才看了一下你的资料，你比我还大两岁呢。而且我才大学毕业，你都已经是研究生了。”

“哈哈，原来是这样啊，难怪你看起来这么小呢。不过学历并不能代表全部，既然你比我早到公司，那你就是我的前辈。对于公司大大小小的事情，日后我肯定还得多向你学习。”

“公司的事儿我就更不知道了。不瞒你说，我也是昨天才刚刚转正的。我也不知道王经理为什么会放心把你派给我，可能是打算让我多向你学习学习吧？”任小凡说到这里，自己都觉得不好意思了。

看着任小凡略微红肿的眼睛和害羞不已的神情，石杰突然升起了一种大男生对小女生的保护欲。他觉得眼前这个女生既可爱，又真实。

“既然你还比我小两岁，那我就和鑫姐一样叫你小凡吧。如果接下来的工作有什么需要我去做的，你尽管说，我一定全力配合。”

“谢谢你，接下来的工作还是我配合你吧。”

任小凡说完后，便将需要办理接待事宜的全部资料递到了石杰手里。石杰接过资料翻了翻，信心满满地说：“放心吧，这些都很简单。”

“真的吗？那真是太好了！我一看有这么多资料要查，都不知道从哪一件开始做起了。”

“我觉得咱们可以先查一下对方的资料信息，以及这次他们过来参观学习的主要目的。等这些都搞清楚后，再结合公司的经营理念和企业打算传递出的形象进行综合全面地分析，应该就不难挑选出场地和具体准备事项了。要不咱们现在就开始行动起来？”

石杰很有条理地给任小凡逐步分析了一下哪个前哪个后，任小凡听后连忙频频点头。她觉得自己可真幸运，尽管爱情多有不顺，但好在公司给她安排了一个顶梁柱。

大家差不多忙了一整天，终于熬到下班时间。任小凡向李鑫和石杰道别后，便坐上了妈妈接自己下班的车。

“怎么样宝贝儿，今天还有没有不舒服？按理说北京今年夏天就算要比往常热一些，但你也不能中暑中了两三个星期呀。我看你气色还是不太好，要是实在不舒服就先别上班了。我还是带你去医院看看吧。”

任小凡没有将自己和吴洺吵架的事情告诉妈妈。尽管吴洺已经明确要和自己分手，但任小凡却始终幻想着二人只是在冷战而已。所以面对妈妈的关心，她只是告诉妈妈最近由于天气太热才导致自己总提不起精神。她偶尔也会当着爸妈的面和吴洺假装打电话或发微信，但其实只有她自己清楚，所有的一切都只是她的自导自演罢了。

“没事儿，过几天就好了。”

“别过几天了。都过这么久了，还不见好。别回头再得个慢性病什么的，那可就麻烦了。再说了，你天天无精打采的，吴洺知不知道啊？怎么也没见他多关心关心你呀？你说他天天也不用上班，他就不知道过来接你下个班、逛逛街、或者是带你去医院查一查啊？这孩子真是一点儿都不知道心疼人，你要是真和他结婚了我可真是一百个不放心。你别看他家里没什么钱，但你妈我是过来人，我一眼就能看出来在他心里大男子主义的观念强着呢。你是不知道，越是小地方的人这种男尊女卑的心态就越严重！我记得我年轻的时候，当时就有个男的哭着喊着要跟我好。之后我和他一起吃了顿饭，你知道他跟我说什么吗？他说如果是在他们老家，女人和小孩儿都不能上桌吃饭！你说说，我要是真和这种人在一起了，以后的日子可还怎么过呀！所以说，妈劝你还是应该找一个北京的小伙子一起过日子。就算不找北京的也行，最起码得找一个家里有点儿经济实力和文化底蕴的吧？像吴洺这种一穷二白的，你说你找他多委屈。”

“行了行了，你就少说两句吧。烦都烦死了。”

“你这孩子，怎么说话呢！我还不是为你着想啊，你还在这儿嫌我烦。你要不是我闺女，你看我说你吗？你要是别人家的孩子，我巴不得你爱找谁找谁呢。再说了……”

其实任小凡并不是在嫌妈妈烦，她只是不愿让妈妈提起吴洺而已。因为只要一提到这个人，她的心就觉得好痛，她就忍不住会徒增烦恼。为了让妈妈赶紧住嘴，任小凡打开了车载广播。歌声再次回荡在汽车里。

《战袍》

说得轻巧
没什么大不了
可眼泪
不会因此减少
两个人
相同点再找不到
沉默是一剂毒药

借口不少
每一次都很玄妙
我听一听
都听得好笑
两个人
簇拥着彼此想逃
喧闹掩盖得刚刚好

承认吧一个人过并不好

我们不再小

在一起时常违心

至少还有人吵

原谅我太胆小还做不到

抛下一切全不要

在月光下缝补你最爱的战袍

我们试探我们猜疑我们妒忌我们不能自已

彼此依赖相互伤害至死不渝的乐此不疲

战火声又响起爱恨纠缠不清

承认吧一个人过并不好

我们不再小

在一起时常违心

至少还有人吵

原谅我太胆小还做不到

抛下一切全不要

在月光下缝补你最爱的战袍

“这歌儿谁写的啊？我可不认同这歌词里的内容啊。这不等于死皮赖脸打死不分手吗？其实我觉得呀，年轻人就应该拿得起放得下。要是两个人在一起天天吵架，那日子过着还有什么意思啊？谁和谁不能过呀？等你到了我这个岁数也就全都看开了。就像我和你爸，我俩在一起这么多年早就没有激情了。不过好在他总体表现还算不错，基本上也没做过特别让我动气的事儿，所以我俩也就这么过下来了。但是小凡啊，妈妈可跟你说。你可千万不能像这首歌里唱的这样得过且过。要是以后吴洺那孩子做了什么对不起你的事儿，你别怕，我和你爸永远是你最坚强的后盾！我们就你这么一个宝贝女儿，委屈谁也不能委屈你呀。”小凡妈边听歌边总结。

争吵，看似伤人最深。但此刻扭头看向窗外的任小凡，却恨不得自己可以和吴洺大吵一架。就像歌词中所表达的那样，自己和吴洺已经在一起这么久了，按理说完全到了可以结婚生子的年龄。尽管有时会有小吵小闹，但也不至于真的分开呀。尽管任小凡无法确定吴洺是否真的可以不管不顾地撒手走开，她任小凡是无论如何也舍不得离开吴洺的。伴随着妈妈的点评，任小凡越听越心痛。

如果此刻对任小凡来讲，与人争吵也可以算作一种幸福的话，那此时她没得到的幸福却被窦雯雯“享受”到了。

“妈，我回来了。”

窦雯雯拖着疲惫的身体，爬楼回到家里。她将特意从银行里取出的上月工资从包里拿了出来。这是她需要上交的钱，即便妈妈没有明确规定，但她也很自觉地照做了。窦雯雯之所以没有选择直接在网上转账而是特意取出现金，主要还是为了满足妈妈手拿钞票的满足感。

按理说，妈妈这个时候应该已经到家了。可是窦雯雯左等右等，始终不见妈妈回来。就在她决定先去冲个澡时，妈妈突然回到家并一把将厕所门拉开。

“妈你干吗呀，吓死我了。”窦雯雯半光着身子，被妈妈吓了一跳。

“你先出去先出去，憋死我了，我要上厕所。”张秀荷赶忙将女儿推出去，无视窦雯雯几乎半裸的上身。

“你刚才干吗去了？怎么现在才回来？”或许是早就习以为常了，窦雯雯并没有因妈妈刚才的举动而感到不满。毕竟在抢厕所的大战中，妈妈几乎每次都是胜利者。

“我干吗去了？我今天可算是解气了。陈又发那个不要脸的东西我早就看不惯了！今天我大闹他的办公室，可把其他人都给震住了。你可不知道，你妈今天是要有多威风就有多威风。我就……我就……呜呜呜……”

窦雯雯在门外听得越来越不对劲。刚开始妈妈还在厕所里面说得趾高气扬、义愤填膺。可是说着说着，她竟放声大哭起来。窦雯雯站在门外摸不清楚状况，想推门又不敢进，只得在门外试探性地询问起来。

“妈你怎么了？你怎么哭了？”

“雯雯啊，你说妈妈的命怎么就这么苦啊。十多年前，为了我们车间主任的小老婆，我被迫下岗。好在那时候我聪明，我懂得把握机会，所以才进了你爸他们单位。可是好死不死的，谁能料到你爸不仅在家里窝囊，到了单位更窝囊。就他们现在那个主任陈又发，你说他凭什么可以当主任？这个位子明明就应该是你爸的。你知道吗，我当时还故意当着他们所有人的面去问你爸他们以前的老主任呢。可是你爸呢，愣说老主任没有指派他当接班人的意愿。你说你见过这么傻的人吗？他当时怎么就不知道给自己把握机会啊！”

看来妈妈依旧没有看清形势，看来妈妈直到今天还是没有弄明白所有的一切其实都是被她自己搅乱的。

“你先别哭了，先出来吧。我要洗澡了。”窦雯雯早已听惯妈妈这些年的唠叨。她明白妈妈无非就是口头上抱怨几句就没事了，所以窦雯雯已经懒得再安慰妈妈了。

张秀荷这次倒也听话，一把将门推开便从厕所走了出来。

“雯雯，你说得没错。那本书一点都不适合我……”张秀荷边哭边看着窦雯雯，止不住的泪水顺着她早已被岁月侵蚀的脸颊滴滴落下。

“嗯，那就别看了。”窦雯雯依旧有些麻木。

“我今天用这段时间从书上研究出来的招式对付了一下陈又发。没想到……没想到他居然当着所有人的面把我开除了。你说他是不是仗着自己有点权力，肆意打击报复？你说他这样是不是会遭报应？都怪你爸没本事。如果他还在单位，我至于这样被人欺负吗？你说我的命怎么就这么苦，怎么两次裁员都把我给裁掉了。你说是不是老天爷故意捉弄我？这都是造的什么孽呀！”

“什么？你是说……你被开除了？”

“我也不想啊，可是他们故意整我。你说这帮人的心怎么就这么毒？不管怎么说，我也是单位的老员工了。他们怎么就这么不讲情面？这个社会到底还有没有王法了？！”张秀荷越说情绪越激动。

“他们为什么辞退你？你做错什么了？”

“其实也不是被他们辞退的，是我自己签了字的。我就是在单位看不惯陈又发和他老婆只手遮天的嘴脸！我就是想要给他们一点颜色看看。我承认，这段时间我在单位总是故意找碴。但是……有时候我脾气上来了自己也控制不住啊。再说了，这个位子本来就是你爸的。如果你爸要是能当上主任，那财务科的位子怎么可能是陈又发他老婆的？！所以我每次一在单位看到他俩我就气不打一处来。更别提还有一帮虚头巴脑的、天天想着拍他们马屁的人了。我和他们在一个单位，天天抬头不见低头见的，你说我能不闹心吗？！”

“所以你是自己签字辞职的？等于你自己主动表明不想要这份工作了？”窦雯雯听妈妈说完，也有点被气得站不住了。

“我知道是我太冲动了。我也后悔了呀。可是当时大家都在气头上，我一赌气就自己签了。当时陈又发和他老婆一唱一和的，说什么如果我要是这么看不上他们可以自己走啊，还说如果我要是真敢在纸上签字他们反倒敬佩我什么的。然后我脑袋一热，就拿笔签了。我现在也后悔呀！谁能料到他们是在给我下套啊！”

“那……那该怎么办啊？你和我爸说了吗？”一听妈妈这么说，窦雯雯也六神无主了。

“没说呢。我怎么说呀？都怪他，要不是因为他窝囊，我至于被别人这么欺负吗？！”张秀荷说着说着，就又哭了。

看到妈妈这般难过，窦雯雯突然不知道自己应该上前安慰妈妈，还是应该借此机会让她早点吃一堑长一智了。但无论如何，窦雯雯这次是真的感到身心俱疲了。

试想一下，从小生活在这样一个家庭，一个充斥着谩骂、抱怨、挑剔的家庭里，换作是谁忍受得了？以往妈妈闹一闹也就算了，但她万万没想到像辞职这种事妈妈也能做得出来。她们家的经济条件本来就不是很宽裕，难道妈妈在做决定之前就不能稍微过过脑子吗？难道她的脾气一上来，就真的可以如此不管不顾吗？窦雯雯不奢求自己的妈妈可以像其他同学的妈妈那样既温柔又体贴，但她总是这样隔三岔五就搞出一点事端也实在让刚大学毕业没多久的窦雯雯觉得承受不了。小的时候还有爸爸在家顶着，自从几年前爸爸被调走后，所有收拾残局的工作就都担在了窦雯雯一个人的肩上。她也是女孩子，她也想要被人呵护。可是出生在这样一个家庭，拥有这样一位不明事理的妈，她又怎么能像其他孩子那样享受着最珍贵的年华？

“妈，你也别瞎想了。要不你明天再和陈叔叔好好说说吧。”

“呜呜呜……可是我如果去找他说了，那我多丢人啊。”

“丢人总比失业强啊。”

“雯雯啊，妈妈现在唯一能指望的就只有你了。你爸过不了几年也该退休了，咱们家本来存的钱就不多，以后的日子可怎么过呀……”张秀荷边说边捶自己胸口，“都怪我今天太冲动！你说我怎么就不能忍一忍！都怪我！都怪我！可是现在说什么都没有用了！雯雯啊，你可是妈妈从小一把屎一把尿给拉扯大的，以后咱家可就全靠你了！你可千万不能不管妈妈啊，你要是不管妈妈了那我干脆也不活了……你说我的命怎么就这么苦，你说老天爷怎么就这么不开眼啊！”

“好了妈，你别哭了。我会想办法，你给我点时间，我去想办法。”

“对对对，你想办法。你是大学生，你的脑子灵，你肯定会想出好办法。实在不行，你就找个有钱的老公。或者……或者管别人借钱也行。你朋友多，肯定能借到钱。反正咱家以后的日子就全靠你了，你肯定不会让我和你爸露宿街头吧？”看得出张秀荷这次是真慌了。尽管以他们家目前的经济状况来看，是不可能悲惨到露宿街头的地步，但由于她的过度焦虑，此时的张秀荷不但语无伦次而且极度悲观。

“妈你别胡思乱想了。现在还没到那一步呢，我不是已经上班了吗。虽说我每月的工资也并不算太多，但正常生活还是够用了。”

“对对对，你上班了，你已经有工作了。你看我这脑子，我还想着你没大学毕业呢。你上班就好，你上班了妈妈就放心了。上班好，上班好。上了班就有钱了，好好好，真好真好。”

张秀荷一个人絮絮叨叨地重复着“上班好”这几个字。见妈妈这样，窦雯雯心里别提多难受了。尽管所有的一切都是妈妈自己造成的，但作为女儿的她，就算自己再生气、再失望，又能怎么样？难不成真要因此逼死妈妈才解气吗？事已至此，也只能选择共同面对了。

10. 贵人

人的一生中总会遇到几个贵人。我们不知道他什么时候会出现，更不知道他会在哪里出现。就好比郑若溪没料到自己只是简单地陪杨瑞逛了几天北京城就取得了杨瑞的信任并成功与其建立初步合作意向。就好比任小凡没料到刚刚调入公司的实习生石杰竟会任劳任怨地替自己分担大量工作。尽管贵人难寻，单凭郑若溪和任小凡的阅历来看，她们能否成功守住这两位凭空出现的“贵人”，才更加实属不易。

这段时间郑若溪也没闲着。尽管她从一开始就只考虑创业，但毕竟她和杨瑞的“自由行”已经宣告结束并且 Julie 也还没有返回北京。郑若溪便索性打听了一下在北京找工作的条件和待遇。

但是了解了一圈下来，工作待遇并不是很合她的意。如果她当时决定毕业之后留美实习一年，那以目前的汇率来算，她的月薪至少可以是将近三万人民币。相比较这几天打听到的国内工资，郑若溪顿时觉得少得可怜。

她记得自己在决定回国前曾和妈妈在电话里沟通过一次，不过当初妈妈的态度表现得十分乐观：“都可以呀，你自己决定吧。反正不管你做什么，妈妈都会支持你。年轻人有梦想就要去实现，你觉得自己在哪里可以实现梦想就应该选择留在哪里。妈妈可不会像其他家长那样死板，我的思想还是很进步的。就像妈妈以前常和你说的那样，就算你以后选择当丁克一族，我都不会有半句怨言。”

每次面对妈妈的超脱，郑若溪都有些不知应当说些什么。尽管身为独生子女的她渴望自由、不愿意被全家人围在身边过着透不过半点气的生活，但相比较其他孩子，郑若溪的生活有点自由过度了。有些时候她甚至奢求妈妈可以不要这么洒脱。她宁愿自己和其他孩子一样，她宁愿自己也有抱怨家长太烦人的时刻。可是妈妈好像从来都没有“烦”过自己。

尽管爸爸离开后妈妈颓废了两年，但过了那个阶段她就好像彻底放飞自我了。

其实郑若溪很感谢妈妈在小事情上对自己的绝对尊重，可是在这种工作、成家等终身大事面前妈妈依旧保持不问红尘的态度，说实话，郑若溪有点儿无所适从。时间一久，若溪便不再征询妈妈的意见了。因为她明白，问来问去结果都是同一个，那就是“你自己决定就好呀，妈妈永远都会支持你”。

到底什么样的支持，才是孩子最需要的？是二十四小时的形影不离，还是因极度信任而选择的放任不理？郑若溪想不明白，但却早已习惯。

“你好美女，要办卡吗？此时不健身，更待何时？瞧你这么有气质，只要稍加保持绝对就是女神中的女神了！美女进来看看吧，正好我们健身房刚开业没多久，正在做活动呢。”

在路过家附近新开的一家健身房时，门口的销售小哥使出了浑身解数想要吸引郑若溪走进他们健身房。反正闲着也是闲着，郑若溪便跟随门口小哥一同进去了。

“来，美女。喝水。”刚一进门，前台的接待人员就从身后的饮水机里给郑若溪接了一杯水。

“谢谢。”郑若溪接过纸杯放在面前的接待台上，并没有去喝那杯水。

“要不我先带你参观一下健身房？我们总共有三大区域。机械区、动感单车区还有瑜伽区。看美女你身材这么好，想必以前也经常锻炼吧？”刚才的销售小哥借机猛夸郑若溪。

“其实也还好，没有很刻意地运动。要不你先带我随便转转吧。”

“来来来，这边请。”

郑若溪紧随销售小哥，在健身房里大致绕了一圈。里面的器材、设备看起来确实都很新。

“怎么样，不错吧？你如果去周边其他健身房看过，就知道周围绝对没有比我们家更干净、更好的健身房了。”

“你们这边怎么收费？”

“嗯，是这样。年卡八千块钱一年。您要是一次性办三年，总共就是一万五千元，相当于平均每年五千块。我们现在正好有活动，如果是办一年的卡可以给你便宜二百元，要是办三年的卡可以再多便宜四百元。我觉得还是办三年的划算，你如果就住在这附近的话，平时没事下楼遛个弯就可以过来健身了。你看看，我们这儿的环境真的是非常不错了！”

“没有月卡吗？”郑若溪记得自己在美国当交换生的时候，那边的健身房都是可以办月卡的。每个月只需要花三十美元就可以在全美任何一家连锁健身房随意健身。不论是机械、课程，或是游泳馆和篮球馆。只要是健身房里有的项目，会员都可随意使用。

“月卡？这个还真没有。你可以随便去打听打听，健身房按月卡来售卖的好像还真没听说过。”

“那要不就先算了吧。年卡的话，我怕我坚持不下来。”

郑若溪刚准备转身离开，却被前台的销售经理拦下了。

“别别别，美女先别急着走啊。那是我们新来的销售，他不太懂。其实我们这儿也有次卡。就是不记名的那种，谁想来都行。我觉得次卡挺划算的，没有时间限制，而且您的家人呀、朋友呀也都可以享受到和您一样的待遇。次卡的话是限时销售的。现在正好赶上我们新开业，老板总共才推出不到一百张次卡。我这儿已经剩下不多了，您要是感兴趣正好还能赶得上这次活动。次卡的话是四千块钱一百次。虽然没有年卡划算，但我觉得这个是目前最适合您的一款。毕竟没有时间限制嘛，您想什么时候来就什么时候来。”

“嗯……”郑若溪依旧有些犹豫。

“要不这样儿吧，我看您今天穿得也挺运动范儿的。我先送您一张体验券您看怎么样？您可以先进去体验体验，器械、上课都没问题。您如果感觉还不错，再过来办卡，您说呢？”

见经理都把话说到这个份儿上了，郑若溪便也不好再推托。反正妈妈不在家，其他人该上班的上班、该出国的出国，自己就当是锻炼锻炼身体吧。

“来来来，这边请。这个就是女更衣室了，你把包存在里面就可以了。”销售经理冲郑若溪身旁的销售小哥使了个眼色，销售小哥立马心领神会地将郑若溪往更衣室的方向领。

郑若溪只是存了个包就出来了。她今天确实穿的比较休闲。白 T 恤配瑜伽裤，外加一双 New Balance 的运动鞋。

由于上瑜伽课需要自带瑜伽垫，所以郑若溪就直奔跑步机了。她好久没跑步了，觉得借此机会出出汗也是一个不错的选择。

这个时间段来健身房健身的人并不是很多，只有一些差不多快要退休的人和一些无所事事的年轻人。跑步机总共有三排，郑若溪选择了中间那排。由于没带耳机，所以她只得盯着眼前的悬挂电视机。

“先生您好啊，自己过来健身呀？”一个身穿蓝色工作服带有浓重外地口音的小伙子走向郑若溪斜前方的一名男士。尽管郑若溪看不全跑步机上男人的相貌，但通过背影她猜出男人应该在五十岁上下年纪。

“对呀，过来走走路。”男人嗓门挺洪亮。尽管是在跑步机上快走却并没有感觉很喘，总的来说身体素质还算不错。

电视屏幕上只有画面没有声音，渐渐地若溪就被前排二人的对话吸引了。

“我看您今年有五十左右了吧？”身穿蓝色工作服的小伙子问男人。

“有了，都快六十了。”

“那您气色看起来不错呀。平时经常来健身吗？”

“自从你们刚一开张我就过来了。”

“不错不错，健康最重要嘛。”小伙子换了个姿势，将手搭在了跑步机上，“您当初办的是多少钱的卡呀？”

“多少钱记不清了，好像是一年的卡。”

“那您当时办卡的时候，他们给您测体质了吗？”

“怎么测？好像没测吧。”

“就是会给您测一下脂肪含量还有肌肉的百分比之类的。测了那个之后会对健身更有针对性，我们还会单独为您制定出一个专属的健身方案。”

“哦？是吗？那我可以测吗？好像办卡的时候没测过这个。”

“我现在就可以帮您测。那您有计划找教练一对一地系统学习一下吗？”

“一对一的学习？学些什么？”

“就比如举重啊、练腹肌啊，还有腿部和手臂那些力量练习。”

“哦，那些呀。那些我就不需要了，都这么大岁数了不需要做那么剧烈的运动了。我现在每天过来在跑步机上快走半小时，出一身汗就很舒服了。”

一听男人没心动，蓝衣小伙儿思考片刻继续进攻。

“这您可就说错了，力量练习不论多大年龄都应该适当地做一做。咱退一万步讲，就说您现在在跑步机上快走吧。在这方面我比您专业，我一眼就看出来您这走路姿势不对。”

“啊？走路姿势不对？我都走了快六十年了，我走路姿势不对？”听小伙子这么一说，男人差点没笑出声。

“哎哟。您可别小看这个，等时间长了您的膝盖就该疼了。我建议您还是找我们系统地学一学，稍微纠正一下姿势。您想啊，现在儿女工作肯定也很忙吧？您要是回头腿脚真不利落了，不也拖累他们吗。”

“哟嗬，小伙子你倒替我想得很周到吗。”

“可不是嘛，顾客就是上帝呀。我们肯定是能替你们多想，就要替你们多想啊。”

“既然你在这方面很在行，那你直接告诉我应该怎么走不就得了。我就没必要再去上什么课了。这不就是你一句话的事儿吗，你稍微指点我一下我不就会了？”

“这可不行，违反规定了。您必须得报名参加我们一对一的私教课，我们才能跟您往详细里说。”

“嗨，合着你跟我说了半天，是想让我掏钱上课呀？”

“瞧您说的，我这不都是为了您的腿吗。”

“行。那你说说，一节课多少钱？我这腿需要上几堂课才能学会走路？”

“课程的话是五百块钱一堂课。一堂课是四十五分钟。您如果感兴趣的话，我建议您可以一次性先买十次课，因为我们现在正好有活动，可以再送您一次。这样算下来的话，等于平均一堂课能便宜将近五十块钱。反正我觉得是非常划算的，而且确实对您有益。”

小伙子将前几天销售经理灌输给他们的这套说辞原封不动地背了出来。对他而言，基本的经济收入也就是靠拉客人赚提成了。

“小伙子，你的好意我心领了。但是你们这费用收得也太高了。你要是真心想帮我，就直接跟我说说应该怎么走路就完了。至于钱，我肯定是再没闲钱付了。”

“要不您再考虑考虑吧，这个套餐真挺划算的。”

“不用考虑了，没这么多钱。五百块钱一堂课，十次课比我一个月的工资都多。”

“那……行吧。那您慢慢运动吧，我先去别处看看了。”

小伙子倒也算务实，一听男人这边没上钩，立马转移阵地了。

见小伙子走后，男人无奈地摇头苦笑：“这个世界到底是怎么了？为了骗钱，真是什么话都敢说。我不会走路？呵呵，我走得好着呢！”

看到这一幕，郑若溪对这间健身房的印象一下子降到了冰点。她觉得这帮人简直太没有职业操守了。大家选择来这边健身，主要就是为了保持一个好身体外加好心情，可照这家健身房的推销模式，不仅心情全毁还得搭上时间应付前来推销的销售人员。因此，当她从更衣间拿出背包后，便果断离开了健身房。

刚从健身房出来没走几步，郑若溪的手机就响了。她低头一看，是 Julie 发来的微信。

“我回北京了。你要是一会儿没什么事就到上次你和杨瑞一起喝咖啡的地方找我吧。正好我的合伙人也在，也可以介绍给你认识一下。你刚回国没多久，现在正是需要积累人脉的时候。”

看着Julie发来的消息，郑若溪简直激动得快要跳起来了。她终于等到这一天了！她终于等到了！

郑若溪见路况不错，伸手拦下一辆出租车。在郑若溪说出家庭住址后，司机师傅用一脸不可置信的语气问郑若溪。“姑娘，你没事儿吧？你稍微再往前走两步不就到了吗。”

“是。但我如果腿儿着过去还得再走十分钟呢，坐您的车不才两分钟吗。”

“哎呀，你这丫头。可是把钱白花喽。”

此时的郑若溪哪里还顾得上这十几块的起步价啊。她只想快点到家洗澡化妆，总不能穿着一身运动衣去咖啡厅见Julie和她的合伙人吧？

郑若溪到家后，三下五除二地将衣服扔进洗衣机，就赶忙洗澡去了。等她全部梳妆打扮完毕后，便打车前往Julie所在的地方。

“若溪，这儿呢。”和郑若溪刚回国在酒店一楼茶室见Julie那次不同，这一次是Julie先看到郑若溪的。

“不好意思啊，路上有事耽搁了。”

“没事儿没事儿，来了就行。不过你也确实够慢的，你看看我们咖啡都见底儿了。”

“来，若溪。快坐下吧。”此刻说话的是杨瑞。郑若溪这才注意到，杨瑞也来了。

“不好意思啊，让你们久等了。”郑若溪又对杨瑞客套了几句。

“不要紧的，我也正好刚到。”杨瑞桌前空空如也，想必连杯水都没来得及点。

“我给你介绍一下啊。这是赵总，我的合伙人之一。我们合作快五年了，有了赵总的帮助，这些年我也真是没少赚。”说完，Julie 便大笑起来。

郑若溪在 Julie 的引荐下，和赵总相互打了招呼。这个赵总看起来年纪也不大，好像还不到三十岁的样子。

“看来 Julie 身边的人，一个个都是既年轻又有能力。我一定要多向他们学习！”郑若溪在心中暗自发誓。

“对了赵总，你把这次考察的事再和我说一下吧。要是各方面条件都不错，我打算把我爸也拉入伙。每次回家他都说想和我们年轻人合作一把，之前一直没找到合适的项目，我觉得咱们这事还是挺符合他审美的。”

“没问题呀杨总。要是你父亲愿意加入，那咱们不仅自己更强大，而且也更有底气了。我这次出国找人拉投资，他们都很看重是否有国内数一数二的大企业和咱们一起做这个事情。如果你父亲要真是现在就能加入，那我下周再和他们谈的话肯定直接就能签合同了。”

“不错呀赵总，看来你这次进展得很顺利呀。”

“不瞒你说，这回这个项目还真是自从我做生意以来谈得最顺利的一次。当然了，Julie 也从中帮了不少忙。现在除了一两家欧洲品牌不愿入驻外，其他大大小小的家装公司都陆续答应和咱们签了。保守估计，下个月底前应该能够全部搞定。”

“下个月底前就能搞定？你们俩这次效率也太高了！这可真是个天大的好消息呀！”看得出杨瑞很激动，整个人都快要从椅子上蹦起来了。

“我呀，突然还挺羡慕你。你说你在北京和若溪吃喝玩乐的什么也不用操心，然后所有的合同我和赵总就都给谈成了。这么潇洒的日子，什么时候也让我享受一把呀？”Julie在一旁调侃杨瑞。

“你还别说，这段时间还真是多亏人家若溪肯赏脸陪我四处转转，要不我还真不能玩得这么尽兴！”杨瑞换了个姿势，继续说，“哎呀，不错不错。你们两个果然很牛啊！要真是下个月底前能全部搞定，那咱们融资的事也就可以尽早签署了。真是没想到，我还以为怎么也得进行个大半年呢。”

“对了，这个我还没顾上和你说呢。上个礼拜我和我爸通了个电话，大概和他说了一下咱们打算做的事。他也觉得这事儿特靠谱，说会帮我去和他那些老朋友联系联系。所以我觉得钱应该不是问题，只要这些厂家愿意合作，想投钱的人还少得了吗？现在有钱的多了去了，主要就是看谁的项目好。再说了，就算没人给咱们投，你爸加我爸，再算上他们的那些合伙人，这笔钱不也全出来了吗。”杨瑞说。

“哈哈，保准你看完这些更高兴！”见杨瑞和Julie聊得甚欢，赵总也在一旁乐。他从公文包里拿出几份合同，直接摆在杨瑞面前。

“这是什么？”杨瑞问。

“建筑材料品牌厂家、施工队，还有家装公司的合作合同。”赵总难掩骄傲地说。

“这么快就全都签下来了？！行啊你！神速啊！”一听赵总这么说，杨瑞赶忙翻看起面前的合同，“不错不错，这么难搞的公司你都搞定了！嗯，这个也很厉害啊！”杨瑞一边看合同，一边止不住地称赞着。

“你们是在说开创装修项目的事儿吗？”见几人聊得火热，坐在一旁的郑若溪终于忍不住插嘴了。

“对对对，就是这个！”杨瑞依旧神情激动，“怎么样啊若溪，有没有兴趣一起加入？我是真没想到 Julie 和赵总这次可以进展得这么顺利。真是佩服佩服啊！”

兴许是杨瑞太过兴奋，这一次，他并没有像上次那般保守，而是主动询问郑若溪是否有兴趣参与进来。看得出，他真是太开心了。试想一下，这么难的事情却进展得如此顺利，换作是谁都会开心的。

“我当然想参与了，只是我手头上没有这么多资金，所以……”郑若溪马上表明立场，却又有些难为情。

“都是朋友，什么钱不钱的。再说了，这次你在北京带我去了这么多地方，我想感谢你还来不及呢。”杨瑞没有抬头看郑若溪，只是一个劲地边看合同边得意。

“就是啊若溪，你甭跟他客气。回头儿你象征性地出点钱，让他把他那部分股份分给你一点儿，或者直接让你管辖北京市的其中一个城区不就得了。是吧杨瑞，你没意见吧？”Julie半开玩笑地对杨瑞说。

“没意见，绝对没意见。和美女一起共事，我杨某人真是求之不得啊。”杨瑞边说边将手上的合同分给了郑若溪一些，“来，若溪。既然以后咱们大家都准备一起共事了，这些合同你也大概翻一翻。以后有什么好的思路和想法，也不妨说出来大家一起交流交流。为了今后大家共同的利益和前景，咱们必须多出点子、齐心协力！”

郑若溪感激地接过杨瑞递来的合同。尽管有些条款她看不太懂，但合同上显示的品牌名称以及接缝处和最后一页的红色公章，全都代表着那些家喻户晓的大厂家！郑若溪越看越激动。尽管她一直强忍着，不让自己因太过兴奋而露怯，但此时此刻她的内心已彻底沸腾了！

几人嬉笑片刻后，又聊了聊接下来的计划。听Julie的意思，她过几天还得出趟国。如果这次事情能够顺利进行，她在下次回国时这个项目就可以顺利启动了。过不了三个月，全国各大网络平台都会主推这个项目。尽管前期会投入大量资金，但相比可观的回报金额，一切的一切都很值得。

又聊了将近一小时，Julie等人准备回去继续工作了。郑若溪和几人告辞后，自己也打车回了家。

刚一到家，她便掏出手机给任小凡拨了过去。电话刚响没几声任小凡就接起了电话。

“喂，是小凡吗？我是郑若溪。”

“哦，是若溪呀。我还以为是……”任小凡很希望吴洺可以给自己打个电话，所以这么长时间以来她一直都将手机放在身边。

“以为什么？哦，对了。我想向你咨询个事儿。”

“嗯，你说吧。什么事儿？”

“我看你前段时间在朋友圈发了几个装修过的室内照片。那个是你家的新房吗？当时你们是找的装修公司全给包了，还是自己一家一家挨个逛的家具城？”

“嗯？装修的室内照片？”任小凡一时间没有反应过来郑若溪说的其实就是之前任小凡和爸妈看的那些样板间。

“对呀，我记得你发了九张照片呢。其实是这样的，因为正好有个朋友想做一个项目……”

在电话里，郑若溪将上次杨瑞复述给自己听的有关他们打算经营的项目类型和任小凡大致说了说。任小凡听后，表示很喜欢这个想法。她觉得如果将来自己需要装修的话，肯定也会选择这种装修模式。

得到任小凡的肯定回答后，郑若溪更加坚定了自己想要加入 Julie 和杨瑞项目的想法。她觉得机会不等人，如果可以通过这个项目赚到人生中的第一桶金，那绝对要比她又进货又找房源又聘请员工去开个甜品店省时省力又赚钱。

为了让自己更加安心，她和任小凡通完电话后又和 cliff 交流了一下想法。cliff 给出的回答同样很正面。他不但恭喜了郑若溪交到了不少新朋友，更站在市场需求的角度帮郑若溪分析了一下这个项目的优势。于是乎，郑若溪信心十足，决定跟着 Julie 他们大干一场了！

和郑若溪通完电话后，任小凡又陷入沉思。尽管妈妈总是嘴上说不认可吴洺，但无论如何爸妈还是为了自己和吴洺把首付给付了。想当年在学校的时候，自己和吴洺多恩爱呀。怎么这才刚刚毕业没多久，原本两个如此相爱的人却因为一些莫名的事就分开了？任小凡越想越难过，索性将手头上的任务全都丢给石杰一个人做。

好在石杰比较勤快，而且对待新工作也热情似火。所以他在面对像任小凡这种“甩手掌柜”风格的搭档时，也并未出现出任何不满的情绪。

石杰不愧是曾经的学生会会长，在处理接待任务时任何一个环节他都想得很精细。从经费到布置会场，从 PPT 到开场致辞，总之当他把最终方案摆在任小凡面前时，任小凡除了崇拜还是崇拜。

“你觉得这样行吗？”石杰等待着任小凡的评判。

“行！太行了！真没想到你这么快就弄完了，而且还做得这么周到，连他们高层领导喜欢什么都被你查出来了。你是怎么办到的？”

“我给他们的秘书和助手分别打了一些电话，说是为了这次活动做的前期调查。他们也都挺配合的，毕竟大家都希望这次活动能够圆满举行嘛。”

“太厉害了你！如果是我，绝对想不到直接打电话问他们。不过他们也真是不错，直接告诉你他们老板都喜欢什么。我还以为他们会故意刁难你呢。”

“这个倒不会，毕竟咱们是总公司他们是子公司。我觉得他们也很想借着这次机会好好在董事长面前表现一番，所以咱们这次也算是非常幸运了。”

“对对对，你说得太对了！”

“要不要出去庆祝庆祝？”石杰提议。

“好啊！你想去哪儿？”

“要不……”

“三里屯或后海？”

当两人异口同声地说出同样的候选地点时，他俩都先是一愣，随即开怀大笑起来。

那一晚，任小凡和石杰都喝了一点儿酒。他们一边在酒吧听着现场乐队的随性演出，一边畅所欲言地聊着他们熟知的环境。从小学到中学，从中学到高中，再从高中到大学。所有的一切都是北京孩子经历过的一切，所有的一切都是北京这些年发展的一切。他们的性格、审美还有价值观都出奇的相似。这一刻任小凡突然丢掉了自己对北京男孩儿的偏见。其实北京男孩儿也并非都是这么自由散漫，其实北京男孩儿也都热爱生活且有追求、有理想。她突然意识到，不论哪座城市、不论有钱没钱，人与人之间总会遇到同类。就好比尽管她爱了吴洺好几年，却从未有过像今天这种和石杰一见如故的感觉。

看着眼前开怀大笑的石杰，任小凡又想吴洺了。只不过这一次她终于理解那天吵架时吴洺对自己说的那句“在我心里我觉得窦雯雯比你优秀一万倍！至少人家努力了、尝试了，你根本没有资格在她面前有任何优越感！”的真正含义。

优秀的定义是什么？是长得漂亮吗？是家庭条件好吗？是从名牌大学毕业吗？是工作单位很有前景吗？如果以这些条件来定义一个人是否优秀，或许也太片面了吧？

当一个人认为另一个人足够优秀时，其实并不全是因为对方的外貌及物质基础。真正的认同是精神上和思想上的认同。就好比石杰很欣赏任小凡的不拘小节。他不会像吴洺一样，认为这是没脑子的体现。他更不认为任小凡懒惰、乱花钱。在石杰看来，任小凡这种性格的女孩子反而更真实、更可爱。他就是喜欢她这种简简单单、有话直说的性格。在和任小凡相处的过程中，石杰不用猜来猜去，他觉得这样很轻松，一点都不累。可是吴洺呢，却很欣赏窦雯雯的精打细算和谨小慎微，就是因为窦雯雯的处事风格和他自身很像。当吴洺和任小凡在一起时，会因为任小凡口无遮拦的行为备感压力。他有时觉得任小凡让他丢面子了，有时又觉得任小凡蛮不讲理。同样的一个任小凡在吴洺和石杰二人心里却明显变成了两个不一样的女孩子。吴洺从未觉得任小凡优秀，而石杰却心甘情愿地替任小凡揽下所有工作。

直到这时任小凡才明白，所谓的门当户对也好，地方差异也罢，其实并不是排斥某座城市或某类人群。不论是交朋友还是谈恋爱，都不该因为对方的出身而过早地给对方贴上太过固定化的标签。就好比石杰并没有北京男孩儿那股自由散漫的感觉，窦雯雯也没有北京女孩儿那种潇洒大气的风范。任小凡突然意识到“步入社会之后”和“留在学校上学”这两者之间最本质的差异到底是什么了。步入社会之后，再也没有老师、没有班级，却有着可以自由选择的机会与权力。恰恰是在这样的机会和权力面前，人们的眼界和思想境界才能更加精准和全面地展现一个人的最终定位。任小凡突然发觉，当自己找对“群体”时生活自然而然就变得分外轻松。就比如她和石杰之间没有代沟，没有开不了的玩笑，更不会担心哪句话说错了就让对方误以为自己刚才的举动是来自北京孩子的优越感和自以为是。

想到这儿，任小凡突然觉得有些释怀。因为石杰的出现终于让她意识到，光有爱情不足以支撑自己走得更长远。真正可以维系两人关系的纽带，不是爱情、不是激情、不是金钱、不是出身、不是学历，更不是户口所在地。真正可以使双方心心相印的，是相同的家庭教育模式和相似的思维方式。只有精神富足了，才是真的富有；只有精神愉快了，才是真正享受。

11. 变故

人生不会一直一帆风顺，任小凡一家正被突如其来的变故打得措手不及。随着北京突然实施“商住两用房新政策”，任小凡爸妈为她和吴洺购置的loft住房也被迫宣告打了水漂。任小凡见事情再也瞒不住，终于告知父母自己与吴洺早已分手的消息。小凡妈因一时承受不住，意外住院。面对这样的结果，身为女儿的任小凡心痛不已。她究竟该如何弥补因自己的原因给父母造成的巨大打击？她会因此萎靡不振，还是愤然崛起？

几天后的接待活动举办得非常成功，台上充当男、女主持人的石杰和任小凡配合得相当默契。与其说这场接待活动是为了总公司和子公司的共同发展创建的良好平台，倒不如说这是石杰和任小凡二人共同的庆功宴。他俩在台上收放自如，不仅在场的同事对这场活动表示非常满意，就连于建军也连连拍手称赞。

“老任啊，你家小凡非常优秀啊。你看看，这是我刚刚拍的照片。不仅这里所有的场地都是小凡设计安排的，就连主持人的工作她也做得非常好啊。真羡慕你有一个这么优秀的女儿，真是后生可畏啊。”

于建军拍了几张活动现场的照片给老同学发了过去，小凡爸在收到微信照片时眼睛瞬间笑成一条线。

“快来看，快来看。你看这是老于刚才传给我的。”小凡爸拿着手机，笑呵呵地走向正在拖地的妻子。

“这不是小凡吗。哎呀，真漂亮。”小凡妈接过丈夫手机，一个劲地夸自己闺女，“不错不错，这是谁照的？照得真不错。”

“老于照的，这是他们公司今天举办的一个活动。听老于说，从布置会场到节目主持，全都是小凡一人操办的。看来咱们闺女是真的长大了，确实越来越能干了。”

“那是！也不瞧瞧是谁生出来的。我闺女肯定最优秀了！”小凡妈捧着手机合不拢嘴。

“这样，你赶紧多准备两个菜，我现在就去接她下班。”小凡爸说。

“还是我去吧，你都在外面忙一天了。”

“没事儿，我不累。你就抓紧时间炒几个菜就行，咱丫头忙活一天了，肯定饿坏了。”

“好好好，那你快去吧。哦，对了。你记得把照片传给我啊，回头我自己再好好看看。”小凡妈说完便将手机还给丈夫。

见丈夫走后，小凡妈又从冰箱里拿出了冷冻鸡翅和平鱼。看在女儿这么优秀的分上，做家长的必须好好犒劳犒劳自己的宝贝闺女。

就在小凡妈解冻鱼和肉的时候，小凡爸已经将刚才那几张照片传给妻子了。小凡妈在收到照片后，美滋滋地看了半天。最开始，她只是盯着任小凡一个人看。可看着看着她就将目光转移到了石杰身上。小凡妈越看石杰越顺眼，她觉得石杰白白净净的，身高和体形都和自己女儿很是般配。她决定等一会儿女儿回来了必须好好当面问问清楚这个男孩儿是谁。

差不多过了半小时，小凡爸就载着女儿回家了。与此同时，小凡妈的红烧平鱼和可乐鸡翅也差不多可以出锅了。

“小凡，快去洗手。洗完手妈妈问你点儿事。”小凡妈在厨房冲着外面喊。

“饭好了吗？忙了一天，都快饿死我了。”经过刚才的精神高度集中，任小凡早就饿得前胸贴后背了。

“快了快了，你洗完手就好了。”

任小凡洗完手，和爸爸一起帮着端菜。

“小凡啊，你于叔叔拍了几张你们刚才办活动的照片给你爸。我看到你旁边站了一个小伙子呀。那小伙子也是你们公司的吗？今年多大了？哪儿的人？哪个学校毕业的？在你们公司主要是做什么的？现在还是不是单身？”

“啊？谁呀？”任小凡压根儿就没仔细去听妈妈在说些什么，只是一个劲地吃饭。

“就是这个小伙子。行了行了，你先别吃了，你抬头看一眼。”小凡妈直接将手机放到女儿眼前。

任小凡有些不耐烦地看了一眼照片，随口说道：“哦，他呀。他叫石杰，刚来公司没多久，是T大毕业的，后来直接保研了。”

“啊？居然是T大毕业的！T大好啊，全国有名儿啊。”

“看来老于的公司确实很能吸引人才嘛。”小凡爸也不禁点头称赞。

“嗯，反正他能力确实挺强的。像今天这个活动，基本上全是他一个人弄的。我也就是前几天临时背了背他帮我写好的主持人的串词，其他那些我都没帮上忙。”任小凡实话实说。

“照你这么说，这小伙子也太能干了！这孩子真不错，年轻有为！你看看他长得也挺标致，而且身高跟你也很般配。

他现在还是不是单身呀？研究生毕业的话，工资待遇应该比你高出不少吧？一个月最起码也得一万多了吧？”小凡妈继续刨根问底。

“我哪儿知道他一个月多少钱呀，谁没事儿瞎打听这些呀。”

“瞧你这孩子，该上心的地方不上心。这么好的小伙子，到哪儿去找啊！”

“行行行，打住吧打住吧。吃饭就吃饭，你别又自己异想天开了。”小凡爸见老婆又准备乱点鸳鸯谱，于是赶忙出面制止，“那什么，今天小凡表现不错。咱仨也喝点儿小酒，就算是表扬闺女在公司的优秀表现。”小凡爸几句话一出口，一股领导风范随即散发出来。

“好好好！我不说，我不说！那你俩先吃着，我去厨房拿酒。”小凡妈边说边起身朝厨房走去。厨房右侧最上面的橱柜里装着小凡爸压箱底的好酒！

“噔噔噔……”小凡妈刚踩上凳子准备伸手去够橱柜最顶端的酒，一家三口就都同时收到了每天准时发到手机上的手机报。

三人下意识地看了一眼各自的手机，一篇名为“《北京市商住两用房新政策》”的文章赫然出现在了屏幕最显著的位置。

任小凡平时并没有过多关注这类新闻，所以只是扫了一眼标题就继续埋头吃饭了。但对任小凡的爸妈来说，这是和他们家息息相关的，所以二人都很默契地点开了这篇文章。

文章指出：“商业、办公类项目应严格按照规划用途开发、建设、销售和使用。未经批准，不得擅自改变为居住等用途。”不仅如此，从即日起此类房源只得卖给公司或企业，不得卖给个人且不得当作居住房来使用。若之前购买过此类房源的人，可以将其转卖给个人买家，但新买家除了自己名下没有北京的住房和商办类房产登记记录外，还必须满足从申购之日起在北京已经连续缴纳了五年的社保或个人所得税。

也就是说，如果任小凡一家想利用这套房子炒房，现在来看可能性是极小了。换言之，这套房除了可以帮助吴洺注册公司，基本上就等同于投资严重失误！

小凡爸看完文章，一脸惆怅。

站在凳子上的小凡妈看完文章后，也有些脑袋发晕。毕竟他们已经将这辈子攒下来的大部分钱财都投进这套房子里了，如果将来房子不允许自住，那不等于打水漂了吗？！

“小凡，你和吴洺说房子的事儿了吗？”小凡爸开口问女儿。

“就是啊小凡，你和吴洺说咱家给你俩买房子的事儿了吗？他是怎么说的？他们家有没有表示什么？说实话，这套房这么偏，我和你爸当初也没打算让你俩住。就想着北京房价涨得快，等过两年转手一卖也能把你俩结婚的钱给挣出来。可是你看看，现在这事儿闹的。咱们不等于把钱打水漂了吗？！况且咱们买的是将近一百平方米的大户型，你爸还和于叔叔借了一点钱呢！”小凡妈越说越难受……

很显然，任小凡并没搞清楚爸妈为什么突然说那套房子既不能卖也不能住了，毕竟她刚才并没有点开那篇文章看。不过自打今天早上在单位收到了吴洺退回的房门钥匙后，任小凡就清楚自己和吴洺是彻底分手了。吴洺在信上没有多说什么，只是说他已经搬家了。除此之外，再无其他。

尽管任小凡依旧很伤心，但既然爸妈问起吴洺了，她也不想再隐瞒什么了。

任小凡放下碗筷，抬头看向站在凳子上的妈妈："我们……我们已经分手了。"

任小凡的话音刚落，只听"咣当"一声巨响，小凡妈直接从椅子上摔了下来。

任小凡和爸爸顾不得多想，一个箭步冲进厨房。

"怎么了？怎么了？没伤到哪儿吧？"小凡爸倚身蹲在妻子身旁，焦急地询问着。

"就是啊妈，你怎么这么不小心啊！"任小凡也立即冲到妈妈身旁。

"老婆！老婆！"见妻子一直没有回话，小凡爸焦急地摇晃着妻子的肩膀。

"妈？妈！"任小凡也吓得直接哭出声来。

没有回应，小凡妈就这样静静地躺在地上，没有任何回应。

看着眼前的一幕，小凡爸和任小凡瞬间傻掉了。

“快快快，叫救护车！快！快去！”还是小凡爸相对冷静。他稍微定了定心神，赶快指挥起一旁的女儿。

任小凡早已被妈妈突然不省人事的情况吓得丢掉了魂。听到爸爸的指令，这才慌慌张张地走出厨房。此时她的脑袋早已乱作一团麻，她甚至已经忘记家里还有一个座机，就在沙发旁。她就这样慌慌张张地愣是在客厅绕了两大圈才找到自己的手机。

“喂？喂？听得见吗？”任小凡冲着电话狂喊。

“喂？是120吗？我妈突然晕倒了！哦，不！是摔倒了！从椅子上摔下来了！现在怎么叫她也叫不醒！你们能不能快点过来一趟？”任小凡拿着手机，边说边哭。

“地址！你快告诉他们咱家地址！”小凡爸冲女儿大声提醒着。

“对对对，我家地址是……”任小凡将地址一五一十地告知接线员，之后便因极度紧张记不清自己又冲电话那头说了些什么。总之她已经完全蒙掉了，她害怕了、吓傻了，不知道应该怎么办了。

挂断电话后，任小凡快速跑回爸妈身边。她除了哭，还是哭。

由于不清楚妻子是否摔断骨头，小凡爸不敢轻易将她抱回床上。他担心厨房的地砖太凉，从卧房拿了一条毛毯盖在妻子身上。

等忙完这一切之后，他终于转过脸看向女儿：“小凡啊，你知不知道你刚才多伤你妈的心啊。”

“我……我……”

“虽说你妈平时总是嘴上挑吴洺的毛病，但只要是你喜欢的，她也就都依着你了。说实话，这套房子就像你妈说的。我们是打算涨价后转手把它卖了的。赚到的那部分钱，就当是给你的嫁妆了。唉，我也真没想到你妈居然这么脆弱。谁能料到她一下子就晕过去了！”小凡爸边说边叹气，“爸爸妈妈没有责怪你的意思。但你和吴洺之间究竟是怎么回事？是小年轻之间随便闹闹情绪，还是彻底断了联系？如果只是拌拌嘴，那这套房虽然以后不太可能有卖掉的机会了，但至少留给你俩去住也还行。虽然现在地理位置偏一点，但不管怎么说也比你和吴洺婚后在外面租房强。”

“我……我们不是闹情绪……我们是真的分手了。”当任小凡说出这句话时，她已经完全没有勇气再抬头看爸爸了。“就……就是那天妈妈给我打电话，说你们已经交完首付的那天，我们就吵架了。再之后他就和我提出分手了。但是我一直不认为我和他已经分手了，我一直觉得我们过一阵子就会和好，所以我才一直没和你们说。可是我今天早上在公司突然收到他寄给我的快递。里面是之前你帮他联系的那套房子的钥匙，看到钥匙以后……我才终于知道自己和他是真的分手了……”

任小凡再也不敢对爸爸有所欺瞒。她一股脑儿地将事情发生的经过说了出来。

“什么？！你们那天就吵架分手了？！”小凡爸听到这儿，瞬间变得有些不淡定了。

“怎么了爸？哪天分的手，很重要吗？”

“当然重要了！如果你当时就告诉我们你俩以后没戏了，我和你妈大不了付给房产公司几万块钱的违约金就行了。可你一直拖到现在才说，这房子等于是彻底砸手上了！当初特意买的大户型，就是因为只要面积大，一套 loft 可以注册两家公司。我和你妈考虑给吴洺用一个注册公司的名额，之后剩下那个等卖房的时候再顺便当作一个好的条件和对方开价。现在倒好，咱们买商住房的目的没有一个可以实现了！”

“对不起……我知道错了……对不起……”此时的任小凡，再也没有底气去狡辩什么。她除了不停地道歉，说什么、做什么都已经无济于事了。

“咚咚咚！”房门终于被敲响。

小凡爸顾不得再和女儿多说，赶忙冲去开门。

“您好您好，这边儿这边儿。”小凡爸一见是医护人员来了，不等对方开口，便带他们来到厨房。

两名医护人员对小凡妈进行了简单检查后，直接将她用担架抬走了。

“快！小凡！咱俩也一起下楼！”

抵达医院后，小凡妈被医护人员推进监护室进行抢救，独留任小凡父女二人在医院走廊里焦急地等候。

不论是刚刚在路上，还是现在在医院走廊，任小凡父女再没有进行任何交流。

过了很久，医生终于出来了。

“你们是病人家属吗？”医生问。

“是是是，我是她爱人。这是我女儿。”小凡爸见医生来了，赶忙走上前去。

“幸亏你们发现得及时，不然后果很严重。”

“医生啊，我老婆到底是怎么了？她怎么突然就晕倒了？”小凡爸一直想不通妻子突然晕倒的真正原因。

医生疑惑地看向他们：“难道你们不知道她有高血压？”

“什么？高血压？”小凡爸一脸震惊。

“对，而且早就到了需要用药物控制的阶段了。还好你们及时叫了救护车，不然病人很有可能因此丧命或大脑出血造成其他后遗症。”

“那……那现在应该怎么办啊？她现在怎么样了？有没有危险啊？”小凡爸听医生说完，已经快要急疯了。

“危险暂时没有，不过我们还需要给病人进行进一步检查。我等下会给你开一些高血压的药，需要病人终身服用。另外一定要控制病人的情绪，尽量不要让她生气或太过急躁，不然复发的概率会很大。”

“好好好，我们绝对按您说的做，以后不会再让她情绪激动了！”

“嗯。病人现在还需要休息，你们先回家，等明天再来医院探望吧。”

医生说完后又简单交代了几句，便去其他病房查看病人了。在听过医生的讲述后，任小凡父女彻底傻掉了。他们怎么也没料到，一向身体很健康的小凡妈竟会突然晕倒。更想不到，这次晚餐差点儿就是他们一家三口最后一次相聚了！

“爸，我知道错了！”任小凡此时早已哭成一个泪人。

“好了，小凡。爸爸不怪你，等你妈醒来之后你好好和她说吧。”

“嗯……”任小凡依旧将头深深地垂下,不敢抬头看爸爸。

事已至此，就算责备女儿又能有什么用呢?

任小凡跟在爸爸身后，始终没有抬起头。

第二天一早，小凡就向公司请了假，父女俩早早地来到病房看望妈妈，没想到小凡妈已经醒来了。

“妈……”任小凡刚一开口，就又哭了。

“小凡，那条新闻，你看过了吧？”小凡妈说着，便将手机拿了出来。

“看了,我都给她看过了。”小凡爸收起妻子拿出的手机，将刚熬好的粥端到妻子面前，“你先喝点粥吧，其他的事就先别想了。医生昨天都和我说了，你现在血压太高，以后需要按时吃药。你呀，其他的事就不要操心了。我都想好了，要是你一直不见好我就申请早点退休，之后好在家照顾你。昨天医生还说了，以后你的情绪千万不能太激动，不然很容易脑出血、也很容易中风。”

“我没事儿，我没事儿！你现在怎么能够提前退休呢！你要是提前退下来了，房子的贷款可怎么还啊？！光靠小凡那点儿工资，哪够啊！”小凡妈一提起房子的事，明显情绪又有些激动了。

“好了好了。你就不要再想这件事了。房子的事儿，我会想办法的！”怕妻子再出现身体不适，小凡爸赶紧安慰道。

“小凡啊，真的不是妈妈说你，咱们家这次可真是赔惨了！我早就和你说过要找有经济实力的男孩子！可是不但你不听，就连你爸也不听！他非说只要吴洺对你好，谁家出钱买房都一样，没有必要非逼着他爸妈给你们买婚房。可是现在呢，你看看现在怎么样？现在吴洺不但不领情，咱们还把全部家当给搭进去了！咱家不比其他家庭，我和你爸本来生你生得就晚。再过一两年，我俩就都六十了！说句不好听的，指不定我俩能不能活过七十岁呢！不是妈妈对你要求太高，也不是妈妈一心想要挑剔吴洺。其实我和你爸最大的心愿就是有生之年把你安顿好，尽可能地不让你受委屈。从小到大，只要是你提出来的要求，我们能满足的都尽量满足。就说吴洺这孩子，就算我一百个不愿意但最后不还是同意你俩在一起了吗！以后我和你爸要真是有个三长两短的，你那点儿工资连房贷都还不上。虽然我们嘴上说以后的房贷全从你工资卡里扣，但说归说，我们总不能让你一发下来工资就全都贴进房子吧？所以小凡，真的不是妈妈太现实，而是这个社会不允许我们不现实！如果当初他家能和咱们一起分担一部分钱，最起码我和你爸不至于像现在这么被动。可是小凡，他家可是一分钱都没出过啊！你和吴洺在一起之后，除了我和你爸为了吴洺的事忙前忙后，你从他们家得到任何一点好处了吗？你俩现在分手，他最多也就只是伤心几天。可是咱们家呢？你俩这一分手，咱家才真是赔了夫人又折兵啊！”

“你现在就好好养病吧。两个孩子分了就分了，你也别再纠结这件事儿了。”小凡爸继续劝说道。

“爸、妈，对不起！我不喜欢他了！我这辈子都不会再见他了！”或许是亲眼看到了妈妈昨天突然晕倒的惨状，任小凡仿佛一夜之间就长大了。她终于明白爱情不是唯一，只有家人的幸福和健康才是最重要的。

“你真这么想？”小凡妈仍旧有些不敢相信。

“妈，你说得对。小地方的永远都是小地方的。吴洺自始至终都没有意识到咱家为他付出了这么多，他一直都觉得想要摆脱咱们家，希望能被别人看得起。所以就算你们为了我或是为了他付出了所有，他也都是看不到的。这样的人，不要也罢！”

“唉，小凡啊。其实这件事儿妈妈也有错。我明知道你正是叛逆期，还总是故意当着你的面去说吴洺。没想到适得其反，你俩反而越走越近。”小凡妈一边说着一边握住了女儿的手，“其实妈妈这次也想清楚了。哪儿的人并不重要，重要的是能真心对你好。我承认，以前我对吴洺确实是有点儿偏见。但其实我和你爸的祖籍也都不是北京。说白了，是不是北京孩子并不重要。重要的是你将来要找的另一半不但要能扶持你，更需要理解你、保护你、包容你。现在想想，这些品质吴洺好像都不具备。光是人单纯一点儿，又有什么用呢？唉，不过这也不能全怪他，毕竟他还是太年轻。所以小凡啊，以后你再交男朋友的话一定要睁大眼睛，可不能再犯糊涂了！”

“好，妈。我记住了！”尽管爸妈没再提起房子的事，但任小凡清楚房子的事给他们带来的打击肯定不小。这是任小凡第一次意识到，具备一定的经济基础是多么重要。她为自己曾经的不问世事感到惭愧，更暗自发誓今后就算自己的婚姻没有爱情，也不能再让爸妈为了物质上的事替自己操心！

“好了小凡，快去上班吧。我在这边儿陪着你妈就行了。”半晌，小凡爸开口道。

“那……那我走了。妈，我下了班就立马过来看你！”

“快去吧，这里有你爸呢。”小凡妈略带虚弱地冲女儿摆了摆手。

任小凡就这样含泪走出病房。

来到公司后，任小凡的情绪仍旧非常低落。石杰见她郁郁寡欢的样子很是担心。他关切地询问任小凡究竟发生了什么事，早已顾不得自己手上还有一堆工作等着他去做。

面对石杰如此及时的真挚关心，任小凡的眼泪再次喷涌而出。此时的她的确非常需要有这样一个人来关心自己、理解自己，尽管她一直希望这个人是吴洺。

“怎么了小凡，你别哭呀。”

石杰下意识地用手抹去任小凡脸颊上的泪珠。他没有多想，更没有任何顾虑。他确实喜欢任小凡，这样的喜欢他一直都在毫无保留地展现出来。

然而石杰的这一举动，终究无法逃开办公室里其他员工的眼睛。当她们看到石杰为任小凡擦泪的画面时，办公室里的流言蜚语瞬间传开了。有人说是任小凡犯贱勾引的石杰，还有人说是石杰为了攀关系、在公司站稳脚跟，所以才对任小凡故意演戏。深陷一切负面情绪中的任小凡终于体会到了什么叫作祸不单行。

12. 祸不单行

尽管人们常说："天上不会掉馅儿饼。"可一旦这饼真的掉下来，很难有人能控制住自己不去伸手接。更别说，这样的馅儿饼正巧砸中像张秀荷这种既嗜钱如命又爱贪小便宜的人。这不，她才刚刚失业不久，就又栽了个大跟头。看着妈妈手足无措的样子，就算窦雯雯心里再生气，也必须隐忍着把那团火给压下去。生在这样一个破败不堪的家庭、守着这样一位成事不足败事有余的母亲，年纪轻轻的窦雯雯将如何去面对接下来的生活？她能否狠下心来一走了之？还是说，她注定要将自己的一生献给这个随时可能将自己拖下水的母亲？

窦雯雯为了保住饭碗、多赚些钱贴补家用，最近几天在单位异常卖力地工作着。为了妈妈的事，她做了好几天的思想斗争，最后终于鼓起勇气敲响了魏经理办公室的大门。

“请进！”屋内依旧传来魏经理中气十足的声音。

窦雯雯怀揣着心事，唯唯诺诺地走进办公室。

“什么事儿？”魏经理抬头看了窦雯雯一眼。

“魏经理您好，我想向您请求一件事。”

“你说吧。什么事儿？”

“我这段时间仔细想了一下，觉得您上次和我提的事情挺好的，我想试一试。”

“嗯？上次我和你提的事儿？什么事儿啊？”魏经理天天业务缠身，哪里还记得自己和窦雯雯谈过什么事？

“就是之前您找我来，问我想不想做销售的事。”

“哦，你说那个呀。那不都好几个月以前的事儿了吗？你怎么还琢磨呢？”

“我就是想问问您，现在您还想让我做销售吗？”

窦雯雯没有直说自己很想要销售这份工作，而是换了一种征询魏经理的方式询问他。魏经理自然明白窦雯雯的意思，只不过通过这段时间的观察，他早就不打算让这个连说话都会脸红的女孩去做销售了。

“是这样啊，虽然咱们公司成立的时间不算长，但也不是所有工作岗位都能随便调整。既然当初你选择留在办公室，销售的位置我就安排给别人了。咱们公司的情况你也清楚，一个萝卜一个坑。现在不是我想不想让你做销售的问题，而是销售的位置已经没有空缺了。”

窦雯雯听后，除了一直拼命点头表示理解，便没再继续争取什么。

“你还有别的事儿吗？”见窦雯雯没有出去的意思，魏经理开口问了一句。

“嗯……还有一件事儿，但是我……”

“没事儿，有什么话就快点儿说。我这边还忙着呢，你说完之后我好继续看合同。”

“就是……嗯……就是我想给我妈妈找份工作。咱们公司现在还招人吗？”窦雯雯终于将这几天反复思考的、可以替家里减轻经济负担的方案说了出来。

“你妈以前在哪个公司上班？什么职位？今年多大岁数？学历是什么？”

“我妈今年四十六岁，是中专毕业，之前在他们单位帮人家复印材料。她……”

窦雯雯还想继续往下介绍妈妈的情况，却被魏经理直接打断了。

“是这样啊，咱们公司虽说并不是通过学历看实力，但像打印这种工作也确实不需要单独再请一个人来做。再说了，就算我用她了可过不了几年她就到了退休的年龄，等于我到时候还得再重新培养一个人来接替她，这样我里外里都不划算呀。那个……你还有其他事儿吗？如果没别的事儿，就先出去工作吧。我还有几个电话要打，咱们今天就先谈到这儿吧。”

窦雯雯还想替妈妈再争取一下，但看着魏经理打算撵人的架势已经做得很明显，便垂头丧气地出去了。

自打她从经理办公室出来后，就一直情绪不高。毕竟她今天鼓足勇气敲响经理办公室大门的举动就已属不易，更何况还提出要去担任她一直很排斥的“销售”一职。所以，在她被魏经理“请”出办公室后，就又重回前几天的迷茫和无助中去了。她不知道未来的路应该怎样走，她不知道自己和爸爸两个人的工资是否有能力支撑得起三个人的生活。

不知道熬了多久，终于熬到下班时间。窦雯雯没在公司过多停留，满脸惆怅地回到家中。

她刚一进门，就见妈妈正坐在客厅哼着歌。窦雯雯原本不想扫了妈妈的兴致，但她还是将今天的失败消息一五一十地告知了母亲。

窦雯雯愁眉苦脸地说完后，张秀荷不但没有发飙，反而开导起自己的闺女。

“没事的，都什么年代了，谁还傻了吧唧的天天上班啊。”

窦雯雯没料到妈妈竟会说出这样一句不着边际的话，急忙反问：“妈，你没事儿吧？如果不去上班，那靠什么生活？”

“你呀，就是小脑瓜子太不灵光。上班有什么好的？天天耗时间、耗精力，一年到头还挣不了几个钱。现在都流行投资理财，做那个可赚钱了。今天上午我就听了专业人士的介绍分析，我和你说呀雯雯，听他说完后，我真觉得这些年都白活了。真的，不骗你，我瞬间就觉得前途一片光明了。那小伙子走后我就在想，我要是早几年可以接触到这些理财项目，何必在单位受那么多的窝囊气。而且咱们要是早些年就开始做理财，保不准现在早就发家致富了！”

张秀荷说得眉飞色舞、喜笑颜开，好似自己已经摇身一变成百万富翁了。然而坐在一旁的窦雯雯却越听心里越发慌，她闹不准妈妈又着了什么道儿了。

“什么小伙子？什么理财产品？”窦雯雯听得一脸问号。

“你等着啊，我现在就给你拿宣传册去。”张秀荷边说边朝卧房走去。

或许是因为信息量有点大，窦雯雯一时半会儿还没弄明白到底发生了什么。她毫无头绪地站在原地。

“来来来，你看看，就是这个。”很快，张秀荷就从卧室出来了。

“这是什么？”窦雯雯接过一本像宣传册一样的、A4纸大小的蓝色薄册子。

“我先和你讲讲这是怎么回事，你等会儿再自己慢慢看。”张秀荷边说边把女儿拉到自己身边坐下。

“是这么一回事，今天啊我本来打算买完菜就直接回家。可是到了楼下，正好碰上王阿姨了。”

“楼下的王奶奶？”

“对，就是王奶奶。”

张秀荷口中的王阿姨和窦雯雯口中的王奶奶是同一个人。老人家今年已经八十岁了。虽说是满头白发，但身体还算健康。她有两个儿子，一个在上海工作，另一个移民去了加拿大。自从前几年老伴去世后，老太太就一个人住在老房子里了。

老太太为人随和，街坊邻居都很喜欢她。可以说窦雯雯是她看着长大的，所以窦雯雯总是很亲切地叫她“王奶奶”。

“然后呢？”窦雯雯问。

“我看她自己一个人站在楼门口也不回家，就问她在这里等谁呢？我还以为是她儿子要从上海回来呢。她说不是等儿子，是等一个给她介绍理财产品的小伙子。我一听和赚钱有关，就想着也一起了解了解。”

“她都这么大岁数了，能弄得明白吗？”

“她不了解不要紧，重要的是她有这个资源啊。那个小伙子没过多久就来了。当时一看我在场，他还有点儿不太想往深了说。你可不知道，越是这样就证明越是好产品！你想啊，赚钱的美事人家可不会哭着喊着求着找上咱们。所以我一看他那样，就更加认定这事靠谱！”

“那然后呢？”

“然后王阿姨就发话了呀。王阿姨跟那个小伙子说我也不是外人，是她楼上的邻居，然后就叫我和小伙子一起去了她家。估计是那小伙子后来也想开了，觉得当着我的面说就说吧，就给我俩讲了一下这上面的信息。”张秀荷指了指那个蓝颜色的册子，“就是你手上这个，一会儿你可以自己翻翻看。我感觉挺靠谱的，然后就直接刷卡了。”

“什么？刷卡了？”

“对呀，难不成你还想让我跑去银行取现金啊？现在特别方便，他都随身带着刷卡机的。”

“不是……你怎么不问问我和爸爸就直接刷卡了？”窦雯雯害怕妈妈上当受骗，一时之间语气上也有些着急了。

“什么？我问你爸？！”一听女儿这么说话，张秀荷瞬间又急了，“我问你俩干什么？！你爸就是个窝囊废，要不是因为他我能失业吗？！还有你，你一个小屁孩儿懂什么？我做事，什么时候需要提前向你们交代了？！”

“不是要提前向我们交代。主要是现在骗子太多了，我是怕你上当受骗。”

“你就这么看扁我啊？我还不至于傻到被人找上门来骗！再说了，合同上都白纸黑字写得清清楚楚的，我怎么可能被人骗！”

“你忘了吗？上次你就是因为太冲动，直接在合同上签了字，所以陈叔叔才把你辞退的。”

“你别哪壶不开提哪壶！上次是上次，和这次没有可比性。这回那个小伙子一会儿给我们看图片，一会儿给我们看数据的。反正这件事不会有问题！”

窦雯雯见妈妈又准备急眼，便不再多说。她翻开那本蓝色的宣传册，认认真真地翻了起来。

宣传册制作得很精美。上面不仅写了公司资质，更包含了注册资金、公司投资过的影视作品、投资过的旅游产业、还有举办各种大型活动的照片。

“怎么样？这下放心了吧？这家公司规模做得这么大，想跑都跑不掉。所以你根本不用担心他们是骗子。你看啊，这段公司说明介绍得特别好，我给你念念啊。”

张秀荷边说边从窦雯雯手中将蓝色册子夺了过来，自己自顾自地大声念起来：

公司介绍

嘉丰利华（北京）控股有限公司是一家专业的资产管理和金融投资企业，隶属于嘉丰利华集团全资子公司，注册资金五亿元。业务范围主要负责与全国各省市自治区政府、商会团体、企事业单位、金融机构等进行广泛的业务联系，广开业务渠道，大力开发客户市场，研究国家、各级政府部门对国内审批项目的有关政策、法律法规，特别是深入研究我集团已经投资的业务板块的政策法规（包括影视文化、矿产资源、旅游养生、生物工程、文化教育等），确保投资项目能够顺利开展并产生良好的经济效益。

公司强烈遵守集团“以德为先，共享丰盛”的理念，全力以赴把公司打造成高效的资源整合平台，建设为一家拥有现金管理理念、过硬专业素质、向社会传递正能量的现代化企业。为社会创造价值、为老人带来福祉，与所有员工及他们的家庭共享丰盛！

“怎么样？这下放心了吧？”张秀荷念完公司简介后难掩骄傲。

窦雯雯没有马上回应妈妈，而是掏出手机搜索了一下“嘉丰利华（北京）控股有限公司”。

不搜不要紧，搜完后她直接就傻掉了。

网页上除了有公司的介绍，其余大部分帖子和新闻稿的中心主旨都指向这是一家骗子公司。窦雯雯快速看了几篇文章，便将手机递给妈妈。

张秀荷大概看了两眼，不以为然地说：“网上的东西能相信吗？这些都是胡编乱造的。行了行了，你甭管了。反正这事不会有问题。”

“那……你总共投了多少钱？”尽管每次张秀荷一摆出这种不耐烦的架势，窦雯雯都会有些害怕。但她今天还是鼓足勇气问了一句。

“十万。”

“啊？这么多？”窦雯雯一听数字，明显吓了一跳。

“不多投点钱，哪会看到回报率？也就是因为咱家没多少存款，要是存款多我肯定还会往里面多投一些呢。反正今天王奶奶投了二十万，我和那个小伙子说了，等下礼拜我另外一张银行卡的定期到期后，还打算再往里面投五万块钱。你呀，还是太年轻，很多事情看得不长远。咱们现在稍微把日子过得紧一点，等一年以后马上就能看到回报率。哈哈，等到那时我就可以天天坐在家里数钱喽！”张秀荷越说越陶醉，自己笑眯眯地幻想着日后生活在钱堆里的阔绰生活。

“你还打算继续往里投啊？这上面都说这是一家骗子公司了。再说了，你投完这些之后，咱家还有钱吗？”

“我刚才不都跟你说了吗，这一年咱们肯定是过得稍微紧张一点，但以后的日子就好了啊。今天那个小伙子都给我算了，如果我要是继续把五万块钱存在银行，一年下来也就只能拿到百分之一点多的利息。可如果我把钱存到他们那儿就不一样了，他们那边承诺保底利息至少百分之二十！你想想，一年下来能赚多少钱？整整翻了这么多倍！所以说呀，现在只有傻子才会把钱存进银行呢。聪明人都开始做理财了！”

张秀荷说完，见窦雯雯不但没有说话，反而一副忧心忡忡的样子，颇为恼火。说实话，她之所以脾气越来越大，就是因为她觉得丈夫和女儿始终都和自己没有互动，也从不向着自己说话。张秀荷觉得如果这种事情发生在其他家庭，别人家的女儿肯定一个劲地夸妈妈会理财、会持家。可是每次自己和女儿说点什么事，女儿除了默不作声就是质疑自己。

“行了行了，你该干吗干吗去吧。”张秀荷终于不耐烦地挥了挥手，示意女儿可以回到自己房间了。

见妈妈开始撵人，窦雯雯便很知趣地走开了。她刚一回到自己房间，就坐在床上自己思考起这件事情。她越想越不对劲，总觉得妈妈被人骗了。尽管她也刚刚步入社会、没有太多社会经验，但直觉告诉她家里仅剩的那五万块钱是无论如何也不能再投进去了！

尽管窦雯雯以前从来没有问过妈妈家里有多少存款，但经过毕业以后各种艰难的找工作、个人前景不明朗、工资待遇不高、妈妈刚刚失业等一系列遭遇后，窦雯雯也终于意识到自己是时候为这个家也多尽一份力了。她觉得自己不应该继续再在这个家里装聋作哑，应该替远在外地的爸爸好好把把关了。

她左想右想，终于想到应该先下楼问问住在二层的王奶奶。最起码王奶奶应该知道那个传销员的电话、工作地址和姓名。不管那个人到底是不是骗子，至少知道总比不知道要强。

想明白这点后，窦雯雯终于鼓足勇气走下了楼。她站在王奶奶家的门前做了半天思想斗争，终于敲响了王奶奶家的房门。

“这不是雯雯吗？你怎么来了？快进来快进来。”一见是窦雯雯来了，王奶奶亲切地招呼着。

“您最近身体都挺好的吧？”窦雯雯依旧有些犹豫。

“挺好的，我现在每天晚上都去马路对面和大家一起跳舞呢。”

“嗯，那是挺不错的。”

“你怎么样啊？听你妈说你一毕业就找到工作了？真是不简单啊！咱们这栋楼里的小孩儿，就属你最乖巧懂事了！”

“没有没有，大家都挺优秀的。”

“来来来，吃水果。这是我早上刚买的。”

“谢谢王奶奶。”

就这样，一老一少坐在这个老式布艺沙发上有一搭没一搭地聊着天。直到窦雯雯连续吃了一个水蜜桃，外加好几颗荔枝后，还是没有想好究竟应该如何向王奶奶开口。她就这样想问又不敢问，不敢问又特想问地在王奶奶家待了大半天。终于，在她实在都要吃不动的时候，才将一肚子的问题浓缩成了一句自认为比较恰当的话。

“王奶奶，听我妈说她今天早上在楼下碰到您了？”

“是啊，你妈真是有福气呀。今天早上正好有个小伙子要来我家给我讲一些赚钱的事儿。哈哈，你说巧不巧？正好被你妈赶上了！”

王奶奶倒也实诚，窦雯雯怎么也没想到这个令她难以启齿的话题竟被王奶奶如此轻易地就提起了。

“您能大概和我说说事情的来龙去脉吗？”

“没问题啊，奶奶正愁天天找不到人说话呢！你还要不要吃点儿别的？奶奶去给你拿花生啊，你边吃边听奶奶说。”

就这样，窦雯雯终于了解到了事情的全部经过。

据王奶奶说，她和这个小伙子原先并不认识。说起他俩的第一次通话，还是在三天前。那天王奶奶正好在家看电视，看着看着家里电话突然响了。王奶奶在接起电话后询问对方是谁，小伙子说自己是专门替附近几个街道办事处慰问老年人的，于是小伙子又在电话里对王奶奶嘘寒问暖了好半天。兴许是王奶奶好久没被人如此关心过了，聊着聊着，王奶奶便告诉对方自己老伴已经去世，两个儿子又不在身边。于是小伙子告知王奶奶，王奶奶的家庭结构非常符合一款特批的专为孤寡老人谋福利的项目。小伙子问她什么时候有时间，他想到王奶奶家给王奶奶详细讲解一下这个项目。这样一来，不仅王奶奶可以得到高额的利息，还不必担心将来生病缺钱的时候麻烦子女。王奶奶一听，这事靠谱！于是就约好和小伙子在今早见了面。

窦雯雯听后，一脸诧异："所以您根本不知道他的姓名和手机号？单凭一个电话就把他叫到家里了？"

"哎哟，你瞧瞧我，还真是忘记问他了。不过他说让我叫他小李就行，我也就没问他全名。"

"那……那他的手机号呢？您知道吗？"

"这个我就不清楚了。他是直接打到家里的。再说了我也没有手机，我留他手机号也没什么用。"

"那您就这么放心地把钱交给他了？"

"那当然了。那话怎么说来着？越是好的公司越会给大家一对一的服务。你看看这大夏天的，我前段时间往银行跑了好几次都差点儿中暑了！到了那边儿还得一直拿号排队。就上次，排了将近一上午才轮到我。唉，想想都可怕。你再看看这个小伙子，人家可以上门服务。像这样的好孩子真是不多见了。他明明是给我谋福利来了，自己却还要顶着大太阳一大早地跑到我这里来。而且看得出这孩子一点都不贪财！今天他走的时候，我为了表示感谢还想把早上他过来的车费给他呢。可是他说什么都不肯收，一点儿都没有见钱眼开的意思。”

王奶奶越说越欣慰，感觉自己一下子回到了那个曾经的纯真年代。

可是同样的一番话，听在窦雯雯心里却变成了另外一种声音。她越听越觉得事态严重，手里的花生都快被自己揉碎了。

“其实呀，你们年轻人也应该有理财的意识。你看看我，还能活几年呀？这些赚出来的钱，除了给我将来看病用，剩下大部分的钱还不都是留给孩子们的？你今年也不小了，再过几年也要成家生孩子了。现在的小孩子可娇贵得很，你看看现在的物价，真的是买什么都贵。我是老了，不中用了。要不是小李这么好心地告诉我这个理财项目，我恐怕这辈子都不会知道还能有这样的好事儿。所以趁着年轻，多赚点钱。等将来你到我这个岁数，就不会再为生计发愁喽。”王奶奶说完，便起身朝里屋走去。边走边说：“雯雯啊，你来得正好。正好帮奶奶算算，一年以后我到底可以拿到多少钱？今天小李和我说了一下，但我光顾着高兴了也没太记住他到底是怎么说的。来来来，这是我们签的合同。你学习好，你帮奶奶算算看。”

王奶奶倒真是没把窦雯雯当外人，话音刚落就把上午签的合同给拿了出来。

窦雯雯接过合同，没看两眼就直接傻掉了。

合同的标题不是“理财合同”而是“销售合同”。第一行是甲方信息，也就是王奶奶的个人姓名、身份证号，以及家里电话等。第二行是乙方信息，也就是嘉丰利华（北京）控股有限公司。再之后，合同上清楚地写着“甲、乙双方在平等、自愿的前提下签订了本销售合同。双方约定由乙方按照合同约定的单价与数量向甲方提供产品供甲方销售。以及产品名称、单价、预购数量及贷款总额等信息。”

通过翻看这份合同，窦雯雯看到王奶奶一次性支付了二十万元购买了一款“蛋白粉”。如果王奶奶没有精力去销售这款“蛋白粉”，可以委托嘉丰利华这家公司代销。这样一来，这家公司每个月会往王奶奶的银行账号打三千二百块钱。合同总共签订了一年时间。再之后就是一份名为“变卖、寄售的委托书”。

变卖、寄售委托书

兹委托：嘉丰利华（北京）控股有限公司代为变卖、寄售蛋白粉，销售价格不低于500元，不足部分由受委托方补齐，超出部分本委托方视为被委托方的佣金收益，自动放弃追讨的权益。委托期限为合同到期日的3日前。

再之后就是右下角王奶奶以委托人的身份签字外加乙方在空白处盖了公章和标注了当日日期。

窦雯雯颤抖着双手，又将合同从头到尾翻看了一遍。其中有一项叫作“合同的生效与终止”。

本合同一式两份，甲、乙双方各持一份，双方签字加盖印鉴后次日生效。

合同期满后如需续约，甲、乙双方应提前三十天协商签订新的销售合同。

合同期满后不再续约的，甲方应提前三十天至乙方办公场所，按照乙方要求以书面形式提交合同终止申请。如因甲方原因未能按时提交书面申请造成乙方无法及时办理合同终止事宜的，所有后果由甲方承担。

尽管窦雯雯从未接触过与法律课相关的专业课程，但全程看下来，她也已然清楚妈妈和王奶奶双双被骗！

她抬起头，问王奶奶：“王奶奶，您知道您买的不是理财产品，而是蛋白粉吗？”

“什么粉？”王奶奶听得一头雾水。

“您看啊，这上面写得清清楚楚，就是蛋白粉啊。”

王奶奶拿起放大镜，接过合同看了看：“嗯，还真是蛋白粉。是不是那个理财产品的名称叫作‘蛋白粉’呀？”

“当然不是了王奶奶，这份合同自始至终都没有提理财的事情。”

“你搞错了吧雯雯，小李和我说了如果我交二十万的话，每个月都会给我分利息的。”

“是，这里确实写了每个月往您卡上打三千二百块钱。但是奶奶您想想看啊，您总共给了他们二十万，就算他们每个月给您打三千二百块钱，一年下来您只收回了三万八千四百块钱。等于您还是亏损了十六万一千六百块钱啊！”

“亏钱？不会的雯雯。小李走之前特意和我说了，这个产品很放心的。基本上像我这个岁数的老年人全都在做呢。”

窦雯雯深知自己和王奶奶一时半会儿是说不明白了，于是赶忙起身告辞，准备回家看看妈妈签的那份合同。

“怎么突然着急回去了？再陪奶奶坐一会儿吧？”

“不了王奶奶，我突然想起来家里还有事儿。您多保重！”

窦雯雯慌乱地从王奶奶家跑出来，回到家之后，她看到妈妈依旧美滋滋地哼着歌。窦雯雯见状赶忙将自己刚才从合同里发现的漏洞和骗局一五一十地和妈妈讲了一遍。张秀荷听完，不但没有半点惊慌，反而搞不懂王奶奶怎么会这么轻易就把文件拿给自己女儿看。

“王阿姨还真是没有防范意识啊，这么重要的文件怎么随随便便就拿出来给你看啊？”每次只要一聊起别人家的事，张秀荷心里都跟明镜似的。

“你的合同呢？你也把合同拿出来给我看一眼。”窦雯雯急得直跺脚。

“你一个小孩子懂什么！我都锁起来了，不用看了。”张秀荷一脸不耐烦。

“你怎么就不听我的！那上面写的是销售合同，是在卖一款蛋白粉，根本就不是正规理财！而且那个人有没有和你说合同到期之前应该怎么办？那上面写得清清楚楚，如果你想一年之后拿回你交的那十万块钱，就必须在第十一个月的时候带着合同去他们公司办理业务终止手续。不然所有后果都由咱们自己承担。也就是说，如果到时候你没有去，人家就不会把本金还给你！”

张秀荷听女儿说完后，将信将疑地回屋取合同。边走还边嘟囔：“我没听他说还要在第十一个月的时候去一趟公司啊。我都不知道他们公司在哪儿，你是不是看错了啊？”

“所以才说你们被骗了啊！”

“不可能。你当我们全是傻瓜啊？再说了，现在都什么年代了，还能光天化日之下到家里来骗人啊？”

张秀荷说归说，可等她真将合同拿出来，在窦雯雯的指引下一看内容之后，也顿时傻眼了。

“这这这……这怎么和他说的不一样啊？”张秀荷顿时慌了。

“难道你们签字之前都没有仔细看过合同吗？”

“没有啊，他就说这上面写的就是他和我们介绍的。让我们直接签字就可以了呀。”

“怎么他说什么，你们就信什么啊？！”

“因为王阿姨认识他呀。我一看王阿姨都刷卡了，我也跟着刷了啊。”

“王奶奶根本就不认识他。我估计他就是那种专门给老年人打诈骗电话的那种人。王奶奶就是无意间接到他往家里打的电话，然后就同意他来家里了！”

“啊？他俩不认识啊？那……那怎么办啊？这份合同要是真有问题，那我找谁说理去啊？王阿姨不会和他是一伙的吧？他俩是不是想合起伙来讹我的钱啊！”

事已至此，张秀荷是真的慌了。她怎么也想不到，自己竟被人骗到家里来了。窦雯雯也好不到哪儿去，毕竟这是她们母女俩平生第一次遇到这种事，她们不知道应该怎么处理，除了惊慌失措就是毫无头绪。

“不会的妈，王奶奶也签合同了。她肯定也是受害者。”

“要不咱们报警吧？”慌乱过后，张秀荷这才想到应该向警方求助。

“警察肯定不会管的。你都在上面签字了，说明你已经同意合同里的内容了。”面对妈妈的提议，窦雯雯一口否定。

“重点是我没同意啊！如果我要是知道合同上是这么写的，那我肯定不会签字啊！”

“可是你都已经签了，你现在说这些已经不管用了。”

“什么叫不管用了？！我可是投进去了整整十万块钱啊！难道这钱说没就没了？还有没有王法了！咱家现在除了还没到期的那五万块钱，就真的是一分钱存款都没有了！”

张秀荷终于把家里的财务状况告知了女儿。

“什么？你怎么这么冲动啊！如果我要是不跟你说，你是不是下礼拜就打算把那最后的五万块钱也投进去啊？妈你怎么做事情的时候总是这样啊？你就不能给自己留一点后路啊？！”

“我哪儿知道他是骗子啊！我白天还在想，如果真的是比银行利息高出那么多，那咱们一年以后就能赚翻了！好了好了，你先别怪我了。我也不想这样啊！你快想想接下来应该怎么办？他下礼拜肯定还会再联系我。他有我的电话了，到时候他肯定还会再来骗那剩下的五万块钱。等到时候咱们就能合起伙来把他抓住，将他绳之以法！”

“咱们两个女的，怎么打得过一个男的啊。万一真把他惹急了，他把咱俩弄伤了怎么办啊？妈你不要再这么冲动了。”

“我能不冲动吗？！他居然都骗到老娘头上来了，我不杀了他就已经很不错了！”

“行了妈，你冷静一点吧。咱们还是想一些合理点的方案吧。”

“合理的方案就是这件事绝对不能告诉你爸！我肯定会把钱追回来的！”

张秀荷说完，坐下来静静地想了一会儿。她仿佛突然想到什么好点子似的，一拍大腿，拉住女儿:“雯雯，你跟妈说。你有没有一些特别要好的男同学？”

“啊？什么男同学？”

“对对对！就这么办！”张秀荷自己越想越对味，将握住女儿的手抓得更紧了，“你要是有，就多叫几个来家里。

到时候咱们人多力量大，我就不信治不了他！”

“你出的都是些什么主意啊？难不成还想叫我同学过来替你打架呀？肯定不行！哪有这么做事的！”

“都什么时候了，你还不和我统一战线啊！你到底有没有比较要好的男同学？你要是有，现在就打电话叫他们来。我正好可以提前和他们演练演练。”

见女儿半天不回话，张秀荷又急了。

“你倒是说句话啊！你有什么难为情的？！面子重要还是十万块钱重要？！这可是我和你爸攒了一辈子的血汗钱！说什么也得要回来！你赶紧给你们班的男同学打电话！”

窦雯雯刚想回绝，可觉得妈妈说得也有几分道理。毕竟这是爸妈辛苦赚来的血汗钱，再怎么说也不能白白拱手送人啊！她思来想去，终于下定决心打这通电话。只不过她也很清楚，从小到大自己都不善交际，根本没有什么知心的男性朋友。此时此刻她唯一可以想到的只有一个人，那就是喜欢了自己好几年的男生——赵诚。

赵诚在接到窦雯雯打来的电话时，别提多激动了！这可是这么多年来，窦雯雯第一次主动给自己打电话！赵诚突然觉得，这些年的执着都是值得的！

窦雯雯大致在电话里和赵诚说了说事情的经过，并希望赵诚可以抽空来家里和妈妈一起商量一下对策。一想到窦雯雯竟然如此信赖自己，赵诚想都没想，一口应了下来。

赵诚是第二天来的。他没有空手来，而是拎了满满一塑料袋的家乡特产。这些都是赵妈妈上次从老家来北京看儿子时带来的。赵诚一直没舍得吃，这次恨不得把自己的全部家当都拎到窦雯雯家里来。

“瞧这小伙子，来就来呗，还带什么东西呀。”张秀荷虽嘴上这么说，但见赵诚拎着一堆东西笑得合不拢嘴。

“阿姨好，我叫赵诚。这些是我的一点心意，希望您能喜欢。”其实赵诚不光带来了家乡特产，他还特意买了一些保健品。毕竟对于赵诚来讲，这次与窦雯雯母亲的见面是很重要的。

“雯雯啊，怎么不见你其他男同学来啊？”张秀荷和赵诚寒暄了一会儿，却迟迟不见再有人敲门，就有些着急了。赵诚虽看起来还算健壮，但再怎么说和张秀荷的预期还是差得非常远。在她的设想中，最起码得来几个彪形大汉才能镇得住那个骗子。

“没人来了，我只叫了赵诚。”

“啊？没人了？你这孩子怎么办事的！就一个人哪里镇得住啊！”

张秀荷一听窦雯雯这么说，立马又火了。不过赵诚心里却美滋滋的。家里出了这么大的事，窦雯雯却只通知了自己一人，这说明自己已经成功走进了窦雯雯的心。他越想越觉得自己幸运，简直就差偷笑出声了。

“那个……阿姨您先别着急。其实我有一个想法。”见张秀荷面露不悦，赵诚赶忙接了话茬。

“能不着急吗？光凭你一个人怎么打得过他啊？！”

“啊？您打算叫我来打架呀？”赵诚听后有点儿蒙。

“那你以为呢？难道叫你来瞎聊天啊？”

张秀荷只要脾气一上来，不管对谁都充满火药味。

“妈你说什么呢！人家赵诚好不容易抽空过来帮忙，你怎么这么跟人家说话！”

“我说他什么了？难道我说错了吗？他一个人来就是不够啊！”

“阿姨您没说错。如果是打架，我一个人肯定不够。但我觉得这件事没必要动手，咱们可以换一种方式解决。”

“换一种方式？这种事连警察都管不了，换什么方式！”

“我是这么想的，其实咱们可以偷偷录像啊。之前我在法制栏目里看到过这种取证的手法，还是比较管用的。就好比说他下周来找您骗另外那五万块钱的时候，咱们就可以把他的罪证全部录下来。等咱们成功掌握了这些影像数据后，警方应该就可以参与进来了。”

张秀荷听赵诚说完，自己也静下心来想了想。

“嗯，好像确实是个好办法。”

“到时候咱们就假装不懂，或者您假装忘了上次买的是什么理财产品了，让他再重新说一遍，合同上的事您也问问他。反正就是尽量让他多说，他说得越多欺骗成分就越大，咱们手里掌握的证据也就越充分了。另外像他的姓名啊、电话呀、公司地址之类的，我觉得咱们都可以问出来。反正这笔钱肯定也不在他手上，我之前看过类似的法制栏目。我觉得如果他害怕了，估计会为了自保坦白认错。这样一来，咱们就可以直接将他们公司告上法庭，让公司赔钱了。”

“有道理，有道理。不错啊小伙子，阿姨很看好你啊。”

“阿姨您过奖了。主要我也非常痛恨这些骗子。我能想到的也就只有这些了。只要能为您和雯雯分忧，我就很满足了。”

“你看见没有？以后你也学着点！你看看你们同学，多能干！”

于是乎，张秀荷便又拉一个打一个地把自己闺女从头到脚数落了一通。面对妈妈的指责，窦雯雯早就习以为常了。毕竟从小到大，自己在妈妈眼中，始终都不如别人家的孩子。

接下来，三人大致讨论了一下方案。比如手机应该摆在什么位置、他们几人应该坐在什么位置等。见排练得差不多了，张秀荷觉得也是时候让赵诚走了。

“小赵啊，阿姨今天就不留你在家里吃饭了。你瞧瞧这事闹的，我也没什么心情。等那些钱要回来之后，阿姨再请你来家里吃饭啊。”

“好的，阿姨。您好好休息，不用那么麻烦。等下次我请您和雯雯去外面吃。”

“好的好的，这小伙子真的是不错啊！”

“那……我就先回去了。那个……雯雯我先走了，你好好陪阿姨吧。”

“去吧去吧，拜拜啊小赵。”张秀荷说完就转身回屋了。

窦雯雯见赵诚要走，也没有下楼送赵诚。不知是出于害羞，还是在为这事心烦。她也只是在家门口和赵诚挥手道了别，便将房门关上了。

接下来的几天，张秀荷一直没睡踏实。一方面她在心疼自己那十万块钱，另一方面她怕那个骗子再也不来了。而赵诚却显得十分开心，因为他清楚过不了几天自己就又可以去窦雯雯家了。

那个骗子终于来了。

和先前他们三人演练的大致相同。那个自称小李的骗子也因为害怕差点当场哭出来。

“事到如今，你也不用继续隐瞒了！你叫什么？住在哪儿？公司地址在哪儿？我那十万块钱找谁还？！”张秀荷越说越气愤，就差直接去厨房抄家伙了。

“我叫李伟，公司在北京市朝阳区……那个……我也没记住，我给你们找找地址。”说着，李伟就掏出了手机。

“钱呢？！我的钱找谁要？！”

“等我回去之后，我和我们经理说一下吧。然后我让他联系你？”

“你现在就给他打电话！”

出于无奈，李伟拨通了经理的手机。

电话接通，听得出经理和李伟全都不是本地人。不过经理的气场要比李伟强很多，听得出他早就习惯了接这种老年人家属打来的讨债电话。经理在电话里不慌不忙，“如果想提前终止合同也可以。直接带着合同来，付一个百分之五的违约金就行了。如果不想付，就在快到期之前把合同带来交给我们，我们再退本金。”

手机在公放，赵诚也能听得到。他赶紧接话问经理：“这个合同一式两份，为什么我们想拿回本金还需要把合同交给你们？如果把合同给你们了，那证据不就没了吗？等到时候你们死活不给钱，我们找谁说理去？你们这么做明显不合理。”

“这就是我们公司的规定，如果你们不把合同的原件拿给我们，我们就不会退给你们钱。反正现在合同上白纸黑字写得清清楚楚，你们也已经签过字了，所以就算去告我们法院也不会判你们赢。”

“你……你们怎么能这么做！还有没有天理了！”张秀荷破口大骂起来。

“还有其他事情需要咨询吗？没有的话我就挂了。”经理无视张秀荷的谩骂，不咸不淡地说。

“×××！你不得好死！”

“嘟……”张秀荷还没骂够，电话就被对方挂断了。

“你们也看到了，这件事真的和我没有关系，这真的都是公司的决定。你们刚才也听到经理说的了，只要带着合同去我们公司就行。你们的钱也没在我手上，要是我之前做了什么让你们不高兴的，我在这里给你们道歉了。”

那个叫李伟的年轻人，看上去都快要哭了。不知为何，窦雯雯竟有些心软了。

“你上次来骗我的时候怎么不跟我说清楚！你现在装什么可怜！”张秀荷越想越生气。

“我是真的不知道啊。公司培训我的时候没和我说需要在到期前拿着合同去公司。跟你们说句实话吧，这份合同我连看都没看过。要怪也只能怪我业务不熟练，没有提前做好功课。我要是知道这份合同写的是这个意思，我肯定也不会让你们签啊。阿姨，我是真的没想骗你呀！我是真的不知情啊！”

就这样，双方陷入了僵局。李伟一口咬定自己并不知情，而张秀荷也一直说不出重点，毕竟头脑发热的她早就忘了隐藏在角落里的那台正在录影的手机。

“你们做一单可以赚多少钱？”赵诚突然开口问。

“百分之五的提成。所以上次阿姨那十万块钱，我赚了五千。”

“五千？！我看你小学都没毕业呢吧，你还有脸赚五千！你知不知道你赚的这五千块钱是我们的血汗钱！你爸妈是怎么教育你的！你就是个不折不扣的骗子！败类！人渣！你这种人就应该抓起来枪毙！”张秀荷一听他赚的钱比自己曾经一个月的工资都要多，肺差点没被气炸。

“我真的没有骗你，我不知道这是一家骗人的公司呀。我原本就打算辞职了，我也很快就要回老家了。”李伟依旧一脸委屈。

“你把你的身份证拿出来给我们拍个照留个底吧，还有你的电话也告诉我们一下。”赵诚平静地说。

“我没带身份证，只有这个‘北京市居住登记卡’。”看得出李伟也很紧张，他一边说一边将卡片从钱包里拿了出来。

卡上标有李伟的姓名，也标有身份证号。通过身份证号可以看出，李伟也是个 90 后，1994 年 9 月 5 日出生。

面对着这个比自己还要小一岁的小骗子，赵诚竟不知道应该说些什么。

在这个年纪，李伟本该在大学里念书。可是他呢？从四川省仪陇县龙桥乡新寨梁村一路北上来到北京住进了门头沟。他不但没有在门头沟找一份正经的职业或学校，一直骗到了坐公交车都得坐上一小时左右才能到的窦雯雯家里。像李伟这样的北漂生活，应该叫作“上进”还是应该叫作“可耻”？像他这样的年轻人，属于“无知”还是彻头彻尾的“败类”？看着这样的结果，应该埋怨生他养他的父母还是怪罪于精神与物质的贫困？

赵诚拍完照片，将证件归还给了李伟。

“阿姨，你就让我走吧。你把我留在这里也不管用啊，我身上又没钱。就算你把我留在这儿，也拿不回你们的钱啊。”

“你把你的电话写上！如果我要是要不回钱，我就天天缠着你！直到你们还钱为止！还有你们公司地址！都写清楚了！骗子！一窝骗子！”张秀荷明白，继续这样纠缠下去也确实没有任何意义。

就这样，三个从未对抗过骗子的人，在毫无经验的情况下便将李伟放走了。其实按理说，如果他们三人立即报警的话，没准可以直接端了那家公司的老窝。不过以他们三人当时的心智，已经想不了这么多。

李伟走后，赵诚赶忙从一堆遮盖物后拿出手机。此时这部手机早已烫到不行。估计再录一会儿，手机都得热到爆炸。

张秀荷见赵诚拿出了手机，这才想起来还有录像这档子事。

“怎么样啊小赵，都录进去了吗？”张秀荷迫不及待地询问着。

赵诚将视频保存好，从头播放了一下。然而令他们万万没想到的是，除了最开始李伟进门入座时录上了一个侧脸，其余画面全都没录到人。

“完了完了，这下全完了！”看到这样的画面，张秀荷彻底绝望了。

见妈妈这般失魂落魄，窦雯雯心里很是不忍：“没事的妈，到时候咱们拿着合同就能把钱要回来了。”

“不是啊雯雯，你可千万不能把合同给他们。如果你们把合同给出去了，你们可就什么凭证都没有了！”一听窦雯雯那么说，赵诚连忙制止。

“万一他们这次说话算话了呢？我妈都这样了，你就别再说风凉话了。”为了不让妈妈太过绝望，窦雯雯也不知道自己究竟是怎么搞的，竟开始指责起好心提醒自己的赵诚了。

“电话呢！电话呢！我要打电话骂死他！”一看录影失败，张秀荷彻底抓狂了。她从桌上找到李伟刚刚给自己留下的手机号码，愤怒地拨了过去。

然而再次听到李伟的声音，却已不是刚刚那般懦弱和无助。“你凭什么骂我啊？有本事你去告我啊！你要是真有本事，就让警察来抓我呀。我本来也不打算在那家公司干了，有能耐你就来抓我！反正我没骗人，我只是不了解公司的制度而已。你如果想要钱，就自己找经理去要。你自己在合同上签的字，签之前你自己不看合同内容，赖不着我！”说完，李伟就将电话挂断了。

张秀荷拿着早已变成忙音的电话，半天没回过神来。这是她第一次被人吼。以往都是她对别人撒泼，然而这一次她却被一个 1994 年的小男孩给摆了一道。

她慌了，她彻底慌了。她不明白这个世界到底是怎么了？为什么所有人都要和自己对着干？这究竟是为什么？！

看着妈妈像是丢了魂儿似的神情，窦雯雯再也忍不住了。此时的她早已顾不得刚刚赵诚提醒的是真是假。现在她能做的，就是拿着合同去公司要钱。只要还有一丝希望，她便不会放弃。

“走，妈。咱们现在就去他们公司要钱去！”

“别呀雯雯，他们……”赵诚的话还没有说完，就又被窦雯雯打断了。

“好了赵诚，你别说了。谢谢你刚才一直陪着我们，你可以回去了。”

窦雯雯将赵诚撵走后，便拿着合同和妈妈一同来到了那家位于朝阳区的公司。公司很大，毕竟骗了这么多人，已经有足够的资金装修门面了。

经理见又有人上门要钱了，不但没慌，反而不急不慢地说：“你们打算选哪种？是给我们交百分之三十的违约金，还是打算快到期的时候把合同带来让我们还给你们本金？”

“我们……”面对经理二选一式的问话，窦雯雯一时间竟不知道应该怎么选。

“我不交违约金！我要把我的钱全都拿回来！现在就要拿！”张秀荷疯了似的冲经理喊。

“你冲我喊没用，白纸黑字写得清清楚楚。”经理不为所动。

“我们已经把合同带来了！我现在就要把我的钱拿回去！”张秀荷又一次歇斯底里。

“行行行，你别冲我喊了。我为你们破一回例还不行吗？原本都是快到期的时候才能走这样的程序。这样吧，你现在就把合同给我，然后我让人马上给你们打钱。”经理说完，就伸手要合同。

“这可是你说的！你别耍花样！”张秀荷怒目圆睁地瞪着经理。

“我能耍什么花样？你就说到底想不想拿走你们的本金

吧？”

张秀荷想了想，扭头对女儿说：“雯雯！把合同拿给他！”

窦雯雯见妈妈发话了，二话不说就从包里把合同递给了经理。

经理接过合同翻了翻，随手拿起办公桌上的电话说了几句。他刚将电话挂上，办公室的大门就被人推开了。窦雯雯和张秀荷都以为带她们取钱的人来了，连忙回头看去。然而谁承想，就在她们扭头的瞬间，看到的竟是两个彪形大汉！

“你……你们想干吗！你们别乱来啊！”面对两名怒目圆睁的彪形大汉，张秀荷和窦雯雯都有些害怕了。

“你们是打算自己走呢，还是叫我这两个兄弟请你们走？”经理拿着合同，一脸奸诈。

“你不是说合同给你了，你就给我们打钱吗？！”

“哼，打钱？”经理突然冷笑一声，“我什么时候说要给你们打钱了？你们听错了吧？”

“你无赖！你刚才明明就说要给我们打钱的！”张秀荷一面回头看着两位彪形大汉，一面继续用略带颤抖的嗓音冲着经理大喊。

“行了，赶紧走吧。”经理不耐烦地朝二人挥了挥手。

“二位，请吧。”站在门口的其中一位彪形大汉恶狠狠地开了口。

“你……你们！”张秀荷已经彻底说不出来话了。

“妈，现在可怎么办啊？”眼见局面变成现在这样，窦雯雯也吓得够呛。

“我……我们不要全款还不行吗！我们认栽！我们赔给你百分之三十的违约金！你把剩下的百分之七十还给我！”张秀荷继续据理力争着。

“怎么？还不走？”经理一脸坏笑地看着张秀荷。

“算……算我求你了行吗？你就把钱还给我们吧！”张秀荷用略带央求的声音向眼前这个她恨不得一刀捅死的男人发出了最后的请求。

“哟哟哟，我没听错吧？你是在求我吗？你刚进屋时那股牛气哄哄的劲儿哪去了？哦，对了。还有你之前在电话里骂我的时候你都忘了吗？”经理继续不依不饶，一副小人得志的样子。

“好！算我的错！都是我的错！我现在给你赔不是了行不行？！”张秀荷说完便给经理鞠了三个躬。

“妈！”站在一旁的窦雯雯忍不住想阻止妈妈。

“不好意思啊，没拿到你们的合同，我还真是没有办法给你们办理交违约的手续呀。”经理装出一副无能为力的神情。

“合同不就在你手上拿着呢吗？！”张秀荷指着经理手上的合同说。

“哎哟，你瞧瞧你瞧瞧，它怎么就掉进去了呢？”经理边说边把刚刚窦雯雯递给他的合同塞进了粉碎机。

“你！你要干什么！”张秀荷见状,疯了一样朝经理冲去。

然而她还没冲到经理面前，就被两位彪形大汉死死按在地上。

“这位大姐，真不好意思呀。你瞧瞧，我一个不小心竟然把合同弄丢了。”

“你！你！”张秀荷被两名彪形大汉死死按着，根本挪不动身体。

“你们放开我妈！放开我妈！”直到这时，窦雯雯才从震惊中反应过来。她拼了命地疯狂拉扯着其中一名彪形大汉。

“行了，你俩别闹了。赶紧回去吧。”经理示意两位彪形大汉将张秀荷放开，他知道这两个女人再也奈何不了他什么了。

“我们手上有录影带！我们把你们的犯罪记录全都录下来了！”窦雯雯突然想起先前录像的事情。尽管全程画质不好，但至少录进去了李伟的声音。

经理先是一愣，随即伸出右手：“这位小姑娘，你觉得光凭一段录像就能定我的罪？你也太天真了吧？来，快把录像交出来。别再逼着我那两位兄弟也对你下手。”

“我们今天没录！但我家里有证据！”窦雯雯继续冲经理喊道。

“呵呵，这倒有意思了。我想问问，你录的是我吗？还是录的找你们签约的人啊？”

“我们录的是李伟！就是你们公司的那个李伟！”窦雯雯脱口而出。

一听母女二人并没有录自己，经理更加淡然自若了。“你录他？那和我就更没关系了。他又不是我们的正式员工，我们和他之间又没签署过任何劳务合同。再说了，光凭一段录像能说明什么？你们有证据吗？你们手上有和我们公司签署的合同吗？既然什么都没有，就赶紧回去吧。”

“你……你们……”张秀荷和窦雯雯不敢置信地看着眼前这个男人。是啊，男人说得没有错。她们现在什么都没有了，就连最后的证据也被自己亲手呈上了。

面对经理赤裸裸的挑衅和身旁两位彪形大汉虎视眈眈的威胁，窦雯雯母女只能认栽了。

全没了……一切全没了！现在的她们不仅拿不出任何证据，就连之前那个骗子李伟也不知去向了。十万块，窦雯雯一家辛辛苦苦攒下来的十万块，就这么凭空消失了……

窦雯雯搀扶着妈妈晃晃悠悠地走出经理办公室，她能明显感受到妈妈以往的精气神一下子全没了。现在的张秀荷，再也没有任何斗志可言。

窦雯雯终于清楚，曾经在电视上看到的那些诈骗新闻并不是个案，犯罪团伙大有人在！

13. 致命一击

郑若溪终于通过自身的努力，与 Julie 等人签署了商业合同。当她带着这份喜悦与妈妈分享时，却意外得知了一个惊人的秘密！在赤裸裸的真相面前，郑若溪能否保持一贯优雅、沉着的作风继续和母亲谈笑风生？还是说，这个秘密的出现将彻底击碎她的骄傲与信念？如果非要说郑若溪是一个善于伪装的演员，那在亲生母亲面前，她的角色又该如何扮演？

“若溪，准备好了吗？”正准备出门的Julie给郑若溪发了一条语音。

“准备好了Julie姐，我现在就打车过去。”刚抹完口红的郑若溪挑了一双高跟鞋，确认自己穿戴整齐后，便火速出了门。

“马董的合同昨天发给我了，我一会儿往你邮箱也发一份，你路上可以看一下。全部条款我都让律师看过了，都没什么问题。只不过分红比例这块儿，我并不是太满意。等一会儿到了那边儿你尽量不要多说话，我会见机行事争取再多要一点儿股份。”Julie随即又发了一条语音。

“好的Julie姐，我一会儿不会瞎说的。”

“嗯。另外咱们内部几个人的那份合同你都看了吧？觉得怎么样？有问题吗？”

“没问题，我都听你们的。”

“别呀，你要是有什么想修改的就尽快提出来。咱们之间都好商量，你要是觉得哪里不合适就大胆说。”

“真的没什么问题，再说我也并不是很懂合同这块儿。其实这次你们能够带着我一起参与这个项目，我就已经很知足了。对我来说这也是个学习的过程，至于以后赚多赚少我真的不介意。”

郑若溪可不傻，尽管她非常在意日后的盈利，但她在

Julie 面前说点场面话的觉悟还是有的。她明白，钱永远是赚不完的，自己还年轻，只要跟对人，以后不愁没钱赚。

看得出郑若溪的回答对于 Julie 来讲的确很受用。Julie 拿着手机满意地笑了笑，随即回了一句："那好，那一会儿见面的时候咱们就直接签合同。"

其实 Julie 口中的这两份合同有着本质上的区别。刚开头提到的和马董签的合同，主要是以 Julie 公司的名义和马董的公司所签署的。在这份合同里，主要包含了日后两家公司在装修项目中的股份配比。由于这个项目主要是由 Julie 和马董两人牵的头，所以他们两家公司完全可以称作是数一数二的大股东。至于后面 Julie 所提到的另一份合同，无非是 Julie、郑若溪、杨瑞、刘少还有赵总几人之间的内部合同。所以无论是签署哪份合同，对于郑若溪来讲都是人生中的第一次。像她这种刚一毕业就有机会参与这么大的投资项目，还有什么可挑剔的？

经过半个多小时的车程，郑若溪等人如约来到见面地点。Julie 选的见面地点并不是那种高大上的会所，而是一家看起来有点农家乐风格的东北菜馆。

"来，各位，我给大家介绍一下。这位是马董，M 集团的董事长。咱们这个项目马董出了不少力呀！今天大家相聚在此，咱们除了要把生意做好，更要一醉方休！"

Julie 介绍完之后，大家陆续与马董握了握手。

"虽说马董从小在新加坡长大，但却对咱们中国的文化非常感兴趣。这不，为了让马董高兴我才特意选了这家带有地方特色的餐厅。”服务生将几瓶白酒摆上桌后，Julie便向在座的各位说明了选择来这家东北菜馆的用意。

“哈哈，是的呀。中国的文化博大精深，不然我马某人也不会想到要来中国做生意嘛。”

“来，为马董能来中国干杯！更为咱们即将成为良好的合作伙伴干杯！”听马董说完，Julie带头举起酒杯。

接下来的谈话内容很官方。基本就是双方相互吹捧。半瓶白酒下肚后，Julie觉得马董喝得差不多了，便聊起了股份分配的事情。

“既然马董是如此敞亮的一个人，那我也就不藏着掖着了。昨天我的秘书收到了贵公司发来的邮件，我也连夜找律师看过了。看得出马董确实是有心想要和我们一起做好这个项目，就凭这点我Julie就得再敬您一杯！合同上面没有任何猫腻，难怪您在行业内都所向披靡！我能有幸和您一起合作，真的是非常开心！”

Julie说完这番话，便将杯中酒水一饮而尽。

“哈哈，你太客气啦。做生意嘛，讲究的是礼尚往来。再加上这个项目这么好，你们以往的名声和业绩也都如此优秀，我马某人当然不能来虚的啦。”

“既然马董也是这么实在的人，那我就有话直说了。合同上面其他的条款我都可以接受，但是分红比例这项我觉得我们这边占的有点儿少了。毕竟国内地区我们基本上已经签了百分之八十的知名厂家，国外也都在陆续签合同，所以您是否能在股权份额上再稍微让一部分利给我们呢？不管怎么说，日后的生意主要还是靠中国的客人进行消费嘛。”

Julie在说这番话时，全程挂着微笑。尽管在谈到分红问题时用的是商量的语气，但她最后一句话一出口，明眼人都听得出是什么意思。

马董没有马上回话，只是微笑着打着哈哈。

“早就听说你是谈判高手，今日一见果然名不虚传。”

“马董您客气了，我只是实话实说而已。再说了，我这不是在和您商量吗。”

“以你的意思，你觉得多少合适？”

“我们也不多要，就这个数就行。”Julie说完便在纸上写了一个数字。

马董看完后，没有马上答复Julie。Julie见状赶忙又补充了一句：“您放心，以后中国地区的单子我们绝对每月都给您那边发一份结算整理。虽然正常情况下应该按季度发送，但谁叫我和您一见如故呢？”

Julie这话表面上说得客客气气，但马董已经听出了Julie的言外之意。毕竟很多手续都是通过Julie这边的关系才审批通过的，所以双方在合同上写得很清楚，中国地区的经营管理权归Julie的公司全权掌握，而其他国家的经营管理权则由马董的集团掌握。就算马董的集团在这个项目上涉及的国家数量很多，但那些国家的人口总和还没中国人口一半多。与其说 Julie 刚才那番话是在和马董商量，倒不如说是赤裸裸的威胁：如果马董不答应 Julie 的要求，那日后 Julie 要是没有将中国地区的销量如数呈报上去，马董岂不是吃大亏了？所以在权衡了利弊后，马董尽管气得牙痒痒，但还是面带微笑地应下了。

“既然咱们双方都已经把酒喝到这个份上了，那我马某人也不能扫了各位的兴致呀。我马某人就当是交你这个忘年交了，股份上的事就按你说的去办吧！”

“好！马董果然爽快！来，大家再敬马董一杯！”

“干杯！”众人连忙举杯。

几杯白酒下肚后，郑若溪的脑袋已经有些发蒙了。她这辈子都没喝过这么多酒，或者说这是她有生以来第一次喝白酒。

“既然咱们今天谈得这么愉快，那就择日不如撞日，咱们现在就把合同签了吧！”

Julie 说完，便示意秘书将早就准备好的新合同拿了出来。

马董接过合同，拿给一旁的律师查看。待律师确认无误后，马董接过秘书递来的签字笔在合同上签了字，并当着所有人的面盖了公章。

“合作愉快！”Julie 见状赶忙伸出右手。

“哈哈，合作愉快！”

接下来，几人又回到了最初的吃吃喝喝和随意闲谈。

对于郑若溪来讲，这样的饭局她真的是再也不想参加了。

不知道为什么除了她以外，其他几人好像一点事儿都没有。难道所有人的酒量都要比自己厉害？

就这样，又聊了一个来小时。最后，在几盘菜全都扫荡完毕后，马董和Julie才率先站起。

“那就下个月咱们新加坡见！”

“好！等你来了，我给你接风！”

Julie和马董又简单客套几句，大家便一起走出了餐厅。

“其他的我就不多说了，这笔款一定记得按时打过来哟。”临近告别时，马董特意叮嘱了一句。

“这个您尽管放心！我们的资金早就准备好了。再说了，如果没有如约备齐，违约金就够我们受的啦。”

“哈哈哈，那就下个月再见啦！”

马董说完，潇洒地挥手离去。

马董走后，Julie几人又回到了刚才的包间。

“怎么样啊若溪，没有不舒服吧？”杨瑞关切地询问郑若溪。

“哦，没事儿的。就是稍微有一点儿头晕。”

“哈哈，第一次应酬都是这样。以后你就慢慢习惯了。”Julie说。

“合同带来了吗？”刘少开口问Julie。

透过有点迷离的双眼，郑若溪随着声音的方向看向这个自己仅见过两次的刘少，她突然觉得刘少长得和Julie好像啊，尤其是那双眼睛。

“看什么呢？”Julie见若溪一直盯着自己，不禁有些纳闷。

“没什么，就是突然觉得你和刘少长得好像呀。”郑若溪确实有点喝多了，她笑眯眯地回答着Julie。

被郑若溪这么一说，包间内的其他几人都先是一愣，随即哄堂大笑起来。

“哈哈哈，怎么可能？你是不是真喝大了？我和他才不像呢。”

“可能真的是我有点儿醉了。”说完，郑若溪自己也笑起来了。

“好了，说正经事儿了。合同大家都看了吧？有什么问题吗？如果没有问题的话，咱们几个也把合同签了吧。”

Julie说完，便从包里拿出合同分发给在座几人。出于彼此间的信任，杨瑞带头拿起笔在合同上签了字。

其实这份合同主要是全国各地代理的代理费，以及几人日后的分红比例。由于郑若溪的出资最少，所以她只得到了北京市西城区的代理权。但即便如此，对于郑若溪来讲也是花了小头，赚了大头。

见大家纷纷签了字，郑若溪顿时有些感动：“谢谢大家对我的照顾和信任。其实这份合同我仔细看过。和你们相比，我是出资最少的一个。你们随随便便都拿出了成百上千万，而我却只能拿出五十万。”郑若溪激动得快要掉下泪来，“其实我也不知道自己现在是怎么了，本来我也不想说这些的。

反正就是谢谢你们可以带着我一起参与这个项目，我敬你们！”

郑若溪说完，便将杯中白酒一饮而尽。

“好了好了，咱们之间是什么关系呀，还说这么见外的话。来来来，快喝口水。咱们之间就不需要再喝酒了。”Julie 见状赶忙递上茶杯。

郑若溪稍微平复后，也拿起笔在合同上签了字。

“咱们都这么熟了，我也就有话直说了。我的资金已经准备好了，不知道你们几位都准备得如何了？毕竟和马董签的是七个工作日内钱就得到账，要是咱们这边儿掉链子了，违约金可得罚不少呢。”

“放心吧 Julie，大家又不是头一次合作了。我刘少哪次掉过链子？三天之内，我的钱肯定到账。”

“我的也是。”杨瑞说。

“那你呢？”Julie 转头看向身边的郑若溪。

“我……我一会儿就可以去银行转账。”

为了让其他三人觉得自己也是个讲信用的人，郑若溪认为在付款方面她一定不能拖延时间。毕竟其他几人无论在资金上还是资源上都要比自己强太多，所以自己只有让他们满意了，日后才有可能通过他们接触到更多的人和更多的项目。尽管郑若溪此时明显是在强打精神，但顽强的意志力告诉她无论如何这笔钱今天一定要汇出去！

“不错呀若溪，之前我还担心你大学才刚刚毕业，会有一点不靠谱儿。没想到你还真是雷厉风行啊！”

刘少毕竟和郑若溪接触的时间最少，所以他先前还一直担心郑若溪可能会掉链子。

“我跟你说什么来着？我看人一向不会错的！”Julie 听闻，赶忙又替郑若溪说了几句好话。

“那行，那咱们今天就先这么着吧。我一会儿还得赶飞机，咱们差不多就撤了吧。”

既然大家都谈得差不多了，杨瑞便提出可以散场了。

“这次你又要飞去哪儿？”Julie 问。

“这次去南非谈个项目。”

“南非？和什么有关？”刘少瞬间提起兴致。

“钻石。”

“这可是个赚钱的行当啊。你看现在那些广告做的，好像结婚的时候不买个钻戒就是对爱情不忠似的。”

“可不是吗。那你打算去多久啊？”Julie 问。

“谁知道呢。回头看看那边的进展再说吧。对了，你们最近都在国内吧？回头要是马董那边有什么事，就靠你们多费心了。”杨瑞说。

“我就这礼拜在。下周开始就得满世界飞了。”刘少说。

“我也差不多吧。刚才你们不也都听到了吗，我下个月还得去趟新加坡，再跟马董把接下来的事情落实一下。”Julie 说。

“那你呢若溪？你接下来在国内吗？”杨瑞问郑若溪。

“嗯，我都在的。”

“那就行了。回头要是国内有什么事儿我就跟你说，到时候就麻烦你先替我们跑一跑了。”Julie 赶忙接话说。

如果换作是其他刚毕业的女生，在听到 Julie 的这番话后肯定觉得 Julie 让自己多干活，或者觉得自己有些吃亏了。但郑若溪明显不是这样的女生。她从小就明白多劳多得的道理，她觉得如果 Julie 真的可以放手让自己参与一些实质性的业务，不但说明 Julie 信任自己，而且也是一个可以快速提升自己业务水平的机会。想到这儿，郑若溪赶忙答应下来。

“好的好的，没问题。你们去忙就行，北京这边我会盯着的。”

“那行。那今天就先这样儿了。回头有什么事儿咱们随时电话联系。”看样子，Julie 对郑若溪确实很放心。

“行，那我先走了。再晚的话，估计就该赶不上飞机了。我到了南非之后会较忙，如果没有及时回复你们，你们可别怪我啊。”临走前，杨瑞特意交代了一句。

“放心放心，我出了国之后，没准儿你们也找不到我了呢。你快走吧，别误了飞机。”一向嬉皮笑脸的刘少赶忙接腔。

于是乎，几人纷纷告别。该赶飞机的赶飞机，该回家的回家，郑若溪则顶着醉醺醺的脑袋打车去了离饭店最近的银行。尽管此时此刻她的头和胃都因为酒精的作用快要炸裂开来，但意志力告诉她无论如何也要先将款项转到指定账户才能回家睡觉。

就这样，郑若溪揣着那张存有五十五万人民币的银行卡在柜台办理了即时汇款业务。当一切手续办完后，她竟不由自主地哭了。

“肯定是酒精的作用。”郑若溪在心里想。

从她收下这张银行卡、并决定用里面的钱来拓展自己今后的人生舞台时，她就明白自己再也无法回避一直困扰她多年的事情了。她想要得到一个真实的答案，从而解开埋藏在自己心底多年的谜团。

郑若溪紧抓着那张仅剩五万元的银行卡回到了家。她凭着自己最后一点意识简单地用卸妆水在脸上抹了几下，就直接倒头大睡了。

经过了一夜的充足睡眠，郑若溪第二天醒来时已经接近下午一点。尽管她的头还是有点晕、胃还是有点疼，但她睁眼后的第一件事不再是习惯性地走进淋浴房洗澡，而是拿起手机订了一张必须订的机票。

“哎呀，真看不出来呀。你女儿都这么大了？说真的，你们看起来更像是姐妹呢。”

当郑若溪身穿一身红色连衣裙出现在摄影展的休息室时，所有人都毫不吝啬地夸赞起了若溪妈！面对众人的称赞，若溪妈不但没有谦虚几句，反而挺直腰板、充满自信。

“妈，今晚咱俩一起吃个饭吧？”郑若溪走向妈妈。

“好啊，去哪儿吃？”

“我在外滩订了一个可以看到黄浦江夜景的饭店。您这边儿要是能早点结束，我打电话过去把时间稍微提前一些也行。”

众人听闻，连忙在一旁接话道：“哎哟，在那边吃饭可不便宜呀。你女儿可真有出息，年纪轻轻就这么孝顺又这么有品位，真是让人羡慕！”

“哈哈，那是那是。我们家若溪从小就让我省心。”

若溪妈和大家闲聊几句后，便和郑若溪敲定了时间。再之后，郑若溪找了个理由提前撤了，而若溪妈则继续享受着他人对自己和女儿的赞美。

时间过得飞快，转眼间就到了约定时间。

为了和妈妈吃好这顿饭，更为了对得起上海的夜景和美味菜肴，郑若溪特意换上一身白底蓝花的旗袍并化了一款相对中国风的妆。

“怎么突然想过来看我了？”若溪妈举着红酒杯笑盈盈地看着女儿。

“就是突然有点儿想您了。”

“哈哈，在这么棒的餐厅和女儿一起共度晚餐，真是幸福至极。”

和大多数父母不同，郑若溪的妈妈好像从来就没有担忧过女儿在经济上是否需要帮助。按照中国大部分父母的想法，如果孩子请自己到如此高档的餐厅吃饭，肯定在心里暗自担心这顿饭会不会让子女破费太多。毕竟回国后的郑若溪，还没有找到任何实质性的工作。

支持，到底什么才是一个家长应该对子女应有的支持？是给予子女无条件的自由吗？还是说子女想做什么，家长都不反对？是无微不至的关爱？抑或是不间断的陪伴？

没错，这些都可以称作家长对孩子的支持。可是仔细想想，对于像郑若溪这种刚刚大学毕业，有理想、有目标、又很优秀的年轻人来说，最大的支持不再是无微不至的关爱和双手赞成的鼓励。最大的支持，应该是在经济上或多或少给一点支援。这才是步入成人世界的敲门砖。

然而对于郑若溪来讲，妈妈从未给过自己任何学校外的经济支持。在妈妈心中，自己从小就是一个自强、独立、有实力、又不缺钱的女孩子。

“难道所有的艺术家都是这么不食人间烟火吗？难道妈妈真的天真地认为我一点都不缺钱吗？”想到这儿，郑若溪再也不愿隐瞒什么。她微微调整了一下坐姿，抬头看向妈妈。

“妈，昨天我投资了一笔生意，应该日后的回报率还不错。”

“哦？是吗？那很好呀，妈妈祝贺你。”

“难道……您就不想问问是什么样的生意？投资了多少钱吗？”

“这有什么关系？只要是你看准的，妈妈肯定都会认可的。”

“妈，难道您真的不在意吗？是不是不论我做什么事儿您都是这么放心？”

“那是当然了。你从小就这么听话、这么懂事，你做的事情肯定不会有错的。”

“就算我再听话、再懂事，我也是您的女儿啊。为什么您就不能和我聊聊家常或是稍微过问一下我的生活？是不是在您眼中就只有艺术，只有摄影，只有那些普通人无法理解的‘境界’呢？”

面对女儿的连番质疑，若溪妈有些疑惑地看着郑若溪。

“你今天是怎么了？怎么突然这么问？难道你不喜欢这样的相处模式吗？我觉得这样很好啊。妈妈给了你足够的个人空间，你同样也给了妈妈足够的个人空间。其实这样的状态才是人与人之间最美妙的距离。不能因为我是你妈就有权力控制你，更不能因为你是我的女儿就应该无条件地得到我二十四小时的关心。毕竟人与人终究是要走向分离的。既然我们改变不了这样的自然规律，又何必在那一刻到来之前过分纠缠不清？我觉得我们的相处模式是最棒的模式，我足够信任你、支持你，这不就够了吗？”

面对妈妈的回答，郑若溪并没有觉得很吃惊。她早就猜到妈妈会这么说，她只是很希望妈妈不要这么说。

“妈，其实有件事我一直没对您说。您还记得咱们上次见面吗？就是我刚从美国回来的那一次。”

“记得呀，那天你还给我炒了满满一桌子菜呢。”

“对，就是那天。其实那天……”

话说到这儿，郑若溪突然止住了。在这一刻，她突然不知道应不应该继续说下去。她怕妈妈不爱听，更担心妈妈听完之后会难过。

“那天怎么了？”见女儿突然不说话了,若溪妈好奇地问。

“那天……那天我见到爸爸了。”

终于，郑若溪还是说出来了。

“你说什么？你见到谁了？”

刚刚还很冷静的若溪妈，在听到女儿说出“爸爸”二字时，突然有些慌乱。

“我知道您可能不想聊这个话题，但有些事我真的很想问清楚。那天我见到爸爸了，就在您回家之前。”

说实话，连郑若溪自己都没想到自己竟可以有这么大的勇气直接将这件事对妈妈全盘托出。这么多年以来，每当她回忆起小时候妈妈割腕自杀的情景，就暗暗发誓再也不会对妈妈提起自己的爸爸。她不愿刺激妈妈，更因为妈妈的缘故痛恨爸爸。可是这么多年过去了，尽管她一直嘴上不提，但毕竟她和爸爸之间是有血缘关系的。难道自己真的能够装聋作哑一辈子吗？难道有些事，自己真的没有知晓的权利吗？郑若溪终于没有继续选择沉默下去。

“他都说什么了？”半晌，若溪妈终于开口了。

“他没说什么，因为我什么都没让他说。不过他给了我一张银行卡，他说那张卡是他这些年为我存下来的钱。说真的，我当时并不想拿。因为我知道您恨他，我也知道他伤您伤得特别深。可是我也长大了，我现在真的很需要钱。这次和那帮人一起投资生意，用的就是爸爸给我的那笔钱。说实话，这笔钱真的足以改变我的命运。我不知道为什么，当我昨天把这笔钱汇出去的时候，我竟然有些感谢他。好像这些年对他的怨恨，一下子就没有了。我无法面对这样的自己，我明白如果我原谅了他，就意味着对不起您。我感到很无助，妈妈，我不知道自己这样算不算是背叛您了。我这样做，是不是做错了？”

面对女儿的无助和慌张，近些年来一直把儿女情长看得很淡的若溪妈再也无法沉默了。直到这时她才意识到，原来女儿的早熟与坚强都只是做给自己看的。原来一直以来女儿都是为了不去伤害自己所以才强装出来的独立和坚强。看着女儿闪烁不定的眼神，若溪妈第一次觉得自己是一个失败的母亲。这些年，她一直为了追寻自己理想的人生而奋斗，她忘了自己还是个妈妈，忘了自己还有一个女儿。她以为自己比任何一个家长都要开明，却没料到正是由于自己的“开明”和“超脱”才让女儿承受了这么多的压力。

难道闭口不谈就是对女儿最大的关爱吗？难道装作毫不在意就是最好的掩饰吗？不，统统不是。直到这时，若溪妈才终于意识到，这么多年来，自己和女儿交流得实在是太少了。那些所谓的、给子女百分之百的信任和空间，不是尊重，而是失职！

“既然你今天提到他了，那妈妈就和你说一说吧。”若溪妈将杯中的红酒一饮而尽，“其实这么多年来我一直不愿意提起他，并不是因为他伤我伤得有多深，而是我自己没有勇气回忆那段往事。既然你也长大了，既然他在你最需要经济支持的时候尽到了一个父亲应尽的责任，那我也就没有必要再刻意隐瞒什么了。其实在你五岁的时候，我和你爸之间的感情就已经有些变质了。对于他来说，他希望我是一个贤惠的妻子。他不想让我出去工作，不想让我太晚回家，他想要控制我，而我却渴望自由。可能因为那个时候我们都太年轻，都不懂得如何经营一段婚姻，不懂得怎样扮演好父母亲的角色。所以他犯错了，同样我也犯了错。那个时候他有了外遇，但其实……我也有。”

当郑若溪听到妈妈说出“我也有”这三个字时，心脏仿佛被无数根利剑刺穿。她不可置信地看着妈妈，她希望是自己听错了。

面对女儿痛苦的目光，若溪妈没有躲闪，而是再一次重复了自己刚刚说过的话：“没错儿，我也出轨了。他是一名画家，很随性、很文艺，也很浪漫。他从不要求我做什么，也不在乎我是否已经有家室。我想去找他的时候，他随时欢迎。我想要离开的时候，他也从不阻拦。和他在一起，我是愉悦的。没有人再要求我按时做饭，没有人再命令我哪些事情该做、哪些事情不该做。总之那段时间，我真的很快乐。不仅仅是因为无拘无束的自由而快乐，更因为欣赏他的才华而快乐。虽然你爸的上进心也很强，但我和他始终不是一类人。我热爱艺术，而他却不懂艺术。所以我们注定没有共同点，我们的婚姻注定是个错误。我不是他理想中的妻子，他也不是我理想中的丈夫。说来说去，其实就是我不爱你爸了，你爸也不爱我了。”

“不可能！您胡说！如果您不爱我爸，为什么要为了他自杀？！”听到这儿，郑若溪再也忍不住了。小时候妈妈自杀的情景再次浮现出来。那段记忆是郑若溪童年的阴影，更是她一生的痛。

“自杀……”说起这个话题，若溪妈下意识地看向窗外，看向遥远的夜空，“自杀……我确实做过这种傻事。但其实……我并不是因为你爸的离开想不开，我之所以那么做……其实是因为那个男人。”

“什么？您说什么？！”妈妈这样的回答，早已颠覆若溪一直以来对于整件事情的理解和认知，她愤怒地将双手紧紧地攥成两个拳头。

“你爸搬走后，我确实难过了几天。但那个时候我和那个画家的关系已经非常亲密，所以我将更多的精力花在了他的身上。那个时候我真的是崇拜他崇拜到快要发疯的地步。我热爱他的生活方式，热爱他的价值观，更爱他这个人。我希望和你爸离婚之后就能马上嫁给他，我和他提过这个想法，他也答应了。可是当我和你爸将离婚手续办完后，他却说他给不了我婚姻，随即离开了我。我不知道为什么，我至今都想不出原因，真的想不出原因。那段时间我彻底失控了。我不知道自己究竟在做些什么，我亲手摧毁了这个家，之后也弄丢了他。我走不出来，我想不开。所以我最后选择了死亡，我不想再承受任何伤痛，我想要得到解脱，得到真正的自由。”

话说到这儿，若溪妈的眼角竟有些湿润。尽管这么多年过去了，尽管她早就不再是从前的那个她，可往事毕竟刻骨铭心。

听完母亲的叙述，郑若溪明显因愤怒和委屈压抑到浑身发抖。她怎么也没料到事情的真相竟然是这个样子！爸爸当年的背叛给年幼的若溪带来精神上的巨大打击，然而令她万万想不到的是，她最最亲爱的妈妈竟然也完全不顾及自己的感受和另一个男人厮混在一起。曾经的她一直以为妈妈那两年的失控和自甘堕落是父亲一个人的责任，可她万万没想到竟是妈妈自己造成的！

郑若溪不甘地看向妈妈，有委屈、有质问，更有愤恨。眼前这个人，还是自己最敬爱的妈妈吗？为什么明明和妈妈离得这么近，却觉得如此陌生？郑若溪突然觉得自己很可笑。这么多年来，她一直无比要强地活着。其实最开始她将自己的性格磨炼得如此坚毅，并不是为了她自己，而是为了妈妈！她在学校时的成绩一直名列前茅，不仅懂得把握人际关系，更能做到自强自爱。她做的这一切都是为了什么？！还不都是为了能让妈妈开心，能让妈妈不要为自己操心！可是她为妈妈付出的这些到底值不值得？是不是在妈妈心里自己始终都是最不重要的那一个？

郑若溪迷茫了，亲情，亲情到底是什么样的？为什么一顿饭的时间竟有能力摧毁二十一年的感情？一想到自己曾经为了妈妈憎恨了爸爸十多年，郑若溪突然觉得自己太不是人了！为什么家长闹不和，孩子总要站向其中一边？是因为立场要坚定，还是因为从小就必须有分辨对错的意识？

然而事实是什么？事实是郑若溪自认为自己站对了阵营，但其实不论是爸爸还是妈妈，他们都错得不轻！如果他们当初就已经知道彼此不合适，为什么还要结婚？如果他们当初对彼此就不是很满意，为什么还要生下自己？如果他们已经赋予了自己生命，为什么却不能为了自己好好维系这个家庭？

郑若溪越想越难过。如此大的信息量，叫她如何在短时间内消化？她难受、她压抑、她不解、她委屈……假象。外面的世界已经足以让她捉摸不透，不承想回到家里照样充满谎言。曾经的她以为只要自己变得足够强大，就可以保护妈妈。可到头来，她根本不是妈妈的救世主，她只是一个一直被家人蒙在鼓里的、不被人重视的局外人！

直到这时，郑若溪才突然领悟到妈妈的话。“人与人终究是要走向分离的。既然我们改变不了这样的自然规律，又何必在那一刻到来之前过分纠缠不清？”

想到这儿，郑若溪不知应该如何再去面对妈妈。她将账单付好后，随便找了一个理由便独自离开了。

14. 认命

在这个思想开放的时代里，没有几个年轻人会选择“听天由命”。任小凡终于在妈妈病倒后一夜成长，她觉得是时候要通过自身行为来改变一家人的命运。然而郑若溪似乎却没有任小凡那般幸运。在接二连三的打击中，她终于看清现状、彻底认命。那个曾经一度高高在上、自信满满的郑若溪还会回来吗？对于刚刚大学毕业不到一年的她们来讲，尚未成熟的内心究竟可以承受几次致命的撞击？然而当这些状况出现时，不愿再让父母替自己操心的她们又该如何自我调节、自我过滤？或许这些，就是成长路上的必考题。

“小凡，妈妈今天就不送你去公司了。我还是感觉有点儿虚。”

说话的是小凡妈。自从上次病倒后，她整个人都消瘦了不少。

“知道了，我自己坐地铁去。”

地铁，这个对于普通上班族来说是再正常不过的交通工具，但在任小凡这里却显得十分陌生。小时候她上学有学校班车接送，长大一些有爸妈开车接送。尽管她并不属于含着金汤匙长大的“富二代”，但她的父母却尽可能地没有让她多走一步路，多吃一点苦。

可是现在不同了。房子的事给家里造成了巨大的经济压力，再加上妈妈这次病倒体力也大不如前。所以不论从哪个层面上来讲，任小凡都需要成长起来了。

从拥挤的地铁站出来后，任小凡有些累，更有些迷茫。

人活着到底是为了什么？是为了爱情？信仰？还是简单到只是为了自己的生活可以过得更好一些？其实人类是很容易满足的。当你每天都要在拥挤的地铁里和他人分享那少得可怜的微薄空气时，你最大的梦想应该就是可以拥有一辆私家小轿车或是一个可以接送你上下班的男友吧？人们到底是从什么时候起变得如此物质？可是仔细想想，这样算是物质吗？

任小凡突然想起妈妈曾经的话："吴洺有什么好的？他没车、没房，在北京又落不了户。你今后和他在一起生活能幸福吗？……"

一直以来，她都是个爱情至上的女生。然而在现实面前，爱情可以还清房贷吗？爱情可以让妈妈重拾健康吗？

"小凡！"任小凡正沉思着，却被一个声音叫住了。她四下望了望，发现叫她的竟是石杰。

"这么巧？"

"哈哈，我就觉得这个背影像你，没想到还真被我猜中了。来，上车吧。我载你。"

不知为何，任小凡竟在这一瞬间觉得石杰高大而完美。并不是因为任小凡坐不惯地铁，而是因为石杰的出现，或者说是石杰那辆汽车的出现，让任小凡一下子又找回了归属感和安全感。

她习惯了被人接送，她习惯了坐在副驾驶，这些都随着石杰的突然出现，将她带回到了原本就属于她的世界。

"哇！能坐在副驾驶座的感觉可真好啊！"任小凡毫不掩饰地说道。

"哈哈，我还是第一次听到有人因为能坐在副驾驶座而感叹生活的美好呢。"

"这是你的车？"任小凡问。

"是啊，怎么了？"

"没什么，我就是突然觉得能够拥有一辆自己的车真棒。

至少不用去挤地铁了。”

“你刚才是坐地铁来的？你妈没送你吗？”

“没送。”

“那以后就由我负责接送你吧？”

“啊？真的假的？你没开玩笑吧？”

“你家住哪儿？如果顺路的话，我没问题的。”

听石杰这么一说，任小凡想都没想直接就把家里地址告诉石杰了。

“看来确实顺路。哈哈，那从今天起我石杰就正式为任小凡小姐效劳了。”

“哈哈，好啊好啊。那以后你的中午饭，就由我来请客了！”

任小凡豪气地说着，毕竟每月公司发的一千块的伙食费根本花不完。

任小凡和石杰就这样有说有笑地来到公司。他们的状态很和谐，两个朝气蓬勃的年轻人在一家全国有名的大企业工作也确实是一道亮丽的风景线。

“你瞧瞧，石杰才刚刚转正就开始明目张胆地谈上恋爱了。”

“可不是嘛。这要是在其他公司早就被开除了！”

“谁说不是呢！可是谁叫任小凡家里有关系呢？听说她爸和咱们董事长是老朋友了，所以没人敢惹她。这要是换了其他人，估计早就被开除了！”

办公室里几个一直看任小凡不顺眼的同事正七嘴八舌地嘀咕着。或许是因为她们嫌弃任小凡的学历没有自己高却还和她们拿着相同的工资，或许她们是嫉妒任小凡可以什么活都不做却不会被领导批评，再或许就是单纯地因为石杰和任小凡可以肆无忌惮地开怀大笑，而她们自己却只能在公司谨小慎微地过活。

总之，尽管任小凡认为自己和石杰的关系只是最纯洁的革命友谊，但外人却已单方面坐实了二人的“办公室恋情”。

“需要打扫房间吗？”酒店清洁员一边用力敲着房门一边大声询问。

如果放在以前，郑若溪一定会礼貌地回一句：“不用了，谢谢。”尽管酒店清洁员的敲门声太大、太粗鲁，但郑若溪一定不会对她斤斤计较。因为她一直想要展现给外人看的，就是自己的优雅和有素质。

然而这次，郑若溪不想再继续“装”下去了。回想起曾经的自己，她觉得无比可笑、无比懦弱。

她为了不刺激妈妈，装出自己也恨爸爸。她为了不让美国的同学看不起自己，装出自己也是个“富二代”。她为了能够让杨瑞和Julie把自己当作是自己人，装出一副毫无心机的迷妹状。

她装了这么多年，到头来自己得到了什么？她除了得到爸爸的离开、妈妈的隐瞒、拼命省钱后还得打肿脸充胖子的生活、外加那少得可怜的股权外，其余的什么都没有得到。

想到这儿，郑若溪再也不想继续装下去了。装高贵有什么好？装得再优雅、再通情达理和再有礼貌，到头来除了让自己越来越累以外，她什么好处都得不到！

愤怒正一点一点充斥在郑若溪的胸口处，当清洁员因为没有听到回音、自顾自地将房门打开时，郑若溪再也忍不住地爆发了。她把这么多年的隐忍和委屈一股脑地宣泄出来。她冲着清洁员大骂："滚滚滚！你给我滚出去！谁允许你进来的！你快给我滚出去！"

面对郑若溪的破口大骂，清洁员先是一愣，随即立刻反驳："哎哟，这个小姑娘。你讲不讲道理哇。你又没有说话，我当屋里没有人咧。我刚才有敲过房门的，是你自己……"

"闭嘴吧你！赶紧给我滚出去！"郑若溪随手抓起一个枕头，就朝清洁员所在的方向扔了出去。

"神经病，真的是神经病！"尽管清洁员也回骂了几句，但还是知趣地撤退了。

伴随着"砰"的一声巨响，客房里又恢复了死一般的沉寂。

和妈妈谈过之后，郑若溪便买了两瓶酒将自己关在酒店房间。她一会儿喝一会儿吐，一会儿笑一会儿哭。

如果说自己刚刚对酒店清洁员的态度是她在耍酒疯的话，那疯过之后的郑若溪也多少清醒些了。

此刻的她，木讷地盯着白花花的墙壁。她有些后悔刚才的不理智，甚至有些看不起她自己。

冲别人乱发脾气算什么本事？自己从中得到什么了吗？自己是得到了他人的尊重，还是说得到了心灵的安慰？

没有，什么都没有。自己刚才的举动除了让别人误以为自己是个疯子外，什么好处都没有。

郑若溪再次认真思考了一下摆在自己面前的问题——到底还要不要继续装下去？

郑若溪思考了很久。终于，她决定继续装下去！

毕竟由于自己装作很早熟，所以妈妈这些年来才对她极度放心。也正是由于妈妈的放心，自己才能拥有比同龄孩子更多的自由空间。

再加上正是由于自己装得很富有，所以在国外做交换生时才会结识到真正富有的 Julie。正是由于她们之间有这样一层关系，在自己回到北京后才可以不必像大部分其他海归那样四处投递简历。

想到这儿，郑若溪突然看开了。尽管她装得很累，但她却得到了他人的尊重和越来越多的合作机会。看来人都是要有所取舍的，做一个虚假的人或做一个真实的人，到底哪一个才能收获更多好处？与其说郑若溪是一个虚伪的女人，倒不如说她才是这三个女孩中活得最明白的一个。想着想着，郑若溪突然笑了。最真实的虚伪，又何尝不是一种真实呢？

“妈，我准备回北京了。您在上海照顾好自己。您什么时候回北京记得告诉我，我去机场接机。”

郑若溪在出发前给妈妈发了一条微信，依旧是曾经的语气，依旧是那个知书达理的郑若溪。发完微信，她像往常一样冲了个澡、化了个妆，然后优雅地拎着行李前去机场登机。

“在吗？”飞机快要起飞时，郑若溪突然收到了小敏发来的微信。她原本想回复她，却被空姐提醒需要关闭手机。

郑若溪礼貌地朝空姐点了点头，直接关掉了手机。

到达北京后，郑若溪的斗志仿佛一下子又被点燃。她打车回到家，准备好好联络一下 Julie 和杨瑞他们。尽管在上海多有不快，可生活还要继续。郑若溪明白回到北京就必须回归正轨。

打开微信后，郑若溪才想起来自己刚刚还没有回复小敏。

“什么事？”郑若溪给小敏发了过去。

“把你电话给我。”小敏发来了一条语音。

尽管郑若溪觉得小敏的态度太不礼貌，但碍于她也与 Julie 认识，才看在 Julie 的面子上把手机号码告诉了小敏。

“你有 Julie 的消息吗？”电话一接通，小敏开门见山。听得出，小敏的语气极度不友善。

“我刚到北京，还没来得及联系她。不过我们前几天才刚签了一笔生意，我想她应该还在北京吧。”

像往常一样，郑若溪在与人交谈时总是有意无意地透露出一些自己近期所做的“大事”。一方面她想证明自己的能力，另一方面她想向小敏炫耀一下自己已经成功融入了 Julie 所在的圈子。

“签了一笔生意？和 Julie？”

“对呀，我们几个一起合伙做了一个项目投资。”郑若溪依旧沾沾自喜。

“你也投钱了？”

听着小敏不太友善的话语，郑若溪有些绷不住了。她想起小敏几人巴结 Julie 的画面和最开始故意冷落自己的嘴脸。郑若溪觉得是时候给这个自以为是的女生来个下马威了：“怎么？ Julie 姐没有和你说吗？上次见面的时候不是看你们关系挺好的吗？哦哦，对了。你不是她妹吗？这么好的项目她怎么没带着你一起参与呀？”

面对郑若溪的挑衅，小敏不但没有生气反而舒了一口气。

“看来你还什么都不知道啊。”小敏突然来了这么一句。

“不知道什么？”

“难道你不知道 Julie 一伙儿全是骗子吗？刚才我就是在试探你和他们是不是一伙儿的，没想到你也被她骗了。”

“啊？骗子？你在说什么啊？”郑若溪听得一头雾水。

“你在国外留学时，是不是有一个叫‘悬崖’的人一直和你聊天？”小敏话锋一转，突然问了一个前言不搭后语的问题。

“悬崖？没有啊。”

“不可能啊，她们惯用的手法应该是会让这个人在微博上拉近和你之间的距离啊。”

一听小敏提到微博，郑若溪猛地想起来。“你是说‘cliff’？”

“对，就是他。我之前也一直以为这是个人名，但其实他已经将首字母小写了。其实就是让我们坠入万丈深渊的意思！”

“你和 Julie 姐之间是不是有什么误会啊？我觉得就算是有一定的巧合，也不能断定她们就是骗子啊。再说了，她们有钱有势的骗我们干吗？”

不知为何，郑若溪总觉得这是一种试探。她觉得小敏的突然出现是 Julie 对自己忠诚度的一种试探。或许这就是聪明人的特质吧。郑若溪确实聪明，所以当她在思考问题时总比普通人要想得复杂一些。她没有认为小敏和自己都是受害者，反而觉得这是自己能否成功融入 Julie 他们的最后一道关卡。

“就是因为她没钱没势，所以才会骗我们的钱！”说到这儿，小敏明显有些激动了。

“骗我们的钱？我们能有多少钱可以让他们去骗啊？这次签合同，他们随便一个人就投了成百上千万。和他们相比起来，我投的那一点儿钱根本就不算什么。”

“你怎么还在对你说的那个项目抱有幻想啊？！这个世界上根本就不存在他们说的那个项目。所谓的合同也全是他们几人随便捏造的。所以到头来真正往里投钱的人就只有我们这群受害者！”

“你为什么这么说？你有证据吗？”郑若溪依旧不信。

“自从我交完钱之后就再也联系不上 Julie 了，这就是最好的证据！连她周围那几个人，外加 cliff 我都联系不上了！”

“嗨，我还以为是什么事儿呢。那天签合同的时候他们就说了，过段时间他们几个都会出国谈生意。我估计是手机没网络吧，你再等几天应该就好了。”

“就算她手机没网也没必要直接把我微信拉黑啊！”

“什么？她把你拉黑了？”听到这儿，郑若溪突然有点发慌。

“对呀，难道她没把你拉黑吗？你是哪天付的钱？你付了多少钱？难道这些天你都没有联络过她吗？！”

“我……我投了五十万。这几天我没联络她，因为……因为我家里出了点事儿，所以一直处理家里的事情呢。”

“那你现在给她打个电话试试，你看能不能打通。还有 cliff 和她身边的那些人，你都挨个联系一下。我敢肯定，你绝对一个都联系不上！”

听小敏这么一说，郑若溪也感觉到事情有些严重了。她匆匆挂断电话，给 Julie 发了一条微信。果然，自己也被 Julie 拉黑了。再之后，她又不死心地分别给杨瑞和 cliff 留了言。结果也是一样的。

郑若溪看着手机，整个人都傻掉了。她从通话记录里按下小敏的电话，语无伦次地说："这……这怎么可能呢？我也被他们拉黑了。"

“你就知足吧。你只损失了五十万，我可损失了一百万！”

“可是……可是不应该啊。我在纽约上学的时候，明明看到她开着宾利、坐进兰博基尼……”

“都什么年代了，你居然还会被这种小把戏蒙骗。不过也不怪你，你肯定也和我一样当初根本就不会开车，所以什么政策都搞不清楚。”

“什么意思？”

“就因为咱们连驾照都没考过，所以根本就不会去关注那些车行或者是租车公司的信息。在美国，这种私人的租车公司有很多。像宾利或者兰博基尼这种车，宾利是三百多美元租一天，兰博基尼是将近八百美元一天。和他们骗咱们的这些钱相比，几百美元根本就是毛毛雨！”

“这……怎么会这样……”

“我已经联系律师了，但律师说必须得先找到他们的人才行。可是照现在的情况看，根本就是大海捞针。”

“有银行转账啊，这样不就可以抓到人了吗！”

“他们确实注册了一个公司，可是咱们也确实和他们签合同了啊。那份合同上根本没提项目的事儿，只是提了每个人的投资数额。所以就算是拿着这份合同把他们告上法庭也没戏。反正现在我的律师是这么跟我说的。”

“那……可是他们怎么会装得这么像呢？为什么我一点儿都没看出来他们是骗子呢？”郑若溪彻底慌了。她觉得凭借自己的智商和情商不应该这么轻易就被人欺骗啊。

“我听我的律师和我说，像这种案子现在已经越来越多了。他们就是抓住了留学生在海外相对孤独的心理，所以安排了像cliff这样的人通过网络和留学生们交流、增进感情。就比如那些网恋，不都是这样慢慢发展出来的吗？其实我觉得如果单靠他们这些把戏，咱们可能也未必就察觉不出来。但是由于我们都过分依赖cliff，所以每次在和cliff交流汇报的时候，cliff都会建议我们应该相信身边的人或者告诉我们这个项目很好、很值得投资，所以我们才会被骗得这么惨！”

听完小敏的分析，郑若溪彻底无言以对了。她败了。她本以为自己在留学期间假装成“富二代”会交到很多真正有钱的朋友，可是她万万没想到自己会成为比她更会装的骗子的猎物！

自打郑若溪大四当上交换生那年起，她就开始看不起国内曾经的同学和朋友了。她觉得自己出了国，就已经高人一等了。她想要得到他人的崇拜，她想要站在巅峰一直不下来。她学会了伪装、习惯了攀比，她原本以为自己就快要熬出头了，却不承想其实自己竟输得这么惨！

她装了这么多年。小的时候装给妈妈看、老师看；长大以后，装给朋友看、装给她想要成为的人看。可到头来，她还是她，没有任何改观。但别人、那些她曾经看不起的一个又一个的人，却早已赶超她不止一点点。

想到这儿，郑若溪疯了似的朝离自己最近的银行跑去。既然已经知道了真相，她好歹要把那五十万的转账截住啊！

然而来到银行后，工作人员却告知她，能够截住款项的期限早就过了。这笔钱，注定是拿不回来了。

郑若溪攥着那张爸爸给自己的银行卡，久久不能平复。她突然好想回家，好想回到一个拥有爸爸妈妈、能够得到心灵安慰的家。可是她没有这样的家，从小时候决定强装坚强的那一刻起，她就已经失去了一个完整的家。

爸爸又成家了。他对自己最好的爱已经全部灌溉进了那张五十五万元的银行卡。那些自己失去的、从未得到过的父爱，早就随着时间的消散追不回来了。

郑若溪的脑海中又回荡起妈妈曾对自己说的话。

是啊，既然人与人注定要走向分离，又何必执着于那些不属于自己的情感和利益？尽管从小到大，她始终觉得自己要比同龄人成熟、优秀。但那又怎样呢？说白了，她不也就只是一个刚刚大学毕业、未经世事的小女生吗？

出过国怎么了？拿到全额奖学金又怎么了？在这个复杂的社会里，即使她觉得自己再聪明、再优秀，也不可能避免在毕业之后摔跟头。这就是现实，这就是每个毕业生都需要面对的坎坷。

此时的郑若溪，只能认栽了。

她不想认命，却也无力回天。

15. 反击

每个人的承受力都存在很大差异。有些人即便天塌下来了都不曾皱一下眉，而对于像窦雯雯这种心思重的女生来讲却注定经不住太多大风大雨。即便窦雯雯清楚，她已将自己推上一条不归路。钱财这个东西，可以让人为之丧心病狂。此时的窦雯雯，宁可负天下人也要保全自己的家庭。她不在乎自己究竟是错还是对，她只想最后再一次向生活反击。哪怕这一次，将彻底粉碎她的灵魂与品行！

几个月的时光转瞬即逝。窦雯雯除了每天重复着刚刚毕业时的四处投简历，就是待在简陋的办公室里看领导脸色行事。窦雯雯不知道这样暗淡无光的日子还要持续多久。看着朋友圈里其他同学，晒老公的晒老公、晒包包的晒包包，然而自己除了皮肤晒黑了一些外也就没什么好晒的了。

“三千多块钱的工资够干什么？！你怎么就不能像其他孩子一样有点儿上进心！你都工作这么久了，怎么还没给你涨工资！”

压抑的一天，又在张秀荷的抱怨声中开启了。当窦雯雯把赚来的工资交到张秀荷手上时，换来的仍旧是妈妈的责骂。

三千块钱的工资对在北京生活确实太少了。窦雯雯心里很清楚这一点，但是对像她这种刚刚大学毕业不到一年的小年轻来说，涨不涨工资又不是她一个人就能决定的。

她是多么希望妈妈可以稍微鼓励自己一下或是稍微体谅自己一下，可是妈妈没有。自从妈妈丢掉工作并被人骗走钱财后，她的性格变得更加古怪。她变本加厉地每天在电话里咒骂丈夫，更毫不吝啬地把这些夹杂侮辱性的字眼转送给自己闺女。对于张秀荷来说，她从不认为自己如今的失败是自身原因造成的。她一直觉得自己为这个家付出了很多，出现今天这样的结果完全都是因为自己嫁给了一个没用的老公，外加生了一个没用的女儿。

其实一个人自私一点并不可怕，蛮横一些也不可怕，可怕的是当她具备了这些不良品行后仍意识不到自己身上的错。张秀荷正是这类人。她习惯性地将所有原因都推到别人身上，尤其是和她最亲近、最会无条件原谅她的家人身上。

“妈，你不觉得你这么说话很伤人吗？明明现在是你自己丢掉了工作，你为什么还要赖我工资低啊？！”

兔子急了还会咬人呢，更何况是一个活生生的人？当窦雯雯再次被妈妈“教训”时，终于忍不住回呛了一句。

“我怎么就生了你这么个白眼狼！有你这么跟你妈说话的吗？我说你两句怎么了？你还说不得了？你看看隔壁家的小夏，人家隔三岔五的就知道给家里买东西。给你养这么大了，你给家里买过什么？只出不进的败家玩意儿。”

“妈你能不能不要再这么说话了！自从我找到工作以来，我给自己买过一件像样的东西吗？每次发了工资我都如数上交，难道这样还不够吗？如果不是因为你做事太冲动，咱们家会变成现在这个样子吗？为什么你就不能在自己身上找找原因，为什么每次你都要怪我？”

“我在自己身上找原因？我最大的问题就是找了你爸这个窝囊废！如果他能力强一点，我至于活得这么累吗？！还有你！都那么大个人了，连个男朋友都没有。你要是能给我找个有钱有势的女婿回来，我也不至于天天跟你废话了！”

“因为你的事儿，我天天出去找工作。但现在基本上都过了招人的季节了，所以我投的简历也都没有着落。难道我天天这么累你看不到吗？为什么你自己犯的错却要由我来承担？我不奢望你能感谢我，但好歹你别再说我了行吗？”

“你还指望我去感谢你？我是你妈！家里遇到困难了，难道你不应该挺身而出吗？难道你还指望我一个快五十岁的人满大街去找工作啊？！现在我们这个年龄有谁会要？！你以为我不想找工作啊！我心里比谁都急呢！”

“既然你知道找工作不容易，就不要再给我施加压力了。能不能让我稍微清净清净，你天天这样我真的脑袋都要爆炸了！”

“我说你几句怎么了？都是一家人，说完就完了，难道你还记仇啊？难道我还不能说你了？我不就是因为心里烦，所以才多说你几句吗？你犯得着一直跟我对着干吗？你要是不愿意听我说话，可以啊。你可以走啊，有本事你也离开这个家啊！”

面对如此犯浑的母亲，窦雯雯彻底沉默了。她无助地看向妈妈，仿佛一下子就解开了从小到大一直困扰着自己的问题。

半晌，窦雯雯终于开口了。

“妈，小的时候我一直想不通为什么你这么无理取闹，可爸爸却一句话都不说。以前我一直觉得是他太过软弱，可今天我总算是看明白了。其实根本就不是他软弱，而是和你这种不讲理的人生活在一起，真的是无理可讲！还有，直到今天你还认为爸爸毫无怨言地被调往外地是因为有人在整他吗？难道你不觉得这件事是必然会发生的吗？！”

听完女儿的话，张秀荷先是愣了几秒，随即破口大骂。

“当然了！当然是有人整他了！不然还能因为什么？再说了，他凭什么和我吵？他有什么资格和我吵？难道我说他说错了吗？咱们家现在这个现状，不都是他一个人造成的吗？！”

张秀荷继续发泄着仿佛永远也发泄不完的情绪，而窦雯雯却再也没有精力去听。

她终于明白，爸爸的不争吵不是软弱无能，而是爸爸早就明白和一个蛮不讲理的人争辩是争辩不出任何结果的。或许爸爸离开北京的那一刻，才是他婚后最幸福的时刻。解脱了，爸爸终于解脱了。可是自己呢？自己什么时候才能真正解脱呢？再怎么说，自己和妈妈也有血缘关系。就算妈妈再犯浑、再蛮不讲理，自己也不可能和妈妈断了关系。

就算她再不情愿，就算她再不心甘，但事实就是事实。她不可能像妈妈那样自欺欺人地活一辈子。因为她明白，没有人会无条件地听从自己的抱怨。

“零零零……”想着想着，窦雯雯的手机突然响了。

她迅速抹了一把脸上的泪水，她觉得这个电话应该是自己这段时间投去简历的那些新公司打来的。

可是当她调整好心态，准备接听电话时，却看到上面显示的是赵诚的名字。

窦雯雯看着这个名字有些愣神。她明白赵诚对自己的心意，更明白自己对赵诚的看法。

现在的她没有资格谈恋爱，更没有资格接受任何一个人对自己的好。因为她现在没有时间去想这些，因为她现在最需要的只是赚钱。

既然想明白爸爸一个人在外面生活得也不容易，既然想明白妈妈已经丢掉工作，既然想明白自己毫无个人优势，那她还有什么资格接受赵诚对自己的爱？

窦雯雯的眼泪再次“唰”地落了下来。长痛不如短痛，藕断丝连对谁都没有好处。既然自己和赵诚什么都没发生过，那就索性不要再发生什么了。

窦雯雯拿起手机，将和赵诚有关的一切统统拉黑、删除。她觉得既然自己想要改变，那就改变得更彻底一些。就像当初爸爸离开时那样，没有解释、没有悬念，一切看起来都是那么的顺理成章。

窦雯雯拉开书桌抽屉，从里面拿出一本蓝色的册子。她翻看了半天，仿佛是在做一项重大决定。

半个多小时后，窦雯雯终于鼓起勇气重新走出房间。

“你干吗去？”见女儿出来了，张秀荷阴阳怪气地来了一句。

“妈，可能这是我最后一次这么平静地称呼你了。”

“什么？你什么意思？！你还打算离家出走啊？！”

“如果你觉得和爸爸结婚并且生了我，是你人生中最倒霉的时刻。那我也和你说说心里话，其实生活在这样的家庭里我也很难受。小的时候总看到你找碴儿和爸爸吵架。那个时候我就在想，如果你们两个能够离婚该有多好啊。真的，我没开玩笑。每次一看到你和爸爸吵架，我就觉得特别压抑，压抑到快要窒息。小的时候我很怕你，现在也依旧会怕你。但你难道不觉得身为一个母亲，应该让孩子尊重你而不是怕你吗？如果我有机会选择的话，我真的不要出生在这样的家庭或是有一个你这样的妈。可是我没有办法，我没法选择。既然我长大了，既然我和你有血缘关系，那你的事我还得管，我不知道我这样做会害多少人，但至少我没有害你，或许这样就够了吧？至少这么做也算是还了你的养育之恩。以后每个月我都会像以前一样给你上交钱，希望你自己能存好，不要再被人骗。”

窦雯雯面无表情地说完这番话，径直走出家门。她没有给妈妈任何回应的时间，而她刚才那段没头没尾的话，张秀荷也压根儿就没听明白。

“神经病！”看着女儿离去的背影，张秀荷从嘴里蹦出了三个字。

“你找谁？”一个穿白裙子的接待员问窦雯雯。

“哦，你好。请问你们经理在吗？”窦雯雯礼貌地回答着。

“你找他有事？”前台小姐警惕地看着窦雯雯。

“嗯，我想来应聘。”

“应聘？”前台小姐显然没想到窦雯雯会这么说。

“对，应聘。”

“哦。那你先等一下吧，我打电话和李经理说一下。”

“好的，谢谢。”

经过了漫长的等待，窦雯雯终于再次见到了李经理。

“咦？怎么是你？”李经理在见到窦雯雯的那一刻，明显愣了一下。

“对，就是我。”窦雯雯平静地回答。

“你找我有什么事？听说你要找工作？”李经理上下打量着窦雯雯。

“对，这是我的个人资料。”窦雯雯说完，便把自己的大学毕业证以及目前所在单位的工作证拿给李经理看。

“你是……大学生？”李经理这下更加吃惊了。

“我是。”

“那你不好好上班，到我们这里做什么？你不会是……”李经理警惕起来。

“放心吧，我既不是记者也不是什么卧底警察，也不是因为你们上次的威胁跑过来报复你。我就是太缺钱了，我需要赚钱。单凭一张大学毕业证根本就赚不到多少钱。希望你能让我加入你们的团队，因为我真的很需要钱。”

窦雯雯说得很诚恳，也很冷静。她冷静得让人害怕、冷静得仿佛不再像是她自己。

“你对我们公司和这个工作了解多少？”

“我对你们公司的了解，仅限于我妈妈被骗的全过程。

之前听那个骗了我妈的人说，每签成一单可以拿到百分之五的提成？”

“你不会是逗我玩吧？你堂堂一个大学生，居然想做我们这一行？”李经理依旧将信将疑。

“我说过了，我需要钱。”窦雯雯回答得斩钉截铁。

“嗯……其实像你这种情况我肯定不应该录用，毕竟咱们以前也算是半个仇人。不过既然你的态度这么坚定，我们又正好缺少你这种有点文化素质的员工，所以把你招下来也不是不行。”李经理没有提那百分之五的提成的事，而是表明了立场可以让窦雯雯加入他们。

“我要百分之十。”

“多少？不行，不行。百分之十肯定不行。”

“百分之十一点都不多。就像你刚才说的，因为我有文化，所以他们肯定会更信任我。这样一来，签单的成功率也能大大提升。”

窦雯雯处变不惊地看着李经理，李经理也因为窦雯雯的这番话再次打量着眼前这个刚刚二十岁出头的大学毕业生。他们二人就这样暗自较量了很久。

“好！有胆识！有气魄！”半响，李经理突然放声大笑。他这一笑，引来了外面不少外地小伙子疑惑的眼神。“看在你是大学生的分上，我最多给你百分之八。如果你觉得行，明天就可以开工。你要是觉得不行，就请自便吧。”

“好，成交。”

窦雯雯没有再去争取更多的利益，因为她明白日后自己肯定会赚取一个又一个的百分之八，直到自己再也无法承受那颗充斥着罪恶与腐烂的心。

“那行，那你现在就去对面的房间培训吧。一会儿会有人告诉你怎么用刷卡的机器，以及怎么忽悠……哦，不是，是怎么给客人介绍我们的产品。”

人，并不是从一出生就会成为一个骗子。如果说没有接受过什么文化教育，从小和一群坑蒙拐骗无恶不作的江湖骗子混久了沾染了一身恶习，那也就罢了。但像窦雯雯这种，堂堂一个北京大学生居然也加入骗子的行列，就实属不该了！

都说骗子不可怕，可怕的是有文化的骗子。窦雯雯显然就是后者。为了不被妈妈唠叨，为了让自己能像朋友圈里的其他同学一样晒一点稍微像样的图片，为了生存，为了钱，为了所谓的“出人头地”，她彻底违背了一个中国人应该有的传统道德准则。

她需要钱，她想要赚到一辈子都花不完的钱！不管用什么手段、不管她的所作所为会给其他家庭带来多么惨痛的代价……现在的她，早就顾不了那么多了。

培训后的第二天，就是窦雯雯第一次出活儿的日子。尽管她早已做好充分的心理准备，但她还是紧张了。

到底应不应该为了钱犯罪？到底应不应该为了钱去欺骗眼前这位头发花白的老奶奶？

窦雯雯在拿出合同的那一刻，心中仅存的一点道德感告诫着自己不要再继续执迷不悟了。窦雯雯紧紧攥着那份合同，咬紧嘴唇。

“小张啊，在哪儿签字啊？”正当窦雯雯做着最后的自我挣扎时，老奶奶开口说话了。

很显然，窦雯雯用了一个假名字。

“哦……哦。要不……您改天再签吧，我好像忘记带刷卡的机器了。”

是的，窦雯雯的良心还是在这一刻被唤醒了。就算没钱又能怎么样呢？至少之前三千块钱的工资她拿得心里踏实、拿得合理合法。现在这样算什么？难道自己要和那个叫李伟的骗子一样欺骗老年人吗？！不！绝对不能！

“奶奶，不好意思。我先回去了，我真的忘记带机器了。”窦雯雯用手捂住包里的刷卡机，生怕被老奶奶看见。

“不要紧的小张，我家里有现金。”老奶奶慈祥地对窦雯雯笑了笑，又将果盘里的水果往窦雯雯面前推了推，“来，姑娘。你先吃个香蕉吧。我去屋里给你拿钱。”

看着老奶奶的背影，窦雯雯嘴角的笑容变得有些苦涩。直到这一刻她才领悟到，骗子确实可恨，但也架不住他人硬要往上冲啊。

接过老奶奶递来的现金，窦雯雯伸出去的双手有些颤抖。

“怎么了孩子？是不是太累了？你看看，今天天气这么不好还麻烦你特意到家里来，真是辛苦你了。”老人家以为窦雯雯不太舒服，所以又去厨房给她倒了杯水。

就在老奶奶转身去厨房的瞬间，窦雯雯死死盯着桌上那五摞现金。到底该不该拿？到底要不要赶快跑掉？

“来，姑娘。喝水。”老奶奶将水杯递给窦雯雯，并将五万块钱装进了牛皮纸袋，“来，孩子。你快把钱装好。一会儿出门之后，千万别弄丢了。”

此时的窦雯雯早已因恐惧和慌张丧失了思考能力。她下意识地接过老奶奶递来的牛皮纸袋，机械地装进包里。

“好了姑娘,你快把水喝了吧。时间不早了,你早点回去。我看过天气预报，过了中午天气更不好。”

老人家好心提醒着窦雯雯，窦雯雯也终于找到了逃离这间屋子的理由。

“好的奶奶，那我走了。谢谢您！对不起！”窦雯雯冲老奶奶鞠了三个躬，便落荒而逃了。

窦雯雯跑了很久，终于在快要跑不动的时候停了下来。她站在马路上，喘着粗气。这是她这辈子第一次骗人，她实在是太紧张了！她不清楚自己为什么没有战胜心中的邪念，她只知道这是她第一次拿到这么多的钱！

“难道骗人真的可以如此轻而易举吗？”窦雯雯小心翼翼将装有牛皮纸袋的背包抱在胸前，生怕被人抢走了。一路上，窦雯雯始终很紧张。她紧紧地抱着背包，直至四处无人时才小心翼翼地将背包里的牛皮纸袋拿出来。

五万元啊！整整五万块钱！相比较之前任劳任怨只能赚取三千块钱的她来说，五万块钱比她一年的工资都要多！

她拿出手机算了一下，如果拿百分之八的点数就是净赚四千块钱。骗一次人，要比自己曾经一个月的工资还要多。这是什么世道？这是什么概念？

此时的窦雯雯，早已将自己和妈妈被骗时的焦虑和愤怒抛到了九霄云外。她再也不想唯唯诺诺地充当一个看起来还算不错的好人了。那个软弱的窦雯雯彻底消失了！

由于没有经过刷卡机，所以这笔钱公司账面上不会有任何记录。当窦雯雯想明白这点后，便直接走进银行，将整整五万块钱的现金全部存入了个人账户。

或许这就是一个有文化的骗子的可怕之处吧？想必李经理千算万算，也没算到窦雯雯竟会想出这样一招。

看着银行卡上瞬间增长的数字，窦雯雯终于露出了久违的笑容。

这个笑，不再干净、不再亲切、不再温暖。这个笑，夹杂着太多急功近利的冷血与狡猾。

16. 阶段性结局

人在一生中究竟应该为谁而活？为自己？为家人？为朋友？还是为了某个虚无缥缈的原因？人们在不同阶段总会做出不同决断，就如同大学毕业一年后的任小凡、窦雯雯和郑若溪一般。在经历了短暂的人生起伏后，她们每个人都在特殊的时间段做了当下自认为最必要的选择。不论这些选择是好是坏、是对是错，也不管她们为自己选择的人生轨迹究竟可以引领自己走多远或带给自己多么惨痛的代价，这些出现在她们生命里的小插曲，终将成为她们一生无法磨灭的记忆。或许这就是成长的意义，也是每个人选择生活的权利。当她们第一次真正步入社会、品味成年人应承受的责任与压力时，她们稚嫩的做法将会被未来的人生阅历不断洗礼！

一年的时间转瞬即逝。该转正的转正，该毕业的毕业，仿佛一切都照规律循环，从未改变。

“好了妈，知道了。我不会吃的。”临出门前，任小凡接过妈妈递来的蜂蜜水，并向妈妈保证绝对不会在外面买太凉的东西吃。

“一会儿到了记得拍照啊。天太热了，就不让你爸跑了。”

“好好好，保证完成任务。你俩在家好好歇着吧。”任小凡给了妈妈一个大大的拥抱。

“行，那你们早去早回。对了石杰，你可一定要帮阿姨好好看着她啊。这丫头胃寒，千万不能吃凉的。”

“放心吧阿姨，我会照顾好小凡的。”

简单交代几句后，任小凡和石杰一起出了家门，驾车来到婚纱店。

结婚是任小凡提出的。当初两人决定在一起时，也是任小凡主动提的。因为她明白石杰肯定会答应自己，她终于明白找一个爱自己的男人要比找一个自己爱的男人更加适合走下去。

或许是因为那套房子，或许是因为妈妈突然生病，或许是石杰的家庭条件还算不错，再或许只是为了能够让爸妈早点抱上孙子。不论任小凡出于哪种原因，她终于决定将自己嫁出去了。

对于一个年仅二十二岁的女孩儿来讲，报恩是什么？报答父母的养育之恩就是不再让父母操心，并让他们觉得自己过得很幸福。因为只有这样，家长们才可以轻轻松松地享受属于他们自己的人生，安度晚年。

也许有些人会觉得这样的报恩方式很极端或不成熟，但至少在这个年龄段，任小凡是这样理解的。

“好看吗？”任小凡问石杰。

“好看，好看。简直是美翻了！老婆你真美！这件婚纱真好看！”

石杰兴奋地看着眼前这个即将成为自己妻子的女人。

看着石杰温暖的眼神，任小凡的心有些苦涩。她多么希望陪伴自己试婚纱的人是吴洺啊。曾经的她一直坚信自己和吴洺的爱情不会因为毕业的到来而结束，她想要通过自己的努力打破这条不成文的诅咒。然而事实却是，她失败了，而且败得很惨。

也许这就是人生吧。一个女人可以恋上爱情，却不见得能够嫁给爱情。

“谢谢你啊姑娘。要是谁能娶你当媳妇，真是上辈子积来的福分呢。”

此时开口说话的是一个六十多岁的老人。她拼命握着窦雯雯的手，感谢窦雯雯可以给自己打这通电话并主动上门将这么好的理财项目介绍给自己。此时的窦雯雯，也正面露真诚地向老人背诵着早已烂熟于心的固定台词。在面对老人的道谢和倾囊而出的血汗钱时，窦雯雯早已没有第一次的愧疚不安和犹豫。

她依旧是大人眼中的好姑娘。她工作认真，从不迟到，不化妆，不攀比，会省钱。她依旧保持着那些外在的传统美德，却早已将灵魂溃烂在了躯壳里。

她觉得自己很肮脏，但她明白没有谁会嫌弃金钱脏。

她回到家拿出那个记满账目的小本，又将刚刚这一笔记了上去。

“今天下班够早的。”张秀荷笑嘻嘻地走进窦雯雯的卧室。

“嗯，是挺早的。”

“来，给妈看看。今天业绩怎么样？来你们银行买理财产品的人多不多？大银行就是不一样啊，比之前那个骗子李伟强多了！你看我之前说什么来着？能进银行上班就是比那些私人小企业好吧？哈哈，一想到你被银行录取了，我就高兴！”张秀荷边说边往小本子跟前凑。

窦雯雯一把将本子合上：“妈，以后你先敲门再进我房间吧。”

“好好好，妈妈以后都听你的。那个……今天业绩还行吧？”张秀荷一副巴结的嘴脸。

“挺好的。下个月的生活费，我明天再取给你。”

“哦，好好好。不急不急。我这不是关心你吗，又不是来催你给钱的。那什么，你先忙。我去买点菜，买点大虾吃。”

“嗯。记得把门帮我带上。”

“好好好。”

窦雯雯骗了母亲。她没有告诉张秀荷自己正在做着李伟曾经做过的事，而是告诉妈妈自己终于进入了那家大银行。她变得对张秀荷很是冷淡，甚至张秀荷现在做事都要看她的脸色。她终于有能力让自己和妈妈过上相对富裕一些的生活了。

对一个年仅二十二岁的女孩儿来讲，报恩是什么？报答父母的养育之恩就是不再让父母为了金钱而着急上火，就是让他们可以感受到即使自己的闺女没有交到男朋友，却仍旧可以生活得很好并有能力在社会上立足。因为只有这样，家长们的退休金才能真的变为养老金，因为只有这样，才能把原本紧巴巴的生活过得略微宽裕。

也许有些人会觉得这样的报恩方式很极端或不成熟，但至少在这个年龄段，窦雯雯是这样理解的。

妈妈走后，窦雯雯起身走向窗台。她看着妈妈略显苍老的背影，想着妈妈从强势变到卑微，想着她曾经把这个家搅得鸡犬不宁，又想着不论怎样都是她赋予了自己生命。

想到这儿，窦雯雯的眼眶不禁有些湿润。她上了这么多年学，受到了这么多良好的教育，可是在现实面前，在妈妈面前，她最终还是变了。她变成了书本上的坏人，更变成了自己心里的恶人。

但或许她又不仅仅是一个坏人，至少她替妈妈扛起了这个家。

“好的，刘总。没问题，我周一就给您送过去。”

郑若溪，这个自命清高到骨子里的女孩儿终于认清现实，替别人打工了。

她很可能会觉得不服气，很可能她只是等待着东山再起。但输了就是输了，不值得任何人同情，包括她自己。

郑若溪很清楚自己为什么会陷入 Julie 他们编织好的骗局。不是因为自己太幼稚，而是因为自己太虚荣。虚荣，这个尽显贬义的词语，用在大部分独生子女身上却并不为过。对于大部分的独生子女来说，谁又能做到毫不虚荣？

郑若溪这代孩子，享受到了父母无尽的关爱。不论是精神上、物质上，抑或是行动上，总之他们得到的要比失去的多太多。所以他们在毕业之后，想要靠自己的努力过上那种不论是精神还是物质都很富足的生活。因为他们想要通过自己的努力，让更多的人可以像他们的父母那样对他们做到无条件的支持与配合。

想做到这点，首先自身要变得强大。然而对于一个二十岁出头的年轻人来说，又有几个人可以成为真正的强者？

所以这个时候，“虚荣”登场了。人们热爱虚荣，因为它可以靠互相吹捧、可以靠白日梦、可以靠幻想、可以靠一切明里暗里的攀比实现。郑若溪就是这样，她幻想着自己的成功也欣赏着 Julie 伪装出来的成功。

每个人都需要有个目标。不论这个目标是否真实存在，但只要你觉得它是真实的，那它便是了。

对一个年仅二十二岁的女孩儿来讲，报恩是什么？报答父母的养育之恩就是当父母和自己一同出门时，由于自己的存在让父母在外人面前觉得倍儿有面子。因为只有这样，做家长的才能延续他们年轻时的骄傲，才能更有力地自我肯定自己确实是一名好家长。

也许有些人会觉得这样的报恩方式很极端或不成熟，但至少在这个年龄段，郑若溪是这样理解的。

“零零零……”郑若溪刚挂完老板的电话，手机就响了。

“喂，妈。”郑若溪接起妈妈打来的电话。

“若溪呀，我正和摄影组的几个朋友聊到你呢。你那个投资的项目做得怎么样了？我这边儿可有不少朋友感兴趣呢。要是可以的话，能不能也让他们入个伙儿呀？”听声音，若溪妈很是开心。估计她周围的人又在夸奖郑若溪了。

是的，郑若溪并没有告诉妈妈自己被人骗的事情。她调整了一下呼吸，语气平稳地说：“不好意思啊妈妈，那个项目现在已经不需要合伙人了。不过不要紧，我周围朋友多。等以后遇到合适的项目我再跟您说。”

啊？不要合伙人了？嗯，那好吧。那你下次有什么好项目再告诉我吧。哈哈，你可不知道，现在我周围这帮人天天跟我说以后就打算跟着你干了。哈哈，你说他们逗不逗？”

“放心吧妈妈，我不会让您失望的。”

“这我知道，你从小就这么懂事、这么能干。你做事儿，我放心！”

“那先不说了，我这儿还有点事儿。咱们回头再聊。”

“行，挂了。拜拜。”

“好，拜拜。”

郑若溪挂断电话，直奔刚刚老板交代过的那家奢侈品清洗店。刚才刘总在电话里说得很清楚，周一的时候清洗店里的那款 Chanel2.55 需要出现在她的办公桌上。

尽管郑若溪正在过着一种自己最不喜欢的、给别人打工的日子。但她相信，总有一天自己可以攒够五十万元重新开始！

也许这就是人生吧。一个年轻人想要变得强大，就不得不经历最惨痛的代价。

“嘀嘀嘀……”

三个女生在北京的三个不同地点，同时点开了一条相同的微信推送。

“迷失 Café 周年庆，欢迎大家前来助兴！”

一年了，她们已经毕业整整一年了。三个女生看着手机屏幕，不禁都笑了。这一年她们或多或少都成长了，也改变了。然而学校对面的那家咖啡厅却好似永远不曾改变。它在等待着她们长大，她们也在等待着它的召唤。

“你们都收到了吗？想去吗？”率先在群里说话的是郑

若溪。她明白，其他两个人肯定也都看到了。

“我都想不起来自己是什么时候关注了他们家的公众号的。可能是大一那年？又或者是我和吴洺恋爱那年？总之，我会去的。因为我一直都很好奇里面究竟装修成了什么样子。你们呢？你们会去吗？”第二个在群里说话的是任小凡。尽管石杰就站在距离任小凡不远的地方，但她还是打出了吴洺的名字。

“既然你们都去，那我也去吧。”最后一个说话的是窦雯雯。尽管她的账户余额已经可以买下无数杯咖啡，但从小穷怕了的她还是不舍得将钱浪费在迷失 Café 。她想要拒绝，但她同样又很好奇。她好奇自己曾经的两位室友现在都过得怎么样了？

“明天我要打扮得漂亮一些。我要让她们觉得我过得很好！”郑若溪一边想，一边将刚从清洗店取回的刘总的包包背在了自己肩上。

“明天我要向她们宣布我即将结婚的消息。我要让她们觉得就算没有吴洺我一样过得很幸福！”任小凡突然挽起石杰的手，满意地走出婚纱店。

“明天我不能改变太多，我不能让她们看穿我现在所做的工作。我要让她们觉得我正在凭借自己的努力，在有头有脸的银行工作！”

三个女生依旧是朋友，却再也不是无话不谈的朋友。她们都骗人了，却也都没有。她们不知道见面后会发生什么。自己会羡慕其他二人的生活，还是自己有能力让其他二人羡慕自己的生活？

攀比，她们无时无刻不在攀比。

不是因为迷失 Café 的价格有多高，而是自打她们一出生就注定要面对无尽的攀比。

一家只有一个孩子。所有父母都将自己全部的心血赌在了他们唯一的孩子身上。仿佛只有自家小孩成功了，做家长的才是真正的成功。仿佛只有自家孩子比别人家的孩子优秀了，做家长的才能得到真正的认可和满足。

人们常说，自打这批孩子一出生，家长们便一门心思只为孩子活。然而又有谁敢说，身为独生子女的他们长大后，没有在为家长活？